Franz-Joseph Karcher
Gewitter am Monte Verita

I.

„Und welchen Beruf hat dein Vater wirklich?“, fragte Mario seinen Freund Sven, neugierig geworden, weil er Svens Vater vor kurzem mit einer Pistole hantieren sah. „Mein Vater ist Handelsvertreter im Grafikgewerbe. Das weißt du doch, schließlich habe ich schon oft genug in der Schule den Beruf des Vaters nennen müssen“, antwortete Sven etwas merkwürdig berührt von der unerwarteten Frage. „Zugegeben: er hat noch einen anderen Job. Darüber kannst du ihn aber am besten selbst einmal fragen.“

In diesem Augenblick fuhr Svens Vater mit dem Pkw auf den Hof. „Jetzt kannst du deine Frage gleich loswerden“, fuhr Sven fort. Die beiden Freunde gingen auf Svens Vater zu. „Hallo, ihr beiden“, begrüßte Svens Vater die zwei Jungen, die den Gruß sehr herzlich erwiderten. „Ich wollte euch gerade um eine kleine Gefälligkeit bitten: Könntet ihr den Wagen noch schnell waschen? Ich muss morgen früh gleich in die Schweiz.“ „Klar, wird gemacht, Herr Feidel“, kam spontan Marios Antwort, und Sven stimmte zu.

„Mario hat auch eine Frage an dich, Papa“, versuchte Sven das Gespräch zu vermitteln. „Dann schieß nur los, Mario“, gab Feidel fast aufmunternd zur Antwort. „Ich bin etwas arg neugierig, Herr Feidel, und seien Sie mir wegen der Frage bitte nicht böse. Aber es ist so, dass ich vor kurzem eine Pistole bei Ihnen gesehen habe, und ich dachte mir schon, dass Sie die Waffe bei Ihrem Job brauchen“, fing Mario das Fragespiel an.

„Das ist eigentlich nur ein halbes Geheimnis“, meinte Feidel. „Natürlich kann ich mit dir darüber reden; aber es sollte unter uns bleiben. Ich will nicht, dass es zum öffentlichen Gesprächsstoff wird. Wenn du also schweigen kannst ...“ Fragend schaute Feidel auf Mario, als wollte er zunächst dessen Schweigeverpflichtung. „ Sie dürfen ganz sicher sein, dass ich niemandem etwas sage“, versicherte Mario, „von mir erfährt keiner etwas. Großes Ehrenwort!“

„Na, dann kommt erst noch kurz rein. Bei einer Tasse Kaffee spricht es sich leichter“, meinte Feidel. Seine Frau begrüßte ihren nach Hause gekommenen Mann und deckte auch gleich den Kaffeetisch. Wie eine verschworene Gemeinschaft – so kam es Mario vor – saßen das Ehepaar Feidel und die beiden 16-jährigen Freunde am runden Tisch.

„Du hast sicher schon etwas von Betriebsspionage gehört, Mario. Aber was du vielleicht nicht weißt, ist, wie groß der Schaden ist, der durch Spionage der deutschen Wirtschaft entsteht. Es sind Milliardenbeträge! Und dieser Spionage entgegenzuwirken, ist ein Teil meiner Tätigkeit. Das ist sicher nicht immer ein leichter oder ungefährlicher Beruf, aber eine Arbeit, die mich fasziniert, und die wohl nur mit viel Fantasie und Ideenreichtum zum Erfolg führt. In einigen Tagen habe ich einen Auftrag in der Schweiz zu erledigen. Mein Besuch dort morgen ist nur so eine Art Vorarbeit; das Entscheidende wird am nächsten Wochenende erledigt werden müssen“, erläuterte Feidel.

„Könnte ich da nicht einmal mitmachen?“, wollte Mario wissen. „Das muss ja richtig aufregend sein. Und ich bin auch total verschwiegen!“

Feidel tat so, als müsse er sich die neue Situation erst einmal reiflich überlegen. Tatsächlich hatte er aber schon daran gedacht, Mario als Helfer für seine geplante Aktion zu gewinnen. Seinen Sohn wollte er damit nicht belasten. Auch schien ihm Mario eher bereit, bei dem Abenteuer mitzumachen; und dass Mario schweigen konnte, hatte Feidel früher schon mehrfach erfahren.

„Na gut! Probieren wir es einmal. Aber was sagst du deinen Eltern? Wir sind dann über das ganze Wochenende weg“, gab Feidel zu bedenken.

„Kein Problem, Herr Feidel. Ich sage meinen Eltern, dass ich hier bei Ihnen bin, was wohl auch in etwa stimmt. Damit sind meine Eltern sicher einverstanden“, beruhigte Mario sich selbst etwas.

dem Rücksitz eingeschlafen war. Der Hinweis von Frau Feidel auf besonders schöne Stellen am Küstenbereich ließ vor allem Mario hellwach werden. Die Schweiz war für Mario Neuland, umso intensiver folgte er den Ausführungen seiner Gastgeberin, die es hervorragend verstand, dem Freund ihres Sohnes viel Schönes von der Schweiz und manchen historischen Hintergrund aufzuzeigen.

Feidel erinnerte seine Begleiter an den eigentlichen Sinn ihres Schweiz-Aufenthaltes und meinte: „Wenn wir uns den Grenzposten nähern, geben wir uns als Urlauber aus und sagen, dass wir am Rigi waren. Das hört jeder Schweizer gerne und zählt dann den Reisenden schon zu den Eidgenossen. Ich sage das jetzt schon, damit ihr euch an der Grenze nicht wundert und allenfalls beipflichtet. O.k.?“ „Alles klar, Boss“, flachste Frau Feidel, und Mario stimmte mit einem leichten Lächeln zu.

Nach einer knappen Stunde genüsslicher Stärkung brachen unsere Schweiz-Besucher wieder auf, nahmen im Auto wie besprochen Platz, und Feidel steuerte das Fahrzeug am Südufer des Vierwaldstättersees nach Luzern. „Eigentlich würde sich ein Aufenthalt in dieser schönen Stadt lohnen“, meinte Feidel, „aber wir wollen möglichst früh heute Nachmittag wieder zuhause sein. Ich fahre jetzt bis Basel durch. Irgendwann wirst du sicher Gelegenheit haben, wieder in die Schweiz zu kommen“, wandte sich Feidel an Mario. „Das könnte schon bald der Fall sein, wenn Sie in nächster Zeit wieder einen Spionagefall hier abzuwickeln haben und mich dabei vielleicht gebrauchen können“, nahm Mario den Faden auf. “Ich war ausgesprochen gerne dabei und wenn ich etwas geholfen habe, dann umso besser. Das würde mich sogar glücklich und etwas stolz machen.“ „Ausgeschlossen ist gar nichts. Aber häufig kommen solche Aufträge sehr plötzlich und sollten dann schon gestern erledigt sein. Aber es ist gut, dass du gegebenenfalls helfen willst. Ich werde mich auf alle Fälle gerne an dich erinnern. Schließlich warst du uns heute eine wirklich große Hilfe. Aber warten wir es ab.“

„Hoffentlich ist die Grenzkontrolle heute wieder gnädig“, dachte Feidel nach einer kurzen Unterbrechung halblaut vor sich hin. „Wenn wir am frühen Nachmittag zuhause sein wollen, käme mir eine Fahrzeugkontrolle nicht gerade recht.“

Feidel hatte wieder den Tempomat eingeschaltet, um in keinem Fall schneller als erlaubt zu fahren. Die Autobahn war fast leer und so die Versuchung eigentlich groß, die Geschwindigkeit zu steigern. Mario erinnerte sich an das Gespräch von gestern auf der Herfahrt, als sie noch auf der deutschen Autobahn in Richtung Schweiz unterwegs waren. „Vorsicht ist die beste Tarnung“, wiederholte Mario sinngemäß, was er gestern von dem Vater seines Freundes gelernt hatte.

Als sich das Fahrzeug der Zollgrenze näherte, stellte Feidel schon aus einiger Entfernung fest, dass der Verkehr im Grenzbereich recht flüssig lief. Seine Sorge war also unbegründet. Der Zollbeamte kümmerte sich kaum um das Fahrzeug und um die wie Urlauber erscheinenden Insassen. Feidel hatte sich zuvor noch stolz einen Melkerschal um die Schultern gelegt, wie ihn Urlauber häufig aus der Schweiz mitbringen.

Noch kurz vor der Grenze seufzte Mario leise vor sich hin: „Schade nur, dass ich dieses Erlebnis bei mir behalten muss. Aber ich halte natürlich mein Schweigeversprechen. Das ganze Unternehmen war für mich ein richtiges Abenteuer und zwar mit allen Raffinessen: der Geheimhaltung, der Dunkelheit, der Zusammenarbeit und was mich einfach fasziniert hat: Ihre bis ins Detail ausgearbeitete Planung wie die abgeklemmten Beleuchtungen im Wagen, in der Garage und auch das sorgsame Eindringen in die Wohnung. Das alles war die Arbeit eines echten Profis. Ich habe viel dazu gelernt und verdanke Ihnen viel.“

Glatt und komplikationslos überquerten die drei auch die Grenze nach Deutschland, und man spürte buchstäblich die Erleichterung, als das Fahrzeug auf der badischen Seite angelangt war. Der Weg in das Murgtal und nach Hause war danach schnell gefunden. „Ich stelle den Wagen gleich in die Garage. Der Kollege von der Spurensuche wird von mir sofort verständigt. Er kann sich dann das ganze Material direkt aus dem Auto nehmen oder sogar noch im Kofferraum mit der Untersuchung beginnen. Dann sind wir sicher, dass mit den Chips nichts passiert", sagte Feidel noch im Auto zu seiner Frau gewandt. Diese wusste, dass die Bemerkung nur für Mario gedacht war, und antwortete: „Es wird ja wohl einige Zeit dauern, bis der Prüfer hier sein kann. Vielleicht könnte ich das Abendessen für ihn mitrichten." „Sehr gute Idee, Schätzchen! Der gute Mann könnte dann auch hier übernachten. Ich halte es für gut, wenn wir die Kontakte zur Gesellschaft auch auf der ganz persönlichen Basis ausbauen. Und mit deinen hervorragenden Kochkünsten wirst du sicher keine Probleme haben, den Prüfer zum Bleiben zu überreden", lobte Feidel seine Frau. „Nun, das Letzte ist wohl mehr deine Aufgabe. Du bist der Boss und ich nur dein Anhängsel."

Die Angekommenen wurden von Sven begrüßt. Er fragte nicht nach dem Geschehenen, sondern wollte nur wissen, ob sie eine angenehme Reise gehabt hatten. Sven hatte zur Begrüßung auch schon den Kaffeetisch gerichtet und meinte einladend, „ich habe schon etwas vorbereitet, vielleicht nicht so schön, wie Mama es gemacht hätte, aber ich habe es versucht – und schließlich freue ich mich sehr, dass ihr wieder da seid. Ihr könnt euch gleich bei einer Tasse Kaffee stärken, und Kuchen habe ich auch besorgt."

Während der Kaffeepause erzählte Sven von einigen Anrufen, die er entgegengenommen hatte, und zu Mario sagte er: „Die Übersetzung im Latein habe ich auch gemacht. Du könntest sie bei mir abschreiben, aber so wie ich dich kenne, machst du diese Aufgabe mit der linken Hand. Ich habe aber immerhin eine volle Stunde gebraucht." „Danke für dein Angebot, Sven", entgegnete Mario, „aber gerade jetzt vor dem Abitur wollte ich mich schon noch intensiv mit den Aufgaben – und nicht nur damit – beschäftigen. Mir geht es nicht anders als dir: Wir wollen ja beide gute Benotungen für den

Numerus clausus. Da bleibt wohl nichts anderes übrig als zu arbeiten, und das machen wir doch beide gerne."

Nach dem Kaffee verabschiedete sich Mario von Sven und seinen Eltern, um nach Hause zu gehen und die liegen gebliebenen Schulaufgaben zu erledigen. „Wir hören wieder von einander", meinte Feidel viel sagend zu seinen nächtlichen Mitarbeiter. Mit einem „Danke für das schöne und interessante Wochenende" reichte Mario Herrn und Frau Feidel die Hand und verließ zusammen mit Sven die Wohnung.

Nachdem die Eheleute wieder allein unter sich waren, strahlte Feidel seine Frau an: „So, diese Schlacht wäre geschlagen. Ich bin unter dem Strich, trotz des Missgeschicks bei der ersten Ladung, sehr zufrieden. Heute Abend fahre ich noch nach Baden-Baden zu Schubert und werde sehen, was er zu den Bildern sagt. Ich bin fast sicher, dass unsere gemeinsam gestartete Aktion ‚Gesichertes Alter' ein voller Erfolg wird und wir in Zukunft sorgenfrei leben können."

Gegen Abend fuhr Feidel alleine nach Baden-Baden, der untergehenden Sonne entgegen. In Baden-Baden nahm er mit dem Wagen den Weg auf der aufsteigenden Straße zwischen Spielbank und Theater hinauf zur Villa der Schuberts. Der Kies vor der Villa knirschte unter den Rädern, fast so, als ob die Auffahrt nur widerwillig den Weg frei geben wollte. Auf der Frontterrasse saßen die Eheleute Schubert bei einer guten Flasche Wein und genossen das unter ihnen liegende, noch hell erleuchtete Baden-Baden. Von dem pulsierenden Leben der unter ihnen liegenden Stadt war hier oben im Park und der Villa nichts zu spüren. Es war eine ausgesprochen friedliche Sonntagsruhe, die das Ehepaar Schubert umgab.

Schubert hatte das vor der Terrasse langsam ausrollende Fahrzeug Feidels bereits erwartet. „Hallo, alter Freund", begrüßte Schubert den Gast, der auch gleich – zunächst noch mit leeren Händen – auf der Freitreppe zur Terrasse aufstieg. Schon auf der Treppe begrüßten sich die beiden Männer wie alte Bekannte mit einem Klaps auf die Schulter. Frau Schubert blieb in ihrem Sessel sitzen und ließ sich von Feidel wie gewohnt mit einem Handkuss begrüßen. „Wie war die Fahrt?“, wollte Schubert wissen, „und lief alles glatt?“ „Alles lief wie geplant und ohne nennenswerte Schwierigkeit. Ich habe das gesamte Material im Kofferraum“, erwiderte Feidel, und allen war klar, was dieser unter dem Begriff ‚Material’ verstand.

„Sie machen mich richtig gespannt und interessiert“ dachte Schubert halblaut vor sich hin. Und schon im Aufstehen fuhr er fort: „Wir können gleich in das Wohnzimmer gehen, um die Ausbeute bei gutem Licht zu betrachten und die ‚Alten Meister’ auch richtig zu würdigen. Ich habe schon einmal eine Stellwand aufgestellt, um die Bilder im rechten Licht und im ordentlichen Abstand betrachten zu können.“ „Das ist ja eine geradezu perfekte Vorarbeit“, quittierte Feidel das Vorgehen seines Bekannten. „Ich bringe die Bilder gleich herein“, meinte er auf dem Weg zurück zum Auto.

Vorsichtig nahm Feidel das oberste Paket aus dem Kofferraum und trug es in das Wohnzimmer. „Was soll das denn?“, wunderte sich Schubert, als er eine vermeintliche Teppichrolle in den Händen von Feidel sah. „Ich dachte, wir redeten über Bilder und nicht über Teppiche“. „Wait and see“, erwiderte Feidel weltmännisch und nicht ohne ein gewisses Triumphgefühl in der Brust. Sorgsam legte er das Ganze auf den Fußboden und wickelte aus dem Läufer die ersten zwei Gemälde.

„Das mit den Teppichen hat eine kleine Vorgeschichte“, eröffnete Feidel das weitere Gespräch. „Ich war nicht allein in der Schweiz. Das wäre aus meiner Sicht zu riskant gewesen und zwar in der Schweiz wegen der Arbeit und an der Grenze, weil sich der Einzelreisende nicht so gut als harmloser Urlauber verkaufen lässt wie eine Familie. Vor allem war die Arbeit in Locarno nicht ungefährlich und sehr umfangreich. Mein ‚Mitarbeiter’ war ein Mitschüler von Sven, ein ausgesprochen zuverlässiger und völlig verschwiegener junger Mann.“ Ausführlich schilderte Feidel sein Vorgehen in Locarno, die Mitarbeit seiner Frau und das Verhalten von

Mario. Nur das Missgeschick bei der ersten Beladung des Fahrzeuges vor der stockdunklen Garage überging er mit Schweigen. Nichts sollte den guten Eindruck seines generalstabsmäßigen Vorgehens beeinträchtigen.

Schubert gab zu verstehen, dass er auch an Teppichen oder Läufern grundsätzlich interessiert sei, „vorausgesetzt, dass die Ware echt und antik ist“, schränkte er ein. Daraufhin wurden nicht nur die Bilder, sondern auch die Teppiche und Läufer, die Feidel zwischenzeitlich hereingebracht hatte, von Schubert und seiner Frau genau in Augenschein genommen. „Jeder Teppich hat eine Zollplombe“, bemerkte Feidel – „ein Nachweis dafür, dass die Sachen ordnungsgemäß eingeführt wurden“, ergänzte er lachend seine erste Bemerkung.

Als Schubert mit der Begutachtung des ersten Bildes fertig schien, wollte Feidel wissen, was das Bild wohl wert sei. „Ich schlage vor, dass alles zunächst von einem Sachverständigen geschätzt und bewertet wird“, meinte Schubert, „schließlich muss ich doch sicher sein, dass ich Originale und keine Kopien kaufe. Und das gilt für die Bilder ebenso wie für die Teppiche.“ „In gewissem Sinne verstehe ich das. Aber bitte verstehen Sie auch mich: Ich weiß doch nicht, welche Waren der Sachverständige prüft; ich weiß auch nicht, wer der Sachverständige sein soll und über welche Fachkenntnisse er verfügt. Da muss ich schon eine kleine Sicherheit haben. Das ist doch nicht zuviel verlangt“, zeigte Feidel seine Sorge über den weiteren Verlauf der Verhandlungen. Seine frühere Hoffnung, Schubert wäre ganz heiß auf die Bilder und würde schon beim ersten Anblick in große Verzückung fallen oder sich zumindest zum sofortigen Kauf und der Übergabe eines beachtlichen Schecks entschließen, war rasch verflogen. Eine herbe Enttäuschung machte sich bei Feidel breit, und es machte ihm sichtlich Mühe, seine Niedergeschlagenheit zu verheimlichen.

„Vertrauen gegen Vertrauen“, antwortete Schubert. „Sie können ja nicht erwarten, dass ich blind – oder fast blind – ein großes Geschäft abwickle, das immerhin auch für mich mit nicht unerheblichen Risiken behaftet ist. Aber ich komme ihnen entgegen: Zunächst gebe ich Ihnen einen Scheck über zehntausend Euro. Damit haben Sie ein Pfand in der Hand, das ihnen keiner nimmt. Und sobald die Begutachtung vorliegt, verständige ich Sie; wir werden sicher danach bald handelseinig. Bis jetzt können Sie sich über mich sicher nicht beschweren; kleinlich habe ich mich Ihnen gegenüber noch nie gezeigt, und wir werden zukünftig auch sicher gut zusammen arbeiten", vervollständigte Schubert seine Bemerkungen, und es klang so, als erwarte er keine Widerrede.

Bei der Besichtigung der Bilder und Teppiche fielen seitens des Herrn Schubert manchmal Bemerkungen wie „vielleicht ganz gute Kopie" oder „auf jeden Fall gut und eng geknüpft", und jedes Mal musste Feidel mit sich kämpfen, dass er nicht vor lauter Wut und innerer Zerknirschtheit losbrüllte. Am liebsten hätte er alles wieder zusammengepackt und mit nach Hause genommen. Aber wer hätte dann die Ware abgenommen? Schließlich sollte mit dem Verkauf der Gegenstände der Lebensabend der Feidels gesichert werden. Nach mancher fast demütigenden Bemerkung über die Bilder und Teppiche wollte Feidel der ganz ausgezeichnete Wein, der ihm von Frau Schubert angeboten wurde, nicht richtig schmecken. Alles hatte für ihn im Augenblick den schalen Beigeschmack, dass er hereingelegt werden sollte.

„Ich habe im Übrigen einen sicher sehr interessanten Auftrag für Sie, wenn Sie wollen", lenkte Schubert begütigend ein, als er merkte, dass Feidel stark verstimmt war. Und aus früheren Begegnungen wusste Schubert, dass Feidel mit nichts mehr zu ködern und zu beruhigen war als mit der Aussicht auf möglichst schnell verdientes Geld. „Das Ganze ist auch völlig ungefährlich, fast sogar risikolos, aber es müssen Kontakte gefunden werden, wenn sie nicht schon vorhanden sind, was ich mir bei Ihnen vorstellen könnte", ergänzte Schubert. „Lassen Sie hören", meinte Feidel gespielt langweilig, aber innerlich schon auf dem Sprung.

„Also die Sache ist die: Aus dem Nachlass einer nicht gerade armen Tante aus Nizza habe ich einen Posten Diamanten und andere ‚Klunker', mit denen ich selbst nicht allzu viel anfangen kann. Die Steinchen müssten versilbert, oder besser vergoldet, werden. Nur so können sie etwas für mich bedeuten. Nach Nizza – oder überhaupt nach Frankreich – sollten die Dinger nicht gebracht werden, schließlich weiß ich nicht, ob meine Erbtante die Steine dort auf dem Schwarzmarkt erworben hat oder woher die überhaupt kommen. Hier möchte ich von vornherein jedes Risiko ausschließen, aber auch nur insoweit sehe ich ein gewisses Risiko – und das liegt bei mir. Der Umtausch ist es, was mir etwas Sorge bereitet und wofür ich Ihre Hilfe gebrauchen könnte. Wenn Sie also interessiert sind …?" Abwartend ließ Schubert den letzten, begonnenen Satz in der Schwebe.

„So leicht ist das tatsächlich nicht", versuchte Feidel das Vorhaben etwas schwieriger darzustellen, als es für ihn im Augenblick schien. Eine Idee, wie die Transaktion laufen könnte, hatte er bereits. „Ich muss mir die Sache überlegen. Ganz so risikolos oder ungefährlich, wie Sie vielleicht annehmen, scheint mir das Ganze leider nicht. Sie wissen ja selbst, mit welchen Strafen Geschäfte dieser Art geahndet werden und was für weitere Schwierigkeiten noch entstehen können. Ich denke nur an Einreiseverbote, wenn die Sache im Ausland abgewickelt werden soll. Und für mich wäre so etwas fast tödlich in meinem Beruf als Vertreter. Oder ein Verkauf von möglicherweise ‚heißer Ware' im Inland bedeutet neben einer Bestrafung auf alle Fälle eine unangenehme Hausdurchsuchung, eine längere und ständige Überwachung durch die Polizei, das Finanzamt und manche andere Unbequemlichkeit mehr. Also, so ganz risikolos, wie Sie die Sache darstellen, ist sie ganz gewiss nicht. Aber Sie kennen auch meinen alten Spruch: Nicht verzagen, Feidel fragen! Irgendetwas wird mir schon einfallen. Wie lange hat das Ganze Zeit?" wollte Feidel abschließend wissen.

„Es muss nicht heute oder morgen sein", antwortete Schubert etwas zögernd, „aber in den nächsten zwei oder drei Wochen hätte ich das Geschäft schon gerne erledigt." Nach kurzem Schweigen reagierte Feidel mit einem knappen „gut, ich mache mit“.

Doch Feidel machte immer noch ein bedenkliches Gesicht. „Irgend etwas kommt noch“, dachte Schubert, und er sollte recht behalten. „Nur hätte ich gerne diesmal zuvor Klarheit geschaffen wegen meiner finanziellen Beteiligung an diesem Unternehmen. Ich schlage ein Viertel aus dem Erlös als meinen Anteil für die Mühen vor. Geht das so in Ordnung?“, wollte Feidel wissen.

„Sie sind ganz schön clever, mein lieber Feidel, ich habe mit allenfalls zehn Prozent gerechnet. Denn immerhin kommt von meiner Seite das ganze Kapital und bei den einzelnen Fahrten, Transporten und bei der Übergabe werde ich schließlich auch mitmachen. Genau genommen brauche ich von Ihnen nur eine Kontaktadresse. Können wir uns auf dieser Basis eventuell einigen?“ versuchte Schubert die hohe Forderung von Feidel auf ein für ihn vertretbares Maß zurückzuschrauben.

„Da sehe ich mein eigenes Risiko doch entscheidend größer, als Sie es annehmen“, nahm Feidel den Gesprächsfaden auf. „Wenn bei einer Kontrolle – aus welchem Grunde auch immer eine erfolgt – ich mit dabei bin, so heißt es doch ganz klar ‚mitgehangen, mitgefangen’, und ich schaue dann ganz schön dumm aus der Wäsche. Sie können die Sache drehen und wenden wie Sie wollen, ich halte das Risiko für mich jedenfalls für so groß, dass ich ohne eine Beteiligung von einem Viertel in keinem Fall bereit bin, auch nur das Geringste zu tun. Und dass Sie nur eine Kontaktadresse benötigen, um eine solche Transaktion durchzuführen, halte ich für völlig abwegig. Nach all meinen Erfahrungen kann nur in einem direkten Gespräch mit einem Insider so ein Geschäft abgewickelt werden. So sehe ich die Sache, und nun möchte ich Ihnen gerne sagen: ‚Sie können es sich noch überlegen’. Das ist wirklich mein letztes Wort. – Fast tut es mir schon leid, dass ich Ihnen das Angebot mit nur einem Viertel unterbreitet habe. Aber, wie gesagt, Sie können es sich ja noch überlegen.

Wenn wir uns einig werden, könnte ich auch bald zur Verfügung stehen. Während unseres Gespräches ist mir auch schon ein Gedanke gekommen, wie die Sache erfolgreich durchgezogen werden könnte. Also: es liegt jetzt nur an Ihnen!“

„Wir liegen mit der Vorstellung über Ihre Beteiligung doch noch sehr weit auseinander, mein lieber Feidel. Die Klunker, von denen ich sprach, sind immerhin etliche zigtausend wert. Und eine Beteiligung, wie Sie sich diese vorstellen, würde allein schon eine hohe sechsstellige Zahl ergeben. Da bin ich mir sehr sicher. Eine Begutachtung durch einen Experten habe ich schon eingeholt. An einer Übernahme ist aber dieser Fachmann nicht interessiert. Und woher ich die Steinchen habe, weiß dieser Mann auch nicht. Für Sie, mein lieber Feidel, wäre ein Mitmachen nur eine kurze Angelegenheit mit einem Gewinn, wie Sie ihn so schnell sicher nicht wieder bekommen oder auch nur erträumen können“, versuchte Schubert sein Gegenüber doch noch zu einem Entgegenkommen zu bewegen. Bei dem Gespräch machte er ein fast unbewegtes, undurchdringliches Gesicht.

„Pokerface“ dachte Feidel, als er Schubert in dieser Weise agieren sah und reden hörte. Ihm war klar, dass Schubert ein abgebrühter, harter Verhandlungspartner war und dass er, Feidel, eindeutig am kürzeren Hebel saß. „Jetzt nur nicht schon klein beigeben“, dachte Feidel, „sonst sind alle Erwartungen vom großen Glück und Gewinn gleich dahin“. Laut formulierte er seine weiteren Gedanken: „Mit nur zehn Prozent sind meine Risiken nicht im Geringsten abgedeckt. Wenn ich dabei so viel erzielen würde, wie Sie sagen, ist auch das Risiko entsprechend groß. Das ist Ihnen doch auch wohl ganz klar, dass eine mögliche Verurteilung wegen Hehlerei, Devisenschmuggel oder wegen irgendeiner Beteiligung an einer anderen Straftat höher ausfällt, je höher der Schaden oder der Wert des geschmuggelten Gutes ist. Aus diesem Grunde sage ich Ihnen ganz verbindlich, dass ich bei nur zehn Prozent Beteiligung nicht als Partner zu gewinnen bin. Beteiligung und Risiko müssen für mich in einem vertretbaren Verhält-

II.

Acht Tage vor diesem ereignisreichen Wochenende war Feidel schon einmal im Tessin gewesen, um den Gemäldediebstahl vorzubereiten. Er hatte damals in der Gegend von Lörrach einige Geschäftsbesuche zu erledigen und wollte bei dieser Gelegenheit weiter nach Locarno fahren. Mit den Aufwartungen bei seinen Geschäftspartnern war Feidel am Nachmittag fertig. Eigentlich hätte die Zeit noch ausgereicht, um gleich in die Schweiz weiterzufahren und einer alten Freundin einen Besuch abzustatten, aber Feidel war abergläubisch. Da dieser Freitag im Kalender eine „13" trug, verschob Feidel das Vorhaben auf den nächsten Tag. So blieb Feidel in einem Hotel in Lörrach, das er von früheren Aufenthalten her kannte. Dort machte Feidel sich erst einmal frisch. Nach der Rasur nahm er ein Bad und machte sich „land-fein", wie Feidel als früherer Marine-Soldat sich immer noch auszudrücken pflegte. Erst danach fühlte er sich in der Stimmung, seine Bekannte in Locarno anzurufen.

„Hallo, Evchen", grüßte Feidel am Telefon, nachdem sich seine Freundin nur mit einem „Ja, bitte" auf den Anruf gemeldet hatte. Evchen kannte die ihr vertraute Stimme sofort und erinnerte sich an manche glückliche Stunde mit Feidel, den sie „meinen einzigen Freund" nannte. „Hallo, Werni", klang Evchens freudig überraschte Stimme aus der Telefonmuschel. „Wo steckst du? Wir haben uns schon viel zu lange nicht mehr gesehen. Ich habe so Sehnsucht nach dir. Kannst du nicht kommen?" Fast zögernd legte Evchen nach dieser letzten Frage eine kleine Pause in ihrem Gespräch ein. „Ich bin in Lörrach bei einem Geschäftsfreund", kam nur halbwahr die Antwort von Feidel. „Aber wenn es dir recht ist, könnte ich morgen zu dir kommen. Ich denke, dass ich heute noch in Lörrach mit meinen Besuchen fertig werde. Und dann könnte ich morgen schon früh hier abfahren, um gegen zehn Uhr bei dir zu sein. Ich lade dich gerne zu einem Brunch ein und ich freue mich natürlich auch sehr auf ein Wiedersehen mit dir, mein Schatz."

„Das höre ich gerne. Nur selten höre ich so ein liebes Wort. Und ‚Schatz' sagt sowieso niemand außer dir, Werni. Natürlich nehme ich mir Zeit für uns beide. Aber meinst du nicht auch, dass wir lieber bei mir in der Wohnung die wenigen Stunden gemeinsam verbringen sollten als bei einem Hotelbesuch und dem Essen dort? Wenn du um zehn Uhr hier sein kannst, habe ich alles Notwendige im Hause. Ich kann mir doch alles bringen lassen. Wir haben einen ganz guten Party-Service, den ich auch jetzt noch anrufen kann. Bis zehn Uhr haben die sicher alles gebracht. Aber das Schönste für mich ist, dass ich dich wieder einmal ganz nahe bei mir habe. Also: komm bald. Ich freue mich jetzt schon darauf!" Sehnsüchtig klang die Stimme, fast verlangend, fordernd, um nicht zu sagen gierig.

Feidel kannte diesen Ton, und er wusste, dass der nächste Tag für ihn wieder anstrengend werden würde. „Ich versuche auf alle Fälle pünktlich zu sein und .... ich freue mich auch sehr auf dich, Evchen. Bis dann und gute Nacht." Damit gab Feidel dem Anruf einen endgültigen Abschluss, der Evchen die Möglichkeit nahm, das Gespräch zu verlängern. Alles, was noch gesagt werden sollte, wollte Feidel auf den morgigen Tag verschieben, wobei er immer wieder an die ominöse „13" von heute dachte.

Beruhigt und zufrieden legte sich Feidel zu Bett und schlief auch bald traumlos ein.

Als Feidel am nächsten Morgen wach wurde, stand die Sonne schon deutlich über dem Horizont und lachte ins Fenster des Hotelzimmers. Feidel stand auf, rasierte sich und duschte ausgiebig. Er wählte ein besonderes Rasierwasser, welches er nur bei Evchen verwendete, da sie diesen Duft besonders mochte. Seinem Koffer entnahm er frische Wäsche und überprüfte danach sein Aussehen im Spiegel. „Alles o.k.", sagte Feidel zu sich selbst, zufrieden über seine Aufmachung. „Evchen soll mit mir mehr als nur zufrieden sein", dachte er beim Verlassen des Hotelzimmers. Bei der Rezeption beglich Feidel die Hotelrechnung und nahm im Frühstücksraum nur eine Tasse Kaffee ein, um später bei Evchen noch etwas essen zu können.

Als er wenig später seinen Koffer im Auto verstaut hatte, entschied er sich, den Wagen noch waschen zu lassen. Vom Hotel fuhr er zur nächsten Tankstelle mit Waschanlage, und tankte bei dieser Gelegenheit gleich voll. “Evchen wird mit mir zufrieden sein“, wiederholte Feidel seinen früheren Gedanken, als er seinen in der Sonne blinkenden Pkw sah. Er setzte sich ans Steuer in der sicheren Überzeugung, dass jetzt nichts mehr schief gehen konnte.

Die Fahrt in die Schweiz bereitete keine Schwierigkeiten. Der Grenzübertritt bei Basel verlief völlig ohne Komplikationen: Freundlich lächelte ihn sogar ein Zollbeamter an, der ihn von den diversen Fahrten in die Schweiz als Handelsvertreter kannte. Um ganz sicher nicht aufzufallen, fuhr Feidel in der Schweiz allenfalls die vorgeschriebene Höchstgeschwindigkeit, soweit die Verkehrsverhältnisse dies zuließen.

Feidel war guten Mutes. Gerne erinnerte er sich an den tiefen Schlaf im Hotel, der ihm neue Kraft gegeben hatte, die er heute sicher gut gebrauchen konnte. Die störungsfreie, glatte Fahrt ohne jeden Stau oder auch nur starken Verkehr ließ ein richtiges Hochgefühl in ihm aufkommen. Schnell verging bei den schönen Gedanken die Zeit, und wenige Minuten vor zehn Uhr erreichte er wie erwartet die Autobahnausfahrt Bellinzona-Süd. „Wie oft schon habe ich an dieser Stelle die Schweizer Autobahn verlassen?“, kam es Feidel in den Sinn, und fast wie in Trance nahm er Kurs über die Seestraße nach Locarno und den Weg steil hinauf zur Kirche vorbei bis in die Nähe des Wohnblocks, wo Evchen die wunderschöne Eigentumswohnung mit Blick auf den See besaß. Feidel parkte seinen Wagen so, dass er von der Wohnung Evchens aus gut gesehen werden konnte. Er hoffte, dass sie seine Ankunft bemerkte.

Feidel hatte sich nicht getäuscht: Evchen stand schon in der geöffneten Wohnungstüre, als Feidel dem Lift entstieg. Auch Evchen hatte sich sehr fein gemacht, wie Feidel mit

Kennerblick feststellte, so dass er sich jetzt noch mehr auf die Begegnung freute als er es sich zuvor eingestehen wollte. „Ich freue mich so sehr auf dich, Werni. Komm rein“. Echte herzliche Freude und Empfindung klang in den Worten, während Evchen ihren Besucher am Arm fasste und in den Flur zog. Erst hier ließ sie Feidel die Blumen und die Pralinen ablegen, die er sich noch in Lörrach besorgt hatte. Kaum hatte Feidel endlich die Arme wieder frei, fiel Evchen ihrem Freund mit beiden Armen um den Hals und vereinigte sich mit ihm in einem langen sehnsuchtsvollen Kuss.

Feidel erwiderte die herzhafte und herzliche Begrüßung, indem er sich zu Evchen beugte und sie ebenso spontan wie intensiv umarmte. „Das allein – fast – ist es wert, dass ich solange auf dich gewartet habe“, hauchte Evchen zwischen zwei Küssen, und „halte mich ganz lange fest“, ergänzte sie die Begrüßung.

Feidel hatte bis dahin noch nichts gesagt – oder sagen können –, aber schließlich kam doch ein leises „ich habe mich bei meinen Besuchen in Lörrach so sehr beeilt. Ich konnte es auch kaum erwarten, wieder einmal hier bei dir zu sein, Liebes!“ Feidel wusste am besten, dass diese Antwort nur halbwahr kam und dass er zumindest am Spätnachmittag in Lörrach noch andere Gedanken gehabt hatte. Als sich die beiden aus ihrer Umklammerung gelöst hatten, kam Feidel dazu, die mitgebrachten Blumen und Edelpralinen zu überreichen. „Nur dass du siehst, wie ich an dich gedacht habe“, meinte Feidel etwas bescheiden. „Du sollst doch nichts mitbringen, Werni. Ich habe es dir doch schon oft gesagt“, erwiderte Evchen, aber ihre Stimme klang so, dass die Freude über die Geschenke nicht zu überhören war. Und schließlich kam auch die Bestätigung von Evchen: „Ich freue mich aber halt doch sehr, dass du an mich gedacht hast.“

„Hast du einen großen Hunger mitgebracht, oder hat das Essen noch ein bisschen Zeit?“, lenkte Evchen das Gespräch in eine neue Richtung und wies gleichzeitig mit einer Handbewegung auf das Sofa, welches geradezu einladend und etwas vom Couchtisch weggerückt stand. „Gar nichts hat Eile, Liebes. Ich habe genügend Zeit für uns mitgebracht“, ging Feidel auf den Wunsch von Evchen ein. Der Handbewegung von Evchen folgend nahm Feidel rechts auf dem Sofa Platz. Evchen kuschelte sich links von ihrem Freund auf die Liege und schmiegte ihren Kopf an die Brust von Feidel. Evchens Rock rutschte ein Stück über ihre Knie, ohne dass sich Feidels Freundin auch nur im Geringsten bemühte, den Rock auf die frühere Länge zurückzuziehen.

Langsam wendete Evchen ihren Kopf nach oben, um ihrem Freund in die Augen sehen zu können. „Wie lange habe ich auf diesen Augenblick gewartet. Du hast mir sehr gefehlt. Sind das jetzt schon drei Wochen, seit du das letzte Mal hier warst?“, kramte Evchen in ihrer Erinnerung, aber mehr um eine Unterhaltung in die Wege zu leiten, als um von Feidel bestätigt zu bekommen, dass es tatsächlich schon so lange her war. „Du weißt doch, Schatz, dass ich ständig auf Tour bin. Schließlich versuche ich auch meine Familie zu ernähren. Und die Geschäfte sind leider alles andere als rosig. Zwar wurde mir vor einigen Tagen ein viel versprechendes Geschäft angeboten; aber dazu fehlen mir im Augenblick die nötigen finanziellen Mittel. Aber reden wir lieber von dir, mein Engel, ich bin ja nicht hier, um über Geld oder Arbeit zu reden. Es gibt doch so viel Schöneres, zum Beispiel dich“, schmeichelte Feidel seiner Freundin und ließ seine Hand langsam und zart auf ihr unbedecktes Knie gleiten. Feidel spürte das plötzliche Vibrieren in Evchens Bein, ihren hastig geöffneten Mund, ihren bittenden Blick und ihre verlangende spontane Umarmung. Feidel ließ sich Zeit, dem Verlangen von Evchen nachzugeben. Langsam, fast zögernd, und sehr behutsam wanderte Feidels Hand am Bein von Evchen aufwärts. Vor dem Schoß blieb die Hand zunächst liegen; nur die Fingerspitzen bewegten sich – fast suchend – am Schoß vorbei. Evchen war aufgewühlt. Ihre Zunge suchte den Mund ihres Freundes und saugte sich nachgerade daran fest, so, als wollte sie die Verbindung nie wieder lösen.

Minuten waren so verstrichen, ohne dass die Erregung von Evchen auch nur im Geringsten nachgelassen hätte. Ihre Beine waren nicht mehr geschlossen, und die Hände, die um Feidels Hals gelegen hatten, griffen nun seinen Kopf und während sich auch ihr Mund vom Kuss löste, dirigierte sie den Kopf ihres Freundes auf ihren Schoß. Mit einem stöhnenden, geseufzten „ach, tu's doch", stand Evchen kurz auf, um ihrem Freund die Möglichkeit zu geben, ihren Slip liebevoll abzustreifen. So entblößt, legte Evchen sich wieder auf das Sofa, den Kopf ihres Freundes immer noch in den Händen. Auch ohne die helfenden, bittenden Handbewegungen von Evchen wusste Feidel, was sie von ihm erwartete: Sein Gesicht bedeckte jetzt ihren Schoß, und seine Zunge vergrub sich zwischen ihren Beinen. Ganz zärtlich und ganz Liebende legte Evchen ihre Hand auf den Kopf ihres Liebhabers und streichelte über sein Haar, um ihm zu zeigen „du weißt schon, was ich von dir will – und nur von dir – und nur so, wie du es jetzt tust."

Ihre Gedanken gingen zurück in die Zeit, als sie noch mit ihrem Mann verheiratet war. Ihr Mann, ein Schweizer Bankier, hatte am Tage ihrer Hochzeit einen schweren Verkehrsunfall. Hierdurch bedingt war er nie in der Lage, mit seiner jungen Frau zu schlafen. Nach der Genesung von den Folgen des Unfalls konnte Werni – so nannte Evchen ihren Mann – seine Zuneigung zu seiner Frau nur dadurch zeigen, dass er ihren Körper liebkoste und küsste. So hatte Evchen die Liebe nie anders verstanden oder erlebt. Und nach dem Tode ihres Mannes war sie viele Jahre allein, bis sie sich entschließen konnte, nach Locarno zu ziehen und hier die Eigentumswohnung zu beziehen. Hier lernte sie auch Feidel kennen; den Mann, der damals als Hausmeister mit seiner Frau und einem kleinen Jungen eine kleinere Souterrainwohnung bewohnte. Der kleine Junge hatte es ihr angetan: Er hatte ohne kindliche Scheu Evchen als ‚Tante' angesprochen und damit das Herz der einsamen Dame erobert. Von daher war es kein weiter Weg, bis Evchen, sonst sehr verschlossen, auch mit den

Eltern des kleinen Jungen sprach. Erst nachdem Feidel seine Stellung als Hausmeister aufgegeben – oder einfach verloren – hatte (so genau erfuhr Evchen dies nie), lernte sie ihren Freund als Liebhaber kennen. Acht Jahre waren seither verstrichen; acht Jahre, in denen die Liebe von Evchen nur wuchs und aus der anfänglichen freundschaftlichen Zuneigung ein herzliches, verlangendes Begehren wurde. Es kam Evchen gar nie in den Sinn, ihren Freund anders zu benennen als nach ihrem verstorbenen Ehemann. Sie hatte in ihrem Freund immer nur ihren ‚Werni' gesehen. Seit wann dies genau war, hätte Evchen wohl nie sagen können; vielleicht war sie sich dieses Umstandes gar nicht selbst bewusst. Hieran hatte sich in all den Jahren nichts geändert. Die Art, wie Evchen mit ihrem Freund – und früher mit ihrem Mann – die Liebe gelebt hatte, verstärkte bei ihr nur die Erinnerung oder die gedankliche und empfindungsmäßige Gleichstellung von Mann und Freund. Dass ihr Mann wesentlich älter gewesen war als sie und ihr Freund bald zwanzig Jahre jünger, änderte nichts an ihrer Gedankenwelt.

Lange waren Werni und Evchen auf der Liege zusammen und ‚kuschelten', wie er sich auszudrücken pflegte. Es ging deutlich auf die Mittagsstunde zu, als Evchen – jetzt viel gelöster als beim Wiedersehen – sich und ihren Freund daran erinnerte, dass das Essen noch völlig unberührt auf dem Tisch im Esszimmer stand. „Wir können uns langsam anziehen und zum Essen gehen – oder sollen wir uns so an den Tisch setzen? Ich hätte da nichts dagegen", meinte Evchen in Erinnerung an manche Stunde, die sie, so wie jetzt waren, am Tisch gesessen hatten. In ihren Augen war abzulesen, dass sie diese gemeinsamen Stunden am Tisch richtig genossen hatte mit dem Wechsel von körperlichen Küssen, dem Trinken aus demselben Glas oder dem Essen von der Gabel des anderen. „Du kannst dir vorstellen, dass ich das gerne mitmache – und warm genug ist es mir auf jeden Fall – zumindest in deiner Nähe", versuchte Feidel die Stimmung von Evchen hochzuhalten. „Also, worauf warten wir?", fragte Evchen und war auch schon aufgestanden. Auch Feidel zögerte nicht einen Augenblick, denn schließlich hatte er heute noch nicht gefrühstückt, und die letzten zwei Stunden hatten ihm auch genügend Appetit verschafft.

„Es bewahrheitet sich doch das alte Sprichwort: Die Liebe geht durch den Magen. Oder ist das gar kein Sprichwort, sondern eine echte Lebensweisheit?“, philosophierte Evchen, während sie sich bei ihrem Freund unterhakte und mit ihm vom Wohnzimmer zum Esstisch ging. Hier nahmen die beiden Platz, so, dass sie sich an der Ecke des Tisches gegenübersaßen. Ihre Beine berührten sich, und auch von ihren Füßen gingen ständige Kontaktsignale aus „Was darf ich dir zuerst vorlegen, mein Schatz?“ fragte Evchen mit einem tiefen Blick in die Augen von Werni. „Gerne eine Scheibe Lachs, Liebes. Und wie ich sehe, hast du auch den Toaster bereitstehen. Also auch eine Scheibe Toast, ja?“ antwortete Werni, indem er auch gleich den Toaster einschaltete. „Gut so, Werni, du kennst dich ja bestens aus. Und, bitte, mach noch den Champagner auf. ‚Veuve Cliquot‘ steht noch im Kühlschrank. Könntest du die Flasche holen? Danke dir, Lieber“, fügte Evchen schnell hinzu, als Werni schon bei dem Gedanken an Champagner aufgestanden war in der selbstverständlichen Erwartung, dass die Flasche noch zur Kühlung weggestellt war.

„Du hast ja einen zauberhaften Brunch auf die Tafel gebracht. Da wird einem schon Gesättigten noch Appetit gemacht“, lobte Feidel die wirklich erlesenen und sorgfältig ausgesuchten Delikatessen, die auf dem Tisch aufgedeckt waren. „Schöne Liebe verdient auch ein gutes Essen“, gab Evchen das Lob mit einem dankbaren Blick an ihren Freund zurück. „Jetzt ist zunächst Stärkung angesagt“, forderte Evchen zum Essen auf. „Auch dazu lasse ich mich gerne verführen und wünsche dir einen guten Appetit, mein Schatz“, folgte Werni der freundlichen Aufforderung von Evchen. „Zuerst darf ich uns aber noch den Schampus einschenken, und mit dem Prosit wünsche ich, dass wir noch einen schönen ganzen

Tag miteinander verbringen“, fuhr Werni fort. „Dem stimme ich aber gerne und voll zu und hoffe, dass der Tag noch lange dauert. Auf unser beider Wohl, Liebster!“, hauchte Evchen und hielt den gefüllten Sektkelch in die Höhe. „Wir haben Zeit bis zum Abend – und der ist noch in weiter Ferne. Auf dich, Liebste!“ Auch Werni hielt sein Glas in die Höhe, und zart berührten sich die Kelche mit einem hellen Kling.

„Ich wollte, der Tag hätte kein Ende“, sinnierte Evchen vor sich hin, wobei sie ihrem Freund in die Augen sah. „Und morgen werde ich wieder alleine sein, aber nicht einsam. Auf alle Fälle habe ich noch an den Erinnerungen von heute zu zehren.“ „Und ich werde bestimmt bald wieder kommen: ganz großes Versprechen“, ergänzte Werni die Gedanken von Evchen. „Auf dieses Wiederkommen trinke ich gerne das Glas leer“, antwortete Evchen. „Ich ziehe mit“, sekundierte Werni in Erinnerung an seine frühere Studentenzeit. Beide hatten ihren Kelch leer getrunken, und Werni goss aus der bereitstehenden Flasche in jedes Glas einen kräftigen Schluck des köstlichen Champagners.

„Du hast heute früh kurz davon gesprochen, dass du geschäftliche Schwierigkeiten hast. Könnte ich dir vielleicht helfen? Du weißt, dass ich das für dich tun würde, soweit mir das möglich ist“, nahm Evchen das am Morgen bei der Begrüßung begonnene Gespräch von sich aus auf. Das war der Augenblick, auf den Feidel nachgerade gewartet hatte, aber um sich nicht zu verraten, wählte er im Gespräch einen kleinen Umweg. „Ja, richtig. Ich habe gesagt, dass die Geschäfte im Augenblick nicht gut laufen und dass ich mir größere Umsätze bei meinen Bemühungen erhofft habe. Aber das gibt sich sicher wieder. Weißt du, Liebes, so ein paar saisonale Bremsen wird es immer wieder geben. Das ist nicht so sehr das Problem. Aber über einen Geschäftsfreund wurde mir ein geradezu verlockendes Angebot als Geschäftsführer gemacht. Ich muss ehrlich gestehen, dass ich an eine solche Chance schon gar nicht mehr zu denken wagte. Diese Tätigkeit entspräche auch eher meiner Ausbildung als mein jetziger Job als Vertreter und vor allem: mein Einkommen wäre deutlich höher und – ganz wichtig – gesichert und nicht wie jetzt vom Umsatz abhängig. Das Angebot hat aber einen Haken – einen sehr großen Haken sogar –, man erwartet von mir eine Geschäftsbeteiligung in der Größenordnung von mindestens achtzigtausend Franken. Die Sache wäre für mich zu verlockend, weil das Unternehmen in der Schweiz ein Zweigwerk erhalten soll, und genau hier sollte ich dann geschäftsführend tätig werden. Zukunftsmusik, mein lieber Engel, für mich ist das leider unerfüllbar. Also: abschreiben."

„Hör mal, Werni! Mit diesem Betrag kann ich dir doch noch einmal aushelfen. Ich habe dir zwar schon mehrmals größere Beträge zukommen lassen, die du nicht zurückzahlen konntest, was ich verstehe. Ich sage das nicht, um dich zu kränken. Im Gegenteil: Du weißt, wie sehr ich dein berufliches Bemühen schätze, und dass ein Risiko auf all diesen Unternehmen liegt, das weiß ich schließlich auch von früher. Mein Mann hatte dadurch auch schon manchen Reinfall in der Bank erlebt. Wenn du mit einer Finanzhilfe von mir eine solche Möglichkeit wahrnehmen kannst, wirst du den ‚Kredit', das Wort nehme ich ungern im Zusammenhang mit dir, vielleicht sogar einmal zurückzahlen können. Also, mein Liebster, verstehe mich richtig: Ich will nicht als ein Leihinstitut dir gegenüber treten, sondern ganz einfach als deine Freundin, die dir vertraut, die auch weiß, was in dir steckt an Wissen und Können. Ich hoffe, du verstehst mich nicht falsch. Mein Angebot bleibt bestehen, und ich würde mich freuen, wenn du sagen würdest: Ich will gerne dein Angebot annehmen, Partner! O.k.?"

„Als ich dich gestern angerufen habe, wollte ich dir eigentlich von all dem nichts erzählen. Aber wem soll ich von meinen Problemen etwas sagen, wenn nicht dir? Du hast für diese Dinge einfach eine ganz feine Antenne und – darf ich so sagen? – du hast auch ein großes Herz. Du bist einfach ein Schatz! Und ich sage Ja, ich nehme mit großem Dank deine Hilfe an. Ich werde dich ganz sicher nicht enttäuschen.

Vielleicht kann ich schon in der kommenden Woche zumindest im Rohkonzept die einzelnen Bedingungen für das neue Unternehmen erörtern und dir dann den Vertrag auch zeigen. Einverstanden? Wenn ich so schnell zum Zuge komme mit dem Vertrag, habe ich auch sicher Gelegenheit, wieder bei dir herein zu schauen."

„Ich glaube dir doch auch so. Das weißt du – und das musst du immer wissen! Komm dann einfach wieder so bald als möglich hier vorbei. Ich freue mich doch über jeden Besuch von dir", erwiderte Evchen, beglückt, dass sie ihrem Freund helfen konnte und noch mehr darüber, dass er bald wieder hier sein würde. „Schön, dass du das so siehst, mein Schatz. Geschäftsführer in einer Firma hier in der Schweiz – das stelle ich mir schon deinetwegen ganz traumhaft vor. Aber warum jetzt träumen? Bald werde ich es Schwarz auf Weiß haben, dann ist es Zeit, sich auf das vorzubereiten, was wir beide ersehnen", brachte Werni seine Gedanken zu einem vorläufigen Schluss.

„Etwas ganz anderes wollte ich gerne noch erfragen: Als ich heute früh vor der Haustüre stand, fiel mir auf, dass in der Wohnung unter dir ein anderer Name stand, als früher. Haben die Nachbarn gewechselt, oder wurde durch eine Heirat eine Namensänderung erwirkt?" Werni leitete mit dieser Frage das Gespräch auf andere Mitbewohner im Hause, um so ganz nebenbei – wie er hoffte – in Erfahrung zu bringen, wie es zurzeit im Hause aussah. Bereitwillig antwortete Evchen, dass die Wohnung unter ihr den Eigentümer gewechselt und der neue Eigentümer seine Wohnung vermietet hatte. Unter ihr wohne jetzt ein junges Paar, „ob mit oder ohne Trauschein weiß ich nicht. Das geht mich aber auch nicht viel an. Kontakte dahin habe ich keine, die suche ich aber auch nicht. Nur in der Erdgeschosswohnung ist noch derselbe alte Junggeselle oder Witwer, der solange im Hause ist wie ich auch. Wir grüßen uns zwar und wünschen uns auch einen ‚Guten Tag', damit hat es sich auch schon. Eine Ausnahme hat er allerdings vor etwas mehr als zwei Wochen gemacht: Wir begegneten uns beim Bäcker, und da hat er mir vertraulich zugeflüstert, dass er für etwa einen Monat, oder etwas länger, nach Amerika fliege, um einige Bekannte zu besuchen. Das war auch schon alles, was er mir mitteilen wollte. Sonst hat sich hier nichts verändert. So viel tut sich hier nicht."

Feidel hatte erfahren, was er heute unter allen Umständen herausbekommen wollte. Innerlich rief er ‚Halleluja', nach außen tat er so, als ob ihn die Nachricht von der Fernreise des alten Knaben nicht so sehr interessierte. „Schon diese neue Erkenntnis hat die Fahrt hierher bezahlt gemacht", dachte Feidel, ohne auch nur die Lippen zu bewegen, wie es manche Menschen tun, wenn sie einen Gedanken zwar für sich behalten wollen, aber das Gedachte doch in irgendeiner Art formulieren wollen.

Feidel war glücklich. Alles, was er sich für die Fahrt nach Locarno vorgenommen hatte, war so unerwartet reibungslos und ohne dass er verfängliche Fragen hatte stellen müssen, in Erfüllung gegangen: die erneute Kreditzusage von Evchen über die achtzigtausend Franken und das Wissen, dass das Erdgeschoss für noch sicher zwei weitere Wochen unbewohnt war. „Gut, dass ich nicht schon gestern gefahren bin wegen der ‚13'. Und gut, dass ich der inneren Stimme erst heute gefolgt bin." Feidel nannte sich einen Glückspilz. Er verspürte große Lust, gleich aufzubrechen und nach Hause zu fahren, aber wenn er jetzt Eile an den Tag legen würde, könnte Evchen vielleicht Verdacht schöpfen. Der letzte Gedanke von Feidel war allerdings vollkommen unbegründet, denn Evchen hatte von den wahren Plänen ihres Freundes auch nicht die geringste Ahnung. „Also jetzt ruhig durchatmen, Ruhe bewahren und noch etwas Zeit lassen bis zum Aufbruch und der Fahrt nach Hause", dachte Feidel.

Ein leichter Luftzug wehte von dem See her und ließ Evchen frösteln. "Ich sollte mir jetzt doch etwas anziehen, Liebster. Langsam wird es etwas kühler, und ich möchte mich nicht gerne erkälten; aber das ganz freie Leben, so wie die letzten Stunden mit dir, genieße ich sehr". „Ich werde dir folgen und mich auch wieder anziehen. So sitzt man jetzt doch etwas gemütlicher, wenn auch nicht so ‚frei-lebig', wie du dich eben ausgedrückt hast. Und ein Schlückchen heißen Kaffee könnte ich auch vertragen." „Oh, entschuldige bitte! Über all die lieben Streicheleinheiten, die ich heute wieder einmal von dir erfahren durfte, habe ich meinen Wahlspruch fast vergessen, dass die Liebe durch den Magen geht. Ich sage aber Besserung zu", scherzte Evchen und nahm auch schon die Kaffeekanne vom Rechaud, um ihrem Freund das Gewünschte zu geben. „Ein Stückchen Torte nimmst du doch sicher auch noch gerne, so wie ich dich kenne, stimmt's?", meinte Evchen besorgt um das leibliche Wohl ihres Gastes. Mit einem fragenden liebevollen Blick ergänzte sie: „Hilfst du mir beim Ankleiden, Werni? Du weißt schon: ganz langsam und schonend Stück für Stück. Ich möchte deine Nähe und den Kontakt noch einmal richtig genießen, und wenn ich meine Dessous anhabe und du mir die Strümpfe überziehst, dann habe ich das Gefühl, es begänne alles noch einmal von vorn, wie heute morgen. Ich habe ganz sicher diese Empfindung, auch wenn ich genau weiß, dass dieses Anziehen auch eine Art Schlussszene ist für heute. Aber weißt du, Liebster, bis du dann bald wieder kommst, kann ich mich eben an dieses Gefühl erinnern – und das allein tut schon gut. Verstehst du das? Du musst es einfach so nehmen, wie ich es dir sage."

„Mir geht es auch nicht anders, Evchen. Nur kann und muss ich meine Gedanken sehr oft zurückdrängen, wenn ich bei der Arbeit und bei Geschäftsbesuchen bin. Denn stelle dir vor, ich hätte gerade ein Geschäft abzuwickeln und der Partner wäre eine SIE, da wäre es doch mehr als peinlich, wenn statt einer ordentlichen Antwort auf die Fragen meines Gegenüber eine Liebeserklärung kommen würde. Ach, das wäre nicht auszudenken – und das Geschäft mit einiger Sicherheit geplatzt. Aber im Übrigen gehen meine Gedanken sehr oft in die Schweiz, nach Locarno und in dieses Haus", meinte Feidel. Dabei hatte er noch nicht einmal die Unwahrheit gesagt: Es war genau so, wie Feidel sich geäußert hatte, wörtlich genau! Auch in diesem Augenblick, in dem er gerade mit Evchen plauderte, war er mit seinen Gedanken ein paar Etagen tiefer; genauer gesagt in der Parterrewohnung, die, wie er von Evchen gerade erfahren hatte, augenblicklich unbewohnt war, weil der Eigentümer für einige Wochen verreist war. Aus seiner früheren Zeit als Hausmeister in diesem Wohnblock wusste Feidel, dass der Besitzer der Parterrewohnung ein ausgesprochener Einzelgänger oder sogar ein Sonderling war, der seine Wohnung selber sauber hielt, kaum Kontakte zu den Mitbewohnern hatte und, wie es schien, ganz einfach mit seinem Reichtum und seinen Kunstwerken lebte – ein Umstand, der Feidel sehr angenehm war.

Evchen ließ er von diesen Regungen nichts merken. Das Ankleiden erfolgte genau so, wie sie es zuvor gewünscht und mit ihrem Freund besprochen hatte. Das Wieder-Anziehen war wie eine Zeremonie und wurde für Evchen zu dem Erlebnis, das sie sich vorgestellt hatte und von dem sie sicher lange zehren würde. Als der lange Reisverschluss des Kleides von Feidel zugezogen war, wurde dieser Schlussakkord im Liebeslied mit einem langen und tiefen Kuss beendet.

Feidel hielt sich beim eigenen Ankleiden nicht lange auf, ließ sich dann aber noch einmal zärtlich und herzhaft zugleich von seiner Freundin in die Arme nehmen. Evchen empfand wohl, dass ihr Freund langsam den Aufbruch und den Abschied wünschte. Sein fast eiliges Verhalten beim Anziehen zeigte ihr dies deutlich. „Willst du nach Hause, Liebster? Ich wünsche, dass du gut nach Hause kommst – und selbstverständlich auch bald wieder einmal den Weg hierher findest. Du musst wissen, dass die Türe für dich immer offen steht und dass ich nichts mehr ersehne, als deine baldige, frohe und glückliche Wiederkehr. Für den heutigen Tag und für all die Liebe, die du mir geschenkt hast, möchte ich mich von ganzem Herzen bedanken. Du hast mich sehr glücklich gemacht – aber das weißt du auch selbst. Wenn es auch mir gelungen sein sollte, dir etwas Freude und ein bisschen Glück gebracht zu haben, tut mir das am meisten gut. Und jetzt: Lebe wohl! Beim Abschied brauchen wir keine großen Worte machen."

„Du hast recht, mein Schatz, auch ich habe Abschiedszeremonien nicht so gerne. Aber zum Schluss will ich dir doch gerne sagen, dass dieser Tag mich sehr glücklich werden ließ. Das verdanke ich ausschließlich dir, und dieser Abschiedskuss soll das nur unterstreichen." Noch einmal lagen sich die beiden in den Armen und trennten sich, nachdem Feidel versichert hatte, dass er tatsächlich sehr bald wieder in Locarno sein werde.

Schon acht Tage später löste er sein gegebenes Versprechen ein, aber in völlig anderer Form, als Evchen dies jemals erwartet hätte. Dass Feidel in der Nacht aufkreuzen und dabei in Begleitung seiner Frau und dem Freund seines Sohnes sein würde, hätte Evchen Feidel nie zugetraut. Dass dieser Besuch nur der Parterrewohnung und einem Teil der kostbaren Einrichtung dieser Wohnung galt, wäre ihr nicht im Traum eingefallen. Und dass sie selbst dazu beigetragen hatte, dass es zu diesem nächtlichen Besuch kam, hätte sie am allerwenigsten gedacht.

III.

Seit dem Gespräch zwischen Feidel und Schubert in Baden-Baden waren zehn Tage vergangen. Zehn Tage, in denen Feidel sich immer wieder sorgenvoll die Frage gestellt hatte, was wohl geschähe, wenn er das Zehn-Prozent-Angebot von Schubert zur Mitarbeit an dem Projekt ‚Klunkertausch' ablehnte. Würde Schubert einen anderen Partner finden können, der auf seine Konditionen einginge? Wie hoch durfte er, Feidel, pokern? Was, wenn er überreizte und völlig leer ausging? Fragen über Fragen quälten Feidel, der sich nur ungern seiner Frau anvertrauen wollte, weil sie in einem solchen Geschäft sicher ein Risiko sähe und auch, weil er seiner Frau gegenüber nicht als der ‚billige Jakob' gelten wollte.

Nach Tagen der ständigen Grübelei sah sich Feidel doch genötigt, die Sache mit seiner Frau zu besprechen. Als er am Abend mit ihr alleine war, begann er zu erzählen: „Schubert hat mir vor ein paar Tagen schon, als ich in Baden-Baden war, ein Angebot unterbreitet, mit dem ich dich zunächst nicht belasten wollte. Ich war wohl auch der Meinung, dass noch ein weiteres Angebot – ein besseres – folgen würde. Das war ein Irrtum. Und deshalb möchte ich jetzt deine Hilfe haben. Es geht um Folgendes: Schubert hat von einer reichen Erbtante Smaragde, Rubine oder andere Edelsteine geerbt. Diese will er versilbern, wobei ich ihm helfen soll. Konkret würde meine Hilfe darin bestehen, dass ich ihm die Anschrift eines Hehlers gebe und ihn mit diesem Mann zusammenbringe. Das ist für mich eigentlich kein besonderes Problem. Die Sache ist nur: Wenn beim Grenzübergang im Rahmen einer Kontrolle oder beim Hehler selbst meine Beteiligung in irgendeiner Weise nachgewiesen werden könnte, dann säße ich mit in der Patsche. Wegen dieses Risikos – aber nicht nur deshalb – habe ich eine Beteiligung am Erlös von fünfundzwanzig Prozent ausbedungen. Schubert will aber maximal zehn Prozent geben. Das finde ich wenig. Er hat aber in Aussicht gestellt, dass bei der Masse und dem angeblich hohen

Karatwert der Steine eine sehr große Zahlung zu erwarten sei. Er sprach von einer ‚hohen sechsstelligen' Zahl. Das wäre ja schon etwas, womit ich zufrieden sein könnte. Ich weiß auch nicht, wie weit seine Beziehungen in die entsprechenden Kreise reichen. Und schließlich sind bei solchen Zahlen zehn Prozent auch etwas, was sich sehen lassen kann. Also, wozu würdest du mir raten? – Ablehnen oder zuschlagen?"

„Ich kann das Risiko nicht so ohne weiteres abschätzen. Aber allzu groß erscheint es mir nicht. Denn wer könnte beispielsweise an der Grenze nachweisen, dass du etwas schmuggeln wolltest. Das Auto gehört Schubert, davon gehe ich jetzt einfach mal aus, dass du nicht deinen Wagen nimmst. Und beim Hehler: Da kann ich mir nicht so richtig vorstellen, wie die Polizei da gleich dahinter kommt. Und wenn dies später – nach eurem Weggang beim Hehler entdeckt werden sollte, dann seid ihr weg – und vielleicht schon in Deutschland zurück. Und jetzt zu deiner eigentlichen Frage: Ich würde bei dieser Ungewissheit, die du geäußert hast, das Angebot mit zehn Prozent annehmen. Denke einfach an den Spatz in der Hand und an die Taube auf dem Dach, oder denke einfach an die Menge Bargeld, die da zu erwarten ist – steuerfrei, denke ich", war die klare und schnell gegebene Antwort von Frau Feidel.

„Wahrscheinlich ist dein Rat richtig. In den Tagen seit dem Gespräch in Baden-Baden habe ich mich gedanklich auch immer mehr zu der Meinung durchgerungen, die du gerade empfohlen hast. Ich werde also akzeptieren. Am liebsten würde ich Schubert gleich anrufen, aber es ist schon etwas spät, und am Abend will er auch nicht gerne gestört werden. Aber morgen werde ich auf jeden Fall schon am Vormittag anrufen. Du hast mir sehr geholfen und meine Zweifel zerstreut. Danke, mein Schatz! Jetzt kann ich getrost schlafen gehen; was hältst du davon?"

„Sofort bin ich damit einverstanden. Die nötige Bettschwere habe ich auf jeden Fall, und morgen habe ich mir allerhand in der Wohnung vorgenommen. Es spricht alle Vernunft dafür, dass wir uns für morgen stärken", kam die zustimmende Antwort seiner Frau. „Aber den guten Cognac im Schwenker trinken wir noch leer. Soviel Zeit muss noch sein." „Dann auf unser Wohl und auf ein gutes Gelingen; du weißt jetzt, was ich meine."

Die frühe Sonne am wolkenlosen Himmel weckte die Feidels, die nach dem Duschen und der Morgentoilette gemeinsam am Frühstückstisch saßen und sich darüber unterhielten, was jeder an diesem Tag vorhatte. Das bevorstehende Telefonat mit Schubert wurde am Tisch nicht erörtert, da Sven in dieses Vorhaben nicht eingeweiht werden sollte: Für den Sohn war sein Vater ehrbarer Handelsvertreter, und von seinem zweiten Job als Beauftragter einer Betriebs-Spionageabwehr wusste Sven erst seit dem Gespräch, das sein Vater mit Mario geführt hatte.

Sven brach als erster vom Frühstückstisch auf, um zu Fuß in das Gymnasium zu gehen. Auf diese morgendlichen Spaziergänge freute sich Sven, weil er ein sportlicher Typ war und – wohl der wichtigere Grund – weil er auf dem Weg zur Schule seine Freundin Susanne traf.

Feidel rief gleich nach der morgendlichen Zeitungslektüre Schubert an. Seine Frau wollte das Gespräch mithören; Feidel war dies recht, nachdem er sie am Vorabend in sein neues Unternehmen eingeweiht hatte. „Schubert", klang die knappe Antwort aus dem Hörer, nachdem Feidel die ihm vertraute Nummer des Telefons in Baden-Baden gewählt hatte. „Hier Feidel, ich hoffe nicht, dass ich mit diesem Anruf zu früh komme, lieber Schubert. Ich wollte gerne auf das Gespräch zurückkommen, das wir vor einigen Tagen bei Ihnen geführt haben. Ich habe mir die Sache noch einmal überlegt und kam zu dem Schluss, dass ich Ihnen doch entgegen kommen kann. Ich sage hiermit zu und nehme Ihren Vorschlag auch wegen meiner Beteiligung an."

„Nein Feidel, Sie stören mich ganz und gar nicht. Ich habe mich schon über Ihr langes Schweigen gewundert und hätte in den nächsten Tagen andere Kontakte geknüpft, um die Sache ins Rollen zu bringen. So gesehen kommt mir Ihr Anruf gerade recht. Sie wissen, dass ich gerne mit Ihnen zusammenarbeite. Schließlich kennen wir uns schon lange, und ich habe auch das nötige Vertrauen in Sie. Dann wäre jetzt nur noch der Termin abzuklären, wann unser Unternehmen steigen kann. Ginge es eventuell schon am kommenden Donnerstag? Bis Mittwoch habe ich noch im Rheinland zu tun, aber am Mittwoch bin ich gegen Abend sicher wieder in Baden-Baden."

„Donnerstag, das ist ein ganz guter Termin. Für diesen Tag habe ich noch keine Besuche bei Geschäftspartnern vereinbart", beeilte sich Feidel auf den Vorschlag von Schubert einzugehen. „Wir müssen allerdings an diesem Tag nach Italien. In der Nähe von Como kenne ich einen Schmuckhändler, mit dem das Geschäft wohl abgeschlossen werden kann. Wenn Sie wollen, werde ich mich aber vorher noch fernmündlich versichern, dass dieser Bekannte auch tatsächlich ein Geschäft dieser Art noch abschließt. Früher hat er dies auf jeden Fall getan, und mir sind auch wirklich große Transaktionen bekannt, die unser Mann in Como durchgeführt hat."

„Como?" erkundigte sich Schubert etwas irritiert. „Zahlt der Mann dann in Euro? Das würde für mich einen doppelten Verlust bedeuten. Denn zum einen will der Händler natürlich verdienen, das ist nicht mehr als recht und billig. Dann aber kommt der Geldwechsel dazu. Ich will auf alle Fälle mein Geld in Schweizer Franken anlegen und zwar auf einem Nummernkonto. Bei diesem Geldwechsel verliere ich ja noch einmal. Als Erlös in unserem Sinne verstehe ich das, was auf das Konto eingezahlt werden kann. Davon erhalten Sie zehn Prozent. Bei unserem ersten Gespräch habe ich nicht an Italien gedacht, sondern nur an die Schweiz. Bei Ihren Schweizkontakten habe ich das nicht anders erwartet. Insoweit muss von vornherein Klarheit herrschen. Geht das so in Ordnung?"

„Gut. Ich stimme dem zu. Alle Einzelheiten müssten wir dann noch erörtern; dies kann am Mittwoch gegen Abend geschehen. Ich gehe davon aus, dass wir mit Ihrem Wagen fahren", fuhr Feidel fort. „Das Letzte halte ich für selbstverständlich. Und ich werde selbst fahren. Aber was Sie unter ‚Einzelheiten' verstehen, ist mir nicht klar. Können Sie mir das noch erklären?", wollte Schubert wissen. „Gewiss doch, lieber Schubert. Wie sollen die Klunker transportiert werden? Sie wollen das Ganze doch nicht etwa im einfachen Koffer mitnehmen? Das wäre viel zu risikovoll. Wir sollten uns im oder am Auto ein Versteck suchen, das üblicherweise nicht beim Zoll aufgespürt wird. Denkbar wäre zum Beispiel ein Versteck im Ersatzreifen. Den kann man auf einer Seite so weit aufschneiden, dass die Steinchen, die zuvor in einem Ledersäckchen verpackt wurden, in den Reifen hineingelegt werden. Denkbar ist auch, dass die Klunker in ein oder mehreren Säckchen verstaut hinter Radkappen versteckt werden. Erfahrungsgemäß wird eine Radkappe nur beim Zoll abgenommen, wenn ein Spürhund, der auf Drogensuche ist, etwas unter der Radkappe wittert. Aber das sind nur Beispiele. Wenn Sie ein sichereres Versteck an Ihrem Fahrzeug kennen und das Verstauen selber vornehmen wollen, ist das natürlich Ihre Sache. Mir liegt nur daran, dass wir mit größtmöglicher Sicherheit die beiden Zollstationen in Basel und bei Como passieren."

„Danke für Ihre Sorge, Feidel. Ich glaube, ich hätte die Steinchen tatsächlich in meinem Koffer mitgenommen. Aber Ihre Hinweise werde ich mir noch überlegen. Es bleibt dabei, dass ich Sie am Mittwochabend noch einmal anrufe. Wir können dann auch die genaue Abfahrt von hier besprechen. Ich denke, dass Ihre Frau Sie nach Baden-Baden bringen kann. Wir fahren dann von hier ab. So, das wär's wohl für heute. Bis Mittwoch – und grüßen Sie Ihre Frau von uns", beendete Schubert dieses Gespräch. Feidel war sich nicht sicher, ob Schubert den Vorschlag wegen eines Verstecks im oder am Auto als Belehrung aufgefasst hatte und deshalb etwa gekränkt war, oder ob er den Hinweis als berechtigte Sorge um die Sicherheit und um eine möglichst risikolose

Fahrt verstand. Die Art, wie Schubert sich verabschiedete, ließ beide Auslegungen zu. „Nun, sei's drum", dachte Feidel halblaut vor sich hin, „am Mittwoch spätestens werde ich es genau wissen." Damit hakte er gedanklich das Gespräch ab und wandte sich seiner Arbeit und der Vorbereitung auf die heutige Reise zu.

Die beiden nächsten Tage vor der Fahrt mit Schubert verliefen ohne Besonderheiten. Feidel dachte allerdings immer wieder – auch bei seinen Geschäftsbesuchen – an die bevorstehende Reise; je mehr und je länger er grübelte, desto mehr kamen ihm Bedenken: Vor allem stieg in ihm der Verdacht hoch, dass er auch dieses Mal aufs Kreuz gelegt werden sollte und dass ihn Schubert einmal mehr seine Ohnmacht oder Abhängigkeit spüren lassen würde. Dieser Gedanke machte ihn unsicher, und immer mehr kam er zu der Überzeugung, dass er wohl besser nicht alleine fahren sollte. Aber wie sollte das geschehen? Das Problem schien ihm fast unlösbar. Sollte er nochmals seine Frau um Rat fragen? Erneut die belastenden Fragen einem anderen Menschen mit aufbürden, auch wenn es die eigene Frau war? Auch wenn Feidel versuchte, die Gedanken wegzuschieben: sie kamen ungerufen immer wieder.

Am Mittwochnachmittag kam Feidel schon früh von seiner Geschäftstour nach Hause zurück. Kurz zuvor hatte er über sein Handy bei seiner Frau angerufen und seine vorzeitige Rückkehr in Aussicht gestellt. Frau Feidel hatte daraufhin den Kaffeetisch gedeckt, um ihrem Mann einen freundlichen Empfang zu bereiten. Sie hatte die letzten Tage gespürt, dass ihr Mann von einer inneren Unruhe geplagt wurde oder mit einem Problem nicht alleine fertig wurde. Sie hatte sich für heute vorgenommen, ihren Mann vorsichtig danach zu fragen und ihm ihre Hilfe anzubieten.

Zu dieser Frage sollte es aber gar nicht erst kommen: Als Feidel zur Tür hereinkam, sah er blass und übermüdet aus, als habe er schon zwei Nächte ohne Schlaf hinter sich. Gleich nachdem beide am Tisch Platz genommen hatten, kam es fast erlösend aus Feidel heraus: „Ich trage schon einige Zeit eine

Sorge mit mir herum und finde die Lösung für das Problem nicht. Zunächst wollte ich dich nicht schon wieder mit einer weiteren Sorge belasten. Aber jetzt muss ich es doch einfach loswerden. So, wie ich jetzt belastet bin, kann ich zu keinem klaren Gedanken kommen und finde alles fast erdrückend. Darf ich das Problem jetzt mit dir besprechen? Es wäre mir eine große Erleichterung."

„Aber du weißt doch, dass wir keine Geheimnisse voreinander haben sollen. Und zu den Geheimnissen zähle ich ganz zuvorderst Sorgen, Nöte, Ängste, die gar nicht sein brauchen. Und dass dich seit Tagen etwas bedrückt, das habe ich dir doch angemerkt. Solche Schwierigkeiten kannst du nicht vor anderen verstecken, zumindest nicht vor mir; ich kenne dich doch zu gut. Sorgen sollten wir miteinander teilen, ganz gleich, welche Schwierigkeiten es auch sein sollten: Geteiltes Leid ist halbes Leid, das solltest du dir immer wieder vor Augen halten. So und jetzt bin ich nur noch ganz Ohr. Sicher geht es dir besser, wenn du dich ausgesprochen hast", munterte Frau Feidel ihren Mann zum Gespräch auf.

„Danke zunächst für dein Verständnis. Du hast Recht: Ich hätte gleich mit meinen Sorgen zu dir kommen sollen. So wäre mir wohl manche schlaflose Stunde erspart geblieben. Allerdings: Die Sorgen und Überlegungen haben auch einen Vorteil gehabt: Ich bin ein bisschen besser darauf vorbereitet, wenn Schubert mich wieder ‚in die Ecke stellen' will. Ich habe ein ungutes Gefühl, wenn ich an die Fahrt morgen denke. Schon bei dem Gedanken an die gemeinsame Fahrt mit Schubert überkommt mich eine Unruhe, die ich früher nie gespürt habe. Vor allem: Ich weiß nicht, was mich so beunruhigen sollte: die Fahrt selbst, die Leichtfertigkeit, mit der Schubert die Schmuggelware verstaut, die Sorge, dass ich über das Ohr gehauen werden soll, oder was auch immer. Du kennst Schubert: Er kann so unwahrscheinlich charmant dir gegenüber sein, um im gleichen Augenblick mir eins auszuwischen. Er kann jetzt etwas zusagen, um es wenige Sekunden später zu korrigieren oder zu kommentieren. Bis jetzt war ich nur sehr selten mit ihm alleine zusammen. Meist war seine Frau oder ihr beide mit dabei. Morgen wird die Situation eine andere sein, denke ich mal. Aber schon da bin ich mir nicht sicher. Ob er plötzlich mit seiner Frau aufkreuzt oder diese ohne vorherige Absprache sich einfach mit ihn den Wagen setzt, weiß ich nicht. Ich habe nichts gegen Frau Schubert als Mitfahrerin, aber darüber hätte ich gerne vorher Gewissheit. Außerdem hatte ich bei unserem Gespräch am Montagmorgen den Eindruck, dass Schubert die Fahrt alleine vorbereiten will. Ich meine, die Steinchen verpacken, die Abfahrtzeit festlegen – ohne Rücksicht darauf, wann wir in Como sein sollen – und Ähnliches. Ich werde den Eindruck nicht los, dass ich einfach vor vollendete Tatsachen gestellt werden soll. Das beunruhigt mich sehr. Kannst du das verstehen?"

„Natürlich, mein Lieber, kann ich mich da hineindenken und mich in deine Lage versetzen. Kannst du nicht schon jetzt oder bald bei Schubert anrufen? Ihr habt doch kein Treffen für heute vereinbart, sondern nur ein Gespräch, und dich hindert doch nichts, dies am Telefon zu tun. Oder irre ich mich?", fragte Frau Feidel teilnahmsvoll.

„Ja, du hast Recht. Es war nur von einer Besprechung heute die Rede und ich könnte auch bald anrufen. Vielleicht weiß ich dann schon Bescheid. Eine erste Sorge wäre mir dann schon genommen. Gut, dass ich mit dir darüber rede, Liebes. Ich werde auch sofort versuchen, Schubert zu erreichen", gab Feidel schon etwas beruhigt zur Antwort.

Feidel wählte die ihm bestens bekannte Rufnummer in Baden-Baden und vernahm auch gleich die vertraute Stimme Schuberts, die sich nur mit einem knappen „ja, bitte" meldete. „Hier Feidel. Hallo Schubert, ich sollte mich heute noch einmal bei Ihnen melden. Ist bei Ihnen alles o.k.?" „Gut, dass Sie jetzt schon anrufen, Feidel", kam die Antwort. „Ich hätte Sie sonst gleich angerufen, weil ich mit meiner Frau heute Abend noch eine Einladung habe, die ich in keinem Fall versäumen möchte. Aber, um auf Ihre Frage zurückzukommen:

Hier ist alles in Ordnung und für morgen auch alles vorbereitet. Wir können morgen starten; ich dachte, dass wir um zehn Uhr hier aufbrechen. Entspricht das ungefähr auch Ihrer Zeitvorstellung? Haben Sie schon mit Ihrem Vermittler in Como gesprochen? Wenn nicht, würde ich Sie bitten, dies auf jeden Fall noch zu tun. Es sollte morgen dann keine entscheidende Verzögerung geben. Morgen will ich die Sache über die Bühne gebracht haben."

„Ja, sicher habe ich mit meinem Mann in Italien gesprochen, und für morgen habe ich bei ihm einen Termin erhalten für 17 Uhr. Ich denke auch, dass wir um zehn Uhr in Baden-Baden abfahren können, um pünktlich in Como zu sein. Lieber wäre mir aber eine Abfahrt schon ein wenig früher. Denken Sie auch an einen möglichen Stau oder sonst einen unerwünschten Aufenthalt", gab Feidel zu bedenken.

„Ich sehe keine Schwierigkeiten darin, hier auch schon um halbzehn abzufahren. Gut! Starten wir um diese Zeit. Ich erwarte Sie pünktlich, wie immer", erwiderte Schubert und schon bereit, den Telefonhörer aufzulegen.

„Einen Augenblick noch, bitte, lieber Schubert", meldete sich Feidel sehr schnell, um noch ein Bedenken anzumelden. „Sind vor der Abfahrt morgen noch irgendwelche Vorbereitungen zu treffen, zum Beispiel noch Ladung zu verstauen. Sie wissen, dass wir gleich zwei Grenzkontrollen zu berücksichtigen haben. Und da sollten wir nicht übermütig werden. Übermütig meine ich jetzt sogar wörtlich."

„Keine Sorge, Feidel! Es ist schon alles gerichtet. Ich habe sogar ein sehr sicheres Versteck gefunden und bin darauf auch richtig stolz. Meine technischen Pkw-Kenntnisse haben mir dabei sehr geholfen. Ihren ersten Vorschlag, die Steinchen unter einer Radkappe zu verstauen, habe ich aus Sicherheitsgründen nicht verwirklicht. Stellen Sie sich nur eine kleine Kollision mit einem anderen Fahrzeug vor oder auch nur die Berührung mit einem Bordstein: Schon könnte die Radkappe abgesprungen sein, und der ganze Segen liegt über der Straße verstreut. Darauf möchte ich es nicht ankommen lassen, wie Sie sicher verstehen werden. Also nochmals: Keine Sorge; aber vielen Dank für Ihre Frage. Bis morgen früh also!“ Die letzten Sätze ließen keine weitere Diskussion zu, und das Gespräch war beendet.

Frau Feidel hatte das ganze Gespräch mitgehört und war wie ihr Mann wenig glücklich darüber, dass Schubert kein Wort darüber verlor, wie die Steinchen im Fahrzeug verstaut wurden. So konnte Feidel auch nichts dazu sagen, ob er das Versteck für richtig hielt oder einen anderen Ort für sinnvoller angesehen hätte. „Irgendwie werde ich schon herausbekommen, wo und wie Schubert die Ware versteckt hat. Mir würde doch kein Zollbeamter glauben, dass ich von den versteckten Steinchen nichts gewusst habe, wenn durch irgendeinen Zufall die Sachen doch entdeckt werden würden. Und wenn ich nichts weiß, kann ich auch keine falsche Spur legen, um nur ein Beispiel zu nennen, wie ich eventuell helfen könnte. Aber Schubert weiß ja alles besser“, meinte Feidel halblaut vor sich hin redend. „Immer mehr wird mir klar, dass Schubert mir nicht reinen Wein einschenken will und mir entweder nur einen kleinen Teil der ‚Provision‘ oder auch gar nichts geben will. Da habe ich ein sehr ungutes Gefühl, und manchmal wird mir richtig flau im Magen. So, wie Schubert die Sache angeht, kommt es mir vor, als ob ich nur missbraucht werde bei der Vermittlung mit meinem Mann in Como und dann abgehalftert werden soll. Ich muss mich hier vorsehen!“

„Die ganze Sache gefällt mir auch nicht, mein Schatz, aber du hast die Sache begonnen und – da bin ich mir sehr sicher – du kannst das Ganze auch zu einem guten Ende bringen. Du hast schon manches Geschäft sehr gut abgewickelt und kannst schon stolz sein auf das, was du erreicht hast“, schmeichelte Frau Feidel ihrem Mann, um ihm wieder Mut zu machen. „Wenn du meinst, dass ich dir in irgendeiner Weise morgen behilflich sein kann, helfe ich dir gerne. Aber das brauche ich wohl nicht erst zu betonen, das weißt du doch, oder?“

„Im Augenblick kann ich mir eine direkte Hilfe von dir für das morgige Unternehmen zwar noch nicht vorstellen, aber schon dein Wort hat mir sehr geholfen und die Sicherheit, dass du hinter mir stehst – auch in dieser Sache. Für mich bedeutet das sehr viel. Du weißt es, und du denkst auch mit", sinnierte Feidel, und man konnte ihm ansehen, dass er sich Gedanken machte über das, was auf ihn zukommen wird.

„Vielleicht kannst du mir doch eine große Hilfe sein: Ich denke gerade daran, dass Schubert auf die Idee kommen könnte, in Italien oder in der Schweiz noch zu übernachten. Du hast früher selbst schon erlebt, dass Schubert manchmal plötzliche Einfälle hat und ohne Rücksicht auf andere seine Ideen verwirklichen will. Auf eine Übernachtung bin ich beispielsweise nicht eingerichtet, und ich habe auch keine Lust in Como oder in Locarno noch eine Nacht zu verbringen. Vielleicht könntest du auch nachfahren und wir könnten uns vorsorglich in Locarno oder Ascona treffen. Am besten wäre in einem Hotel; dort könntest du, wenn du warten müsstest, einen Kaffee trinken oder etwas essen. Ich könnte dich dann auf jeden Fall über dein Handy erreichen. Ich weiß, das ist sicher eine große Zumutung, aber du hast deine Hilfe angeboten und etwas Besseres fällt mir nicht ein. Aber darf ich so etwas von dir überhaupt verlangen?"

„Ich finde das wirklich nicht zuviel verlangt von mir, mein Engel. Du weißt, dass ich alles gerne für dich tue, und eine Fahrt in die Schweiz ist für mich ganz sicher keine Zumutung. Du weißt auch, dass ich sehr gerne fahre, und so ein paar Stunden hinter dem Steuer sind für mich eher eine Erholung als eine Arbeit. Wir können alles gleich fest vereinbaren. Darf ich dir einen Vorschlag machen? Ihr trefft euch in Como um siebzehn Uhr, wenn ich das richtig mitbekommen habe. Wie lang wirst du – oder besser: werdet ihr – dort wohl zu tun haben? Eine Stunde vielleicht? Oder länger? Ganz gleich: Ich werde im Süden sein und erwarte deinen Anruf. Ich werde auch bald nach deinem Anruf bei dir sein können, da ich auf alle Fälle irgendwo in der Nähe bin. Wie siehst du das?“, wollte Frau Feidel wissen.

„Das wusste ich doch, dass ich mich auf dich voll und ganz verlassen kann, Liebes!“ gab Feidel erleichtert über die sofortige Zusage seiner Frau zur Antwort. „Wir haben nur noch wenig Zeit zu großen Vorbereitungen. Morgen soll es schon um neun Uhr losgehen, und ich habe keine Ahnung, wie die Sache in Como abläuft. Ich kann mir sehr gut vorstellen, dass ‚mein Mann' in Como die Ware zunächst einmal sehr genau unter die Lupe nimmt – ich meine sogar im wörtlichen Sinne – und dann einen Betrag nennt. Vielleicht taxiert er auch zunächst jedes einzelne Steinchen, um später den Kaufpreis zu addieren. Das Ganze kann sich in die Länge ziehen, insbesondere dann, wenn Schubert mit dem Angebot des Maklers nicht einverstanden ist und einen höheren Preis herausschlagen möchte. Zum zeitlichen Ablauf wage ich daher noch keine Prognose. Das heißt aber auch, dass du dich vielleicht auf eine längere Wartezeit einrichten musst. Wann hast du vor, hier zu starten? Willst du noch warten, bis Sven aus der Schule kommt?“

„Nun, bis Sven aus der Schule kommt, werde ich wohl nicht warten. Beim Frühstück werde ich ihm schon auseinandersetzen, dass ich dich in der Schweiz abhole, weil Schubert noch weiter nach Italien fährt. Das versteht Sven schon, da habe ich keine Sorge. Ich werde es ihm schon mit den richtigen Worten sagen. Sven kann sich dann selbst versorgen; er ist kein kleines Kind mehr und wird sicher verstehen, dass ich dich abhole“, fuhr Frau Feidel beruhigend fort. „Beim Abendessen sollten wir über den Tag morgen noch gar nicht reden. Dann kommen von Sven auch keine verfänglichen Fragen. Wenn ich ihm morgen früh kurz nach dem Frühstück erzähle, dass ich dich in der Schweiz abhole, ist es noch zeitig genug. Für Sven ist es besser, wenn er nicht zuviel mitbekommt“.

„Ich bin ganz deiner Meinung, mein Schatz. Sven soll nur unbefangen zur Schule gehen und sich nicht mit alldem befassen, was wir beide wissen", ergänzte Feidel die Überlegungen seiner Frau. „Das Handy legst du am besten wohl gleich in das Handschuhfach deines Autos oder in deine Handtasche. Das sollte in keinem Fall vergessen werden; ich wüsste sonst nicht, wie ich dich erreichen könnte. Und hast du schon festgestellt, ob das Handy noch gut geladen ist? Auch das ist schließlich wichtig; nicht dass an so einer Kleinigkeit unser Treffen in der Schweiz scheitern würde. Natürlich habe auch ich mein Handy dabei, aber es ist besser, ich rufe dich an als umgekehrt. Ich möchte Schubert auf keinen Fall neugierig machen. Auf alle Fälle werde ich das Treffen in Como – und natürlich das Ergebnis – abwarten."

„Alles klar, Chef!", scherzte Frau Feidel, um dem ernsten Gespräch eine Wendung zu geben. „Ich bin morgen rechtzeitig startklar und warte am Lago Maggiore auf deinen Anruf. Du kannst dich ganz auf mich verlassen – wie immer", fügte sie mit einem liebevollen Blick auf ihren Mann hinzu. „Ja, ich weiß, dass ich mich auf dich verlassen kann, und das tue ich auch ganz und gar. Und jetzt rufe ich erst noch einige Geschäftspartner an. Vielleicht mache ich noch ein paar brauchbare Umsätze; brauchen könnten wir es", meinte Feidel schon halb im Aufbrechen.

Erleichtert, aber immer noch etwas gedankenschwer, ging Feidel in sein Büro, um mit einigen Kunden die nächsten Termine oder auch eilige Bestellungen abzuklären.

Nach etlichen Gesprächen legte sich Feidel noch für ein paar Minuten auf das Sofa, um sich etwas auszuruhen. Danach ging er wieder in das Wohnzimmer zu seiner Frau, die ihn mit prüfenden, aber liebevollen Augen ansah.

Bei dem anschließenden Kaffeetrinken war Sven mit dabei. Er hatte seine Schularbeiten unterbrochen, um mit seinen Eltern ein paar Minuten der Entspannung und des Gesprächs zu erleben. Seine Anwesenheit brachte es mit sich, dass Feidel nur von seinen Erfolgen bei seinen Kundenbesuchen sprach und seine Frau von den alltäglichen Neuigkeiten einer Kleinstadt, die man beim Einkaufen oder den Gesprächen mit

Nachbarinnen erfuhr. Die eigentlichen drückenden Probleme, die die Eheleute beschäftigten, kamen nicht zur Sprache, und nur die Blicke, die die beiden zwischen den Gesprächen austauschten, ließen erkennen, dass jeder an den anderen dachte und sich Feidel weder alleine noch verlassen vorkommen musste.

Später, als die beiden Eheleute unter sich waren, meinte Frau Feidel beruhigend: „Lass es gut sein, Lieber, ich weiß, dass ich so denke wie du, und du musst wissen, dass du nicht allein bist. Wenn du an morgen denkst, dann denke einfach: ‚Ich bin bei dir, wo immer ich auch sein werde'. Daran musst du einfach ganz fest glauben. Du wirst sehen, es geht dir dann schon viel leichter. Und du brauchst auch daran nicht nur glauben: Es ist auch so!"

Feidel nahm seine Frau wortlos in den Arm, drückte sie an sich und küsste sie auf die Stirn, so als wollte er sagen: „Ich weiß, was ich an dir habe: Liebe, Verständnis, Vertrauen und Zuversicht." Das mittelhochdeutsche Minnelied kam ihm in den Sinn: *Ich bin din, du bist min. Des solt du gewis sin. Du bist beslozzen in minem Herzen, verloren ist das Slüzzelin. Du muost immer drinne sin.*

Die Herzlichkeit, die Feidel an den Tag legte, sagte mehr als viele Worte. Zuneigung und wechselseitiges Vertrauen spiegelten sich darin. Ein Gefühl der Sicherheit kam jetzt auch bei Feidel auf und damit eine völlig andere Sicht auf das Kommende.

IV.

Feidel wurde durch die ersten Sonnenstrahlen geweckt, die die hinter der Teufelsmühle aufgehende Sonne diskret in das halb abgedunkelte Schlafzimmer warf. Sofort war Feidel hellwach. Er musste wohl noch in festem Schlaf gewesen sein, als seine Frau in das Badezimmer gegangen war, um zu duschen und das Frühstück für ihre beiden Männer und sich zu richten. „Das fängt ja gut an", dachte Feidel halblaut vor sich hin und war dankbar, dass seine Frau so vorsichtig das Schlafzimmer verlassen hatte. Feidel sprang buchstäblich aus dem Bett, um keine Sekunde des sonnigen Morgens zu verpassen. Nachdem er frisch rasiert und gut gelaunt aus dem Badezimmer kam, begrüßte er im Esszimmer seine Frau und Sven, die beide erwartungsvoll vor dem Esstisch auf ihn gewartet hatten. Herzlich war die Begrüßung, und der Blick, den das Ehepaar tauschte, ließ keine andere Deutung zu als die Umarmung gestern. Mit einem gesunden Appetit nahm Feidel sein Frühstück ein und verbreitete mit seiner guten Laune auch bei seiner Frau und Sven ein echtes Hochgefühl.

Schon nach kurzer Zeit machte sich Sven fertig, um in die Schule zu gehen. Als er seine Schulmappe nahm und sich verabschieden wollte, tat seine Mutter so, als habe sie eine Kleinigkeit vergessen zu sagen: „Ach, Sven, wenn du heute etwa später von der Schule nach Hause kommen solltest als gewöhnlich, könnte ich schon weg sein. Gegen Mittag fahre ich in die Schweiz, um Papa abzuholen. du weißt doch, dass er heute auch dorthin fährt. Aber Herr Schubert hat gestern wissen lassen, dass er möglicherweise noch nach Italien weiterfahren wird; und für den Fall will Papa von mir in der Schweiz abgeholt werden. Das Essen ist für dich dann, wie immer, im Kühlschrank. Du brauchst es nur in der Mikrowelle aufzuwärmen; aber das kannst du ja ganz gut. Papa und ich werden dann wohl erst in der Nacht zurückkommen. Heute Nachmittag wirst du also alleine sein. Versorge das Haus gut, wenn du am Nachmittag weg gehen solltest. Ich kann mich ja auf dich verlassen. Also dann bis später. Und viel Erfolg in der Schule. Mach's gut, Junge!"

Sven schien nicht sonderlich überrascht zu sein. Er war es gewohnt, dass seine Eltern zusammen oder alleine die eine oder andere Überraschungstour einlegten und dabei Sven das Haus überließen. Sven kamen solche Ausflüge der Eltern nicht gerade ungelegen; denn so gewann er einen Freiraum, um Freunde oder auch eine Freundin im Hause aufzunehmen, ohne dass seine Eltern davon erfuhren. Mit einem „geht schon in Ordnung, Mama" beruhigte Sven seine Mutter und nahm etwas schneller als gewöhnlich Abschied, um den kurzen Zeitverlust, der durch die Erklärung seiner Mutter entstanden war, wieder aufzuholen.

Als er mit seiner Frau wieder alleine war, sagte Feidel: „Ich habe heute Nacht herrlich geschlafen und fühle mich richtig ausgeruht. Dass du aufgestanden bist, hatte ich noch nicht einmal gemerkt. Danke für deine Vorsicht, mein Schatz."

„Ich wusste doch, dass du dich wieder beruhigst. Ich kann dir nur nochmals versichern, dass du mit Sicherheit nicht in der Schweiz alleine bist, oder dass du dort übernachten brauchst. Ich bin ganz sicher da", versicherte seine Frau zum wiederholten Male.

„Du nimmst sicher lieber deinen Wagen. Habe ich recht?" fragte Feidel. „Dann werde ich noch den Reservekanister mit Benzin in den Kofferraum legen, falls wir erst in der Nacht nach Hause fahren können und nur wenige Tankstellen geöffnet haben. Vorsicht ist besser als Nachsicht. Ich werde das am besten sofort erledigen, dann wird es nicht vergessen", meinte Feidel schon im Aufstehen.

In der Garage fand er den Kanister leer, legte ihn aber dennoch in den Kofferraum. Um zu verhindern, dass der leere Benzinbehälter während der Fahrt gegen die Verkleidung schlug, suchte Feidel in der Garage nach einer Befestigungsmöglichkeit. Schließlich fand er ein schon vor längerer Zeit dort abgelegtes Telefonkabel, mit dem er den Kanister an einer Öse an der Innenwand des Kofferraumes fest schnürte. Damit schloss er seine Vorbereitungen für die eventuelle nächtliche Rückreise aus der Schweiz ab.

Gerade als er die Garage verlassen wollte, kam seine Frau, um nach ihm zu sehen. „Ich habe dir noch einen Reservekanister in das Auto gelegt und möchte dich bitten, beim nächsten Tanken auch den Kanister zu füllen oder füllen zu lassen. Es könnte ja sein, dass wir auf der Rückfahrt in der Nacht nur schwer eine Tankstelle finden. Und: Vorsicht ist besser als Nachsicht! Den Behälter habe ich im Übrigen befestigt, damit er in den Kurven oder beim Bremsen nicht im Kofferraum Lärm macht."

„Schön von dir, dass du so vorsorgst", erwiderte Frau Feidel und deutete mit einem gespitzten Mund einen Kuss in Richtung auf ihren Mann an. Mit plötzlich hochgerecktem Kinn tat der so Geküsste, als ob er den Kuss auffangen wollte. Frau Feidel lachte über diese Bewegung, sie war erleichtert, dass ihr Mann anscheinend die alte Sicherheit zurückgewonnen hatte und die Sorgen von gestern ihn heute nicht mehr bedrückten.

„Ich habe noch eine halbe Stunde Zeit", meinte Feidel und warf einen Blick in die Zeitung. „Im ganzen Süden und in der Schweiz ist heute zumindest gutes Wetter angesagt, das erscheint mir schon als ein gutes Omen", fuhr Feidel fort und tat so, als würde die vorgesehene Fahrt und die Transaktion in Italien vom Wetter abhängig sein. „Lass' dich auch nur von einigen Wolken nicht aus der Fassung bringen", beruhigte ihn seine Frau. „Wir haben doch alles durchgesprochen, und ich verstehe nicht, dass du dir Sorgen machst. Immerhin bist du heute bei Schubert nur Beifahrer, und was Schubert in seinem Auto versteckt hat, brauchst du doch nicht zu wissen. Die Haftung hat doch ausschließlich der Halter, und das ist Schubert allein! Aber wem sage ich das: Du bist doch der Rechtsexperte bei uns. Also nur guten Mut; da kann eigentlich nichts schief gehen."

„Dein Wort in Gottes Ohr und deine Anwesenheit heute Abend in der Schweiz – dann kann wirklich nur alles gut laufen", philosophierte Feidel mehr zu sich als zu seiner Frau gewandt.

Während Frau Feidel den Frühstückstisch abräumte und sich in der Küche zu schaffen machte, las Feidel wieder in der Zeitung. Er ertappte sich dabei, dass er immer wieder denselben Text las, ohne dessen Inhalt zu verstehen oder gedanklich zu verarbeiten. Feidel musste feststellen, dass seine Gedanken immer wieder um die Vorstellung kreisten, wie es heute wohl werden könnte; und immer wieder versuchte sich Feidel darüber klar zu werden, dass seine Frau Recht hatte mit der Bemerkung, dass er heute nur als Beifahrer in die Schweiz fuhr und man – was immer auch geschehen sollte – ihm selbst nichts anhaben konnte.

Nur zu langsam verrannen die Minuten, die Feidel noch warten sollte, um nicht zu früh in Baden-Baden bei Schubert zu sein. Sorgfältig legte er die Zeitung zusammen und ging zu seiner Frau in die Küche. Eine liebevolle zärtliche Umarmung sagte mehr als die Worte, mit denen sich Feidel verabschiedete: „Bis bald, Liebes. Ich freue mich auf heute Abend, wenn ich dich wiedersehe und wir zusammen nach Hause fahren."

Ohne besondere Eile ging Feidel aus dem Haus und zu seinem Auto, um langsam aus dem Hof in Richtung Baden-Baden zu fahren. Feidel wählte bei dieser Fahrt die etwas längere, dafür aber sonnigere Strecke über Selbach und die Wolfsschlucht statt, wie sonst üblich, durch das Waldbachtal und über die Nachtigall. Strahlender Sonnenschein begleitete Feidel auf der ganzen Fahrt, der seine Laune hob.

Als er von der Wolfsschlucht aus die Stadt Baden-Baden vor sich liegen sah, war Feidel innerlich ausgeglichen und zuversichtlich. Daran änderte sich auch nichts, als er durch die Lichtentaler Allee und am Theater vorbei in die Kronprinzenstraße und zur Villa der Schuberts fuhr. Schubert hatte seinen Wagen schon vor der Garage geparkt und offensichtlich abfahrbereit abgestellt. Im Auto und am Hause war niemand zu sehen. Feidel stellte deshalb seinen eigenen

Wagen ganz auf der Seite des großen Hofes ab, wie er dies auch sonst tat, um niemandem im Wege zu sein. Nachdem er das Fahrzeug abgeschlossen hatte, ging er auf die Haustüre zu, um sich bemerkbar zu machen. In diesem Augenblick trat Schubert auf die Freitreppe und mit einem „pünktlich wie immer“ begrüßte er Feidel. Beim Handschlag meinten beide fast gleichzeitig, dass das Wetter nicht besser sein könne, und Feidel fügte hinzu, dass er sich auch in der Schweiz und in Italien so eine Sonne wünsche.

Während der Begrüßung der beiden Männer war auch Frau Schubert aus dem Haus getreten. Sie hatte einen leichten Sommermantel und ihre Tasche am Arm und schien ebenfalls reisefertig zu sein. Freundlich, fast herzlich, begrüßte Feidel auch Frau Schubert, die den Gruß und den Handkuss fast als selbstverständlich ansah. Hilfsbereit fragte Feidel, ob er Frau Schubert etwas abnehmen könne. Mit einem „Danke, es ist wirklich nicht schwer; ich lege alles auch gleich in den Wagen“ lehnte Frau Schubert die angebotene Hilfe von Feidel ab. Ihr Mann, der zwischenzeitlich kurz am Wagen etwas erledigt hatte, kam auf die beiden zu und bemerkte mehr in Richtung auf Feidel als zu seiner Frau: „In der Schweiz will ich einen kleinen Umweg machen. Gerne würden meine Frau und ich in Ronco noch ein Chalet ansehen, das zum Verkauf ansteht. Ich habe gerade in der ‚Welt‘ ein recht interessantes Angebot gelesen, und wenn das Inserat in etwa der Wirklichkeit entsprechen sollte, dann könnte daraus auch ein Daueraufenthalt von uns – oder auch nur zunächst meiner Frau – werden. Von dem Chalet soll man nach der Beschreibung einen herrlichen Seeblick haben, und der Hafen von Ronco liegt ja ganz in der Nähe; dort könnte ich sicher einen Bootsanlegeplatz mieten. Sie kennen die Gegend wohl etwas besser als ich. Wie wir am besten fahren, können wir noch unterwegs besprechen. Ich schlage vor, dass wir jetzt gleich losfahren, damit wir nicht viel Zeit verlieren. Meine Frau will hinten im Fond sitzen, nehmen Sie bitte auf dem Beifahrersitz Platz, ich werde zunächst selbst steuern.“

Feidel war Frau Schubert beim Einsteigen behilflich und setzte sich dann wunschgemäß nach vorn neben Schubert. „Wir sind fast eine halbe Stunde früher beim Start, als ich erwartet hatte. Die Zeit kommt uns jetzt beim Chalet-Besuch in Ronco sehr zugute. Also, los geht's!", meinte Schubert gut aufgelegt. Ruhig rollte der schwere Wagen die Auffahrt herunter, am Theater und dem Kurhaus vorbei durch die Lichtentaler Allee und weiter Richtung Bundesstraße und Autobahn.

Während der Fahrt durch Baden-Baden wollte Frau Schubert von Feidel wissen, wie es seiner Frau und seinem Sohn gehe. Besonders für Sven interessierte sie sich, wollte wissen, wann dieser sein Abitur mache und was er wohl für Berufswünsche habe, ob er auch eine „kleine Freundin" habe und vieles mehr. Den Sohn von Feidel hatte Frau Schubert besonders ins Herz geschlossen, weil sie sich selbst immer einen Sohn gewünscht hatte, aber kinderlos geblieben war. Feidel beantwortete ihre Fragen gerne und ausführlich, denn Sven war sein ganzer Stolz. Mit Svens Leistungen in der Schule konnte Feidel auch sehr zufrieden sein, denn neben guten Bewertungen in den sprachlichen und mathematischen Fächern zeigte er auch eine besondere Begabung in allen Sportdisziplinen. „Auf Sven kann man getrost seinen eigenen Spruch anwenden ‚mens sana in corpore sano'", meinte Feidel mit gewissem Stolz über seine bescheidenen lateinischen Kenntnisse, die er von Sven mitbekommen hatte.

Inzwischen war Schubert von der B 500 auf die Autobahn Richtung Basel eingebogen. Am Gespräch seiner Frau mit Feidel hatte er sich nicht beteiligt, weil ihn die privaten Verhältnisse Feidels noch nie interessiert hatten – mit Ausnahme der sehr hübschen Frau Feidel, die es ihm angetan hatte. Frau Schubert wusste übrigens davon, wie von vielen Beziehungen ihres Mannes zu anderen Frauen, die sie allerdings nach außen nicht wahrhaben wollte oder ignorierte. Frau Schubert sagte sich, dass sie auf ihren Mann ganz einfach angewiesen war. Ohne ihn – und ohne sein beachtliches

Vermögen – wäre sie nichts gewesen. Ihr Schweigen zu den Eskapaden ihres Mannes war daher schlicht notgedrungen. Ihre anfängliche Eifersucht hatte sie nach mehreren Behandlungen und Sitzungen bei einem Psychologen überwunden und sich selbst einen Freiraum geschaffen, der ihr genügend Gelegenheit gegeben hatte, sich einen Freundeskreis zuzulegen und Männerbekanntschaften zu schließen, die zum größten Teil nur sehr kurzfristig waren. Einen Dauerfreund hatte sie bewusst nie gehabt, schon aus Furcht, ihr Mann könne davon erfahren. Mit ihrer Freiheit wäre es dann wohl vorbei gewesen.

Das sehr locker geführte Familienleben hatte vor einigen Jahren auch dazu geführt, dass Schubert, der einen größeren mittelständischen Betrieb im Rheinland hatte, seiner Frau nach einem Urlaubsaufenthalt in Baden-Baden den Vorschlag machte, hier „ein Haus" zu kaufen, wie er sich ausdrückte. Aus diesem Hauskauf, dem seine Frau sofort und gerne zustimmte, wurde dann der Erwerb der Villa am Fremersberg. Schon kurz vor dem Kauf dieses parkähnlichen Grundstückes stand für die Schuberts fest, dass dies ihr zukünftiges gemeinsames Heim sein sollte. Sie, Frau Schubert, sollte ständig in Baden-Baden wohnen, während er jeweils zum Wochenende vom Rheinland nach Baden-Baden fahren würde. Beide Eheleute gefiel diese Regelung sehr, ohne dass viele Worte darüber verloren wurden, weshalb diese Wochenendehe von beiden als so angenehm empfunden wurde. Schubert, der glaubte, dass seine Frau ihn für einen treuen Ehemann hielt – er ahnte nicht, dass sie über seine Beziehungen Bescheid wusste – hegte gegenüber seiner Frau nicht die geringsten Bedenken. Sehr selten gab es zwischen den beiden eine Auseinandersetzung; und wenn tatsächlich einmal Streit ausbrach, war es regelmäßig sehr schnell zu einer Versöhnung gekommen, die von Frau Schubert in die Wege geleitet worden war.

Frau Schubert machte gegenüber ihrem Mann kein Hehl aus den Bekanntschaften mit anderen Ehepaaren oder einzelnen Damen; im Gegenteil: gerne und stolz stellte sie zum Wochenende ihrem Mann die jeweiligen neuen Bekannten vor und lud auch gerne bei Anwesenheit ihres Mannes in Baden-Baden mehrere Bekannten zusammen ein, um ihrem Mann zu zeigen, dass sie hier glücklich und auch ohne ihn in der Lage war, einen Freundes- und Bekanntenkreis zu bilden. Bald schon gehörten die Schuberts in Baden-Badens gehobenen Gesellschaftskreisen zu gerne gesehenen Gästen. Die Bemühungen von Frau Schubert in dieser Richtung nahm ihr Mann sehr wohlwollend zur Kenntnis und sonnte sich selbst auch gerne in diesen Zirkeln. Beiden Schuberts fiel es nicht schwer, sich in den Kreisen zurechtzufinden, obwohl sie nicht in diesem Umfeld groß geworden waren und ihr jetziger Wohlstand durch Schuberts großen handwerklichen Fleiß erworben worden war.

„Hast du Dr. Merk und seine Frau für das kommende Wochenende schon eingeladen, Schatz?“, wandte sich Schubert jetzt an seine Frau, weil ihm gerade eingefallen war, dass er am nächsten Samstag gerne noch im Rheinland bleiben würde, um eine alte Freundin zu besuchen. Für diesen Fall wäre er erst am Sonntag nach Baden-Baden gefahren, um dann am Montag früh wieder an seine Arbeit und in seinen Betrieb zurückzukehren.

„Ja, mein Lieber, alles habe ich sofort nach der Absprache mit dir in die Wege geleitet. Merk und seine Frau kommen gerne. Auch Prof. Sebald und Gattin habe ich miteingeladen. Ich hatte dir früher einmal erzählt, dass sich die beiden Familien sehr gut verstehen und die beiden Männer wohl auch viele Geschäfte miteinander abwickeln. Außerdem ist Frau Sebald eine sehr kluge und humorvolle Frau. In ihrer Umgebung kann ich mir kaum vorstellen, dass Langeweile aufkommen könnte. Diese Frau sprüht geradezu von witzigem und einfallsreichem Charme und das bei einem ganz beachtlichem Temperament! Na, du wirst schon sehen. Die Sebalds passen sehr gut in diesen Rahmen, und du wirst die beiden sicher auch sehr mögen. Du kennst sie zwar noch nicht; aber das gibt sich in wenigen Tagen. Ich freue mich schon sehr darauf – und du sicher auch."

„Ich habe da keine Bedenken, wenn du dies so siehst, mein Schatz. Bis jetzt habe ich dich immer wieder bewundert, wie du dich in der Baden-Badener Gesellschaft schon auskennst und wie du es fertig gebracht hast, die Leute für dich zu gewinnen. À la bonheur! Ich habe da großen Respekt", versuchte Schubert seiner Frau zu schmeicheln. Innerlich war Schubert mit der Einladung weniger glücklich, denn ihm war zumindest in der kurzen Zeit noch keine vernünftige Entschuldigung eingefallen, wie er seiner Freundin den zugesagten Besuch wieder ausreden konnte.

Noch in Gedanken ließ Schubert für einen Augenblick die Konzentration auf das Fahren vermissen und beschleunigte den Wagen stärker als zulässig. Feidel registrierte dies sofort und meinte halb scherzhaft, halb ermahnend zu Schubert: „120 km sind hier nur erlaubt. Wir wollen doch nicht auffallen, oder?"

„Wo Sie Recht haben, haben Sie Recht, Feidel. Aber Sie wissen auch, dass ich Kritik nicht so sehr mag. Eine einfache Frage hätte es auch getan. Sie hätten auch fragen können: Haben wir es eigentlich sehr eilig? Ich reagiere darauf auch ganz schnell – und vor allem lieber. Das nächste Mal sollten Sie das wissen, Feidel."

„War nicht böse gemeint, Schubert", lenkte Feidel beruhigend ein. Alles andere wäre jetzt besser als ein Streit. Gerade heute, wo so viel Entscheidendes für die Zukunft von ihm und seiner Familie auf dem Spiel stand. Immer wieder versuchte sich Feidel darüber klar zu werden, dass es heute darum ging, ob er mit Hilfe von Schubert einen gesicherten Lebensabend mit seiner Frau verbringen konnte oder ob er einer unklaren Zukunft entgegenblickte. Sein Gewinn aus dem Bildergeschäft war noch überhaupt nicht abzusehen, ebenso aber auch seine Erwartungen aus der ‚Klunker-Transaktion'. „Also, Ruhe bewahren, Ruhe ausstrahlen", sagte sich Feidel. Er hoffte zuversichtlich, dass seine kleine Bemerkung wegen der Geschwindigkeit Schubert nicht zu sehr gereizt hatte.

„Schon o.k.“, hauchte Schubert mehr, als dass er es sagte, aber für Feidel war es ein sehr beruhigendes kurzes Wort. Im gleichen Augenblick hatte sich auch Schubert wieder in der Gewalt und steuerte den Wagen mit der vorgeschriebenen Höchstgeschwindigkeit.

Inzwischen hatte Schubert die Autobahn-Ausfahrt Offenburg passiert und rollte weiter in Richtung Basel. Vorübergehend herrschte ein kurzes Schweigen im Wagen. Dieses Mal war es Schubert, der die Stille mit einer Frage unterbrach: „Wenn meine Frau und ich heute in der Schweiz nicht ganz zu Rande kommen, könnte es sein, dass wir eine Nacht dort bleiben. Für solche Fälle haben wir immer ein Bordcase im Kofferraum. Das hat sich schon oft als sehr nützlich erwiesen. Würden Sie dann auch in der Schweiz übernachten, oder lieber mit dem Zug nach Hause fahren, Feidel?“

Auf diese Frage war Feidel nicht vorbereitet, so antwortete er ausweichend: “Von der Schweiz nach Hause zu kommen, hat mir noch nie Schwierigkeiten bereitet. Die Züge fahren zumindest auf der Rheintalstrecke häufig genug – und selbst in der Nacht gibt es da keine Probleme. Ich würde auf jeden Fall heute noch ins Murgtal kommen. Da mache ich mir jetzt noch keine Gedanken; aber ich finde es nett, dass Sie daran denken. Und wenn alle Stricke reißen würden, könnte ich wohl auch bei meiner Tante in Locarno übernachten, aber das wäre nur für den Notfall.“

Wieder war es Schubert, der als nächster ein neues Gesprächsthema anriss: „Ich hatte gestern ein kurzes Telefonat mit dem von mir beauftragten Sachverständigen wegen der Echtheit der Bilder. Ich hatte dem Mann zuvor bei der Beauftragung zu verstehen gegeben, dass es mir einigermaßen mit der Beurteilung eilt, natürlich ohne dass die Qualität der Begutachtung darunter leidet oder leiden darf. Bei dem Telefonat hat er deshalb noch keine endgültige und abschließende Beurteilung gegeben. Er meinte zunächst nur, dass er den ‚Renoir’ mit der Lupe betrachtet hat und dabei den Eindruck gewonnen habe, dass es sich bei diesem Bild um eine Kopie handelt. Allerdings räumte er gleich ein, dass es eine sehr gute Kopie sein müsse. Er werde noch entsprechende mikroskopische Betrachtungen vornehmen, um zu einer sicheren Beurteilung zu kommen. Die übrigen Bilder halte er nach einer zunächst noch oberflächlichen Betrachtung für echt. Wegen seiner Bedenken habe ich ihn gebeten, für jedes Bild eine genaue Expertise zu fertigen. Dies wurde mir zugesagt."

„Ich kann mir nicht vorstellen", meinte Feidel sorgenvoll, „dass mein Bekannter, von dem ich die Bilder habe, etwas anderes als echte Gemälde besitzt. Er ist im Übrigen nicht nur ein ausgesprochener Kunstliebhaber, sondern ein anerkannter Kunstkenner, der auch regelmäßig Vorlesungen in Kunst und Kunstgeschichte an der Akademie hält. Ihm wäre eine fehlerhafte Beurteilung wohl nicht unterlaufen und, so wie ich ihn kenne, würde er sich nicht mit einer Kopie begnügt haben. Von Hause aus ist er mit solchem Reichtum gesegnet, dass er sich eine Galerie echter Gemälde und anderer Kunstgegenstände zulegen konnte. Wenn tatsächlich ihr Mann das Bild als Falsifikat beurteilen sollte – ich meine nach der angedeuteten weiteren Begutachtung – dann würde ich ein Gegengutachten verlangen. Sie werden das sicher verstehen, Schubert, hier geht es mir nicht nur um Rechthaberei oder um Geld; hier geht es mir auch um meine Ehre: Ich wollte Ihnen bestimmt keine Kopie andrehen – und das wird mir ja wohl unterstellt." Die Stimme von Feidel hatte zum Schluss einen schärferen Ton erhalten, als Feidel eigentlich wollte; aber er hatte sich über die angebliche Erstbewertung des ihm unbekannten Sachverständigen so sehr echauffiert, dass er Mühe hatte, nicht aus der Haut zu fahren.

Frau Schubert, die die wachsende Erregung Feidels am besten spürte, versuchte beruhigend auf ihn einzureden: „ So war das sicher nicht gemeint, lieber Herr Feidel, es geht doch gar nicht um Sie und um eine nicht korrekte Lieferung durch Sie, sondern nur um eine Erstbegutachtung ohne abschließende Beurteilung. Das alles wird sich schon noch geben. Und wie auch immer: Sie selbst sind mit Sicherheit nicht persönlich betroffen. Nehmen Sie es daher nicht so sehr zu Herzen. Was mein Mann gesagt hat, ist also nicht gegen Sie gemeint."

Schubert war von der Einmischung seiner Frau nicht angetan. Mit deutlichem Unterton reagierte er daher mit der Bemerkung: „Ich kann mich ganz gut selbst verteidigen, wenn es sein muss. Vorhin habe ich aber genau das gesagt, was ich meinte sagen zu müssen. Ich habe mich weder in der Wortwahl noch im Ton vergriffen und nur das wiedergegeben, was mir gestern telefonisch von dem Sachverständigen mitgeteilt wurde. Wenn Feidel sich dabei erregt, so ist dies nicht mein Bier. Also: lassen wir das und warten das Gutachten ab. Wir werden dann ja weiter sehen."

„Das war eigentlich vermeidbar", dachte Frau Schubert, und man konnte diese Gedanken fast von ihrem Gesicht ablesen. Frau Schubert kannte ihren Mann und wusste, dass er keinen Widerspruch duldete oder gar eine Belehrung annahm. Seine Rechthaberei hatte ihm schon manchen Ärger und auch manchen geschäftlichen Verlust eingebracht, wie sich Frau Schubert in diesem Augenblick wieder erinnerte. Die drückende Spannung im Fahrzeug empfand sie als beinahe unerträglich. Sie lenkte daher rasch vom Thema ab und fragte: „Ich habe Kaffee in der Thermoskanne mitgebracht; darf ich davon jetzt anbieten? Schatz, du, oder Herr Feidel?"
„Ja, gerne. Das ist keine schlechte Idee", kam es wie aus einem Munde von beiden Männern im Wagen. Frau Schubert füllte zwei mitgebrachte Tassen mit dem schon als Milchkaffee vorbereitetem Thermosflascheninhalt und reichte sie zuerst ihrem Mann und danach Herrn Feidel. Dankend nahm Feidel die Tasse in Empfang und deutete mit einer hochgehobenen Tasse ein ‚Prosit' an. Schubert stellte die Tasse zur Abkühlung in den Getränkehalter am Armaturenbrett gestellt und murmelte ein ‚Danke'.

Am Fahrbahnrand tauchte ein beige-braunes Hinweisschild auf, das ein stilisiertes Münster zeigte und die Aufschrift ‚Freiburg' trug. „Meine zweite Traumheimat", sinnierte Frau

Schubert halb als Selbstgespräch, halb als Unterhaltungsbeitrag. Ergänzend fuhr sie fort: „ Wenn wir in Baden-Baden nicht die Villa gefunden hätten, hätte es mich sehr wahrscheinlich nach Freiburg gezogen. Das Münster, die vielen schönen und alten Bauten, die urige und gute Gastronomie, die plätschernden Bächlein und das viele Grün haben es mir ebenso angetan wie das Kulturangebot mit dem Theater, den Museen, an der Universität und der Kunstakademie und – ja natürlich – die schöne Dreisam und die Spazierwege in den umliegenden Wäldern. Man muss es einfach mögen, dieses herrliche Städtchen", schwärmte Frau Schubert.

„Ich kenne deine heimliche zweite Liebe, Mädchen", gab ihr Mann zur Antwort. „Meine zweite heimliche Liebe stimmt, wenn du nicht ‚heimlich' von mir geliebt wirst. Sonst wäre Freiburg meine dritte Liebe, genau genommen", versuchte Frau Schubert zu scherzen, um die Stimmung wieder etwas zu heben; und sie tat es mit Erfolg. „Wir könnten wieder einmal ein paar Tage in Freiburg Urlaub machen, mein Schatz, das letzte Mal war die Kur und der Aufenthalt im Colombi-Hotel für dich doch der wahre Segen. Eine Wiederholung würde dir mit Sicherheit nicht schaden. Oder wenn du vielleicht nächstes Mal im Glottertal kuren willst – auch dazu hast du meine Zustimmung. Ich denke gerade daran, dass du das letzte Mal hier aus einem alten Studentenlied so richtig aus Herzenslust und mit Hingabe gesungen hast ‚Glottertal ist auch nicht ferne' – da schwang so etwas wie Sehnsucht mit; ich meine im Lied und in deiner Stimme. Überlege es dir einmal; ich bin stets ansprechbar."

„Du hast fast schon gewonnen, mein Engel, wir müssen uns nur noch eine günstige Zeit aussuchen", lenkte Schubert begütigend ein. Es klang ein wenig ausweichend, und seinem Gesicht war anzumerken, dass er wohl an etwas anderes dachte. Der nahende Nachmittag mit dem Besuch in Ronco und dem beabsichtigten Kauf des Ferienhauses dort und schließlich die Transaktion in Italien beschäftigten Schubert gedanklich mehr, als er sich eingestehen wollte. „Bevor wir aber in Freiburg wieder urlauben, wollen wir uns heute erst noch ein neues Feriendomizil ansehen. Wir haben ja noch keine Ahnung, wie das Chalet aussieht, wie groß es ist, wo es genau liegt und ob uns das Angebot in der Zeitung nicht einfach zu viel versprochen hat. Und danach – haben wir noch einiges vor; das hast du doch sicher noch nicht vergessen."

„Wie könnte ich! Ich weiß sehr wohl, weshalb wir heute in den Süden fahren. Ich will dich auch gar nicht ablenken; das ist nicht meine Absicht. Wenn du über unseren Besuch heute in Ronco reden willst, mache ich gerne mit", meinte Frau Schubert verständnisvoll.

„Schauen wir uns erst einmal den Laden an und reden dann darüber", schob Schubert das weitere Gespräch über den etwaigen Kauf vor sich her.

Langsam näherte sich das Fahrzeug der deutsch-schweizerischen Grenze bei Basel, und vor allem bei Frau Schubert nahm die Erwartung auf das Kommende zu, nachdem sie auf Schweizer Boden angelangt waren, ohne dass es bei der Grenzkontrolle zu irgendeinem Aufenthalt gekommen war. „Ein gutes Omen" dachte Schubert und war in Gedanken auch schon wieder bei dem späteren Grenzübertritt von der Schweiz nach Italien, wo er eine ähnlich problemlose Grenzdurchfahrt erhoffte. Seine Gedanken gingen zu dem Säckchen mit den Diamanten, von denen Feidel immer noch nicht wusste, wo sie versteckt waren. Allein der Gedanke daran ergötzte Schubert und zwang ihn zu einem leichten Grinsen.

Noch am Abend vor der Abfahrt in Baden-Baden hatte er die ‚Steinchen' - wie er sich auszudrücken pflegte – sorgfältig in einem Säckchen verstaut und dieses Säckchen fast kunstvoll mit einer Bandage umwickelt, so dass selbst bei einer sorgfältigen Untersuchung des Wageninhaltes an der Grenze nicht leicht aufgefallen wäre, dass die Bordapotheke einen besonders gewichtigen Inhalt hatte. „Gut gemacht", lobte sich Schubert selbst, ohne dies allerdings auszusprechen.

Die Autobahn in Richtung Olten–Luzern war fast frei und konnte dazu verleiten, das Tempo zu erhöhen. Schubert dachte an die Ermahnung Feidels auf der deutschen Autobahn und die Spannung, die sich daraus zwischen ihm und seinem Mitfahrer entwickelt hatte. Erst jetzt fiel Schubert auf, dass sich Feidel seither gar nicht mehr an dem Gespräch beteiligt hatte. Ein Seitenblick zeigte ihm, dass Feidel sehr in sich gekehrt war und noch irgendetwas zu verarbeiten hatte. Der sonst recht unterhaltsame Feidel musste wohl aus seiner Ruhe aufgeschreckt oder langsam geweckt werden. Mit einer wenig verfänglichen Frage wollte Schubert es versuchen: „Wenn Sie nach Locarno fahren, Feidel, wählen Sie dann die Strecke Olten–Luzern oder den Bogen Zürich–Luzern. Beide Strecken haben wohl Vor- und Nachteile."

Feidel, froh über diese direkt an ihn gerichtete Frage, antwortete gerne: „Das kommt ganz auf die Aufgaben an, die ich in der Schweiz zu erledigen habe. Wenn ich nur in Locarno beschäftigt bin, dann wähle ich die kürzere Strecke über Olten. Häufig führen meine Geschäfte mich aber auch nach Zürich oder Wettingen, dann nehme ich die Nord-Autobahnstrecke der Schweiz. Beide Routen finde ich sehr angenehm zu fahren. Im Übrigen handele ich nach der Devise: Wenn es eilt – dann den direkten Weg, sonst mache ich auch gerne einen Umweg der schönen und abwechselungsreichen Gegend wegen. Für heute hätte ich aber am Steuer dieselbe Strecke gewählt, wie Sie es taten, Schubert. Wir haben ja noch viel vor, aber dennoch: Wollen Sie nicht einmal am Steuer abgelöst werden? Seit Baden-Baden lenken Sie schon das Fahrzeug und konzentrieren sich auf den Verkehr. Werden Sie da nicht langsam müde? Ich löse Sie gerne ab, wenn Sie das wünschen."

„Mein lieber Feidel, wenn ich am Wochenende vom Rheinland nach Baden-Baden fahre, mache ich das ‚auf einer Backe', wie man im Rheinland zu sagen pflegt. Und die kurze Strecke bis Ronco strengt mich nicht an; das schaffe ich leicht. Im Übrigen bin ich ganz gerne hinter dem Steuer; noch macht es mir Spaß. Bis zum ersten Zielpunkt – ich meine Ronco – würde ich gerne durchfahren, vorausgesetzt es hat niemand von uns das Bedürfnis, sich kurz die Beine zu vertreten. Also, keine Sorge, ich bin voll wach." Schubert machte auch keineswegs den Eindruck, als ob er durch die Zeit hinter dem Steuer müde geworden war. Eher war er schon wieder leicht gereizt, weil Feidel glaubte, ihm, dem großen Manager, könne so eine kleine Tour, wie die von Baden-Baden in die Schweiz, auch nur das Geringste anhaben.

Auf der weiteren Fahrt am Sempacher See vorbei und durch Zürich und später am Südufer des Vierwaldstättersees entlang unterhielt sich Frau Schubert mit Feidel, und wiederholt bezog sie auch ihren Mann in das Gespräch mit ein, um ihm nicht das Gefühl zu vermitteln, er werde nicht beachtet. Vor allem wollte Frau Schubert damit testen, ob er noch schnell reagierte und bei der Sache war. Die Gespräche kursierten um belanglose und alltägliche Dinge, um Schönheiten der Umgebung oder auch einmal um einen Schweizer, der wohl meinte, er könne mit seinem Ferrari die Geschwindigkeitsgrenzen völlig missachten. Nur wenige Kilometer nach diesem Überholvorgang konnten sie den Ferrari am Straßenrand in der Begleitung eines Beamten der Autobahnpolizei sehen. Sie konnten gerade noch ausmachen, dass der Fahrer des Sportwagen seine Papiere übergeben musste. „Der hätte es ja schließlich wissen müssen, was hier mit den Rasern passiert", war die ungeteilte und fast schadenfrohe Meinung der Schuberts.

Nachdem sie den Vierwaldstättersee verlassen und an Altdorf vorbeigefahren waren, wagte Frau Schubert eine Frage an ihren Mann: „Willst du in Göschenen den Autozug nehmen, oder die Passstraße fahren, Schatz?" „Wenn in Göschenen der Zug erkennbar bald abfahrbereit steht, würde ich wohl schneller mit dem Zug nach Airolo kommen. Ich treffe die Entscheidung dann sehr kurzfristig. Vielleicht haben wir Glück. Du kannst schon einmal ein Stoßgebet loslassen, mein Engel", meinte Schubert lakonisch und mit ironischem Unterton. Ob es an dem innigen, stillen Flehen und Bitten der Frau Schubert lag, sei dahin gestellt, jedenfalls stand bei der ihrer Ankunft in Göschenen der Autozug fast voll beladen an der Rampe. Der Entschluss von Schubert stand sofort fest: „Das ist ja phantastisch! Aufspringen und ab durch den Tunnel!“ kam es wie ein Aufschrei aus seinem Mund. Im abgedunkelten Auto blieben alle drei Insassen sitzen und erlebten eine fast gespenstische Fahrt durch den Tunnel. „Ein einmaliges Erlebnis“, raunte Frau Schubert in der Dunkelheit.

In Airolo angekommen, konnten die Fahrzeuge sehr rasch die Verladestation verlassen und den Weg zur Autobahn wählen. Die Fahrt durch das Valle Leventina hätte bei dem sonnigen Wetter, das sie auch südlich des Gotthard antrafen, pure Erholung sein können, wäre Schubert nicht auf die Idee verfallen, Feidel noch einmal aus seiner Reserve und seiner Ruhe zu locken. Plötzlich und wie aus heiterem Himmel fing er an: „Feidel, Sie haben Ihre hübsche, junge Frau einfach so alleine zu Hause gelassen. Kommt Ihnen das nicht sehr riskant vor? Ich brauche ja nicht erst die Yellow Press zu lesen, um zu erfahren, was alleinstehende Frauen und die ‚grünen Witwen’ alles machen, um sich die männerlose Zeit zu vertreiben. Aber gerade in Ihrem Falle ist doch besondere Vorsicht geboten, meinen Sie nicht, lieber Feidel?“

„Machen Sie sich meinetwegen oder meiner Frau wegen keine Gedanken. Ich bin mir meiner Frau sehr sicher. Und wir sind wechselseitig auch sehr offen zueinander. Meine Frau weiß von mir – und ich weiß von ihr. Eigentliche Geheimnisse haben wir nicht voreinander. Und auch wenn Sie die Boulevardpresse lesen; Sie sollten doch wissen, dass nicht alle Menschen gleich sind. Und meine Frau mit irgendjemand zu vergleichen, der sich in der Yellow Press einen Namen machen will oder gerne dort gelesen wird, das halte ich denn doch für ein ziemlich starkes Stück. Nicht meinetwegen, aber wegen meiner Frau wäre jetzt von Ihrer Seite ein kurzes Wort der Entschuldigung angebracht“, ereiferte sich Feidel.

„Sie sind ja wirklich ein Unschuldslamm“, stichelte Schubert weiter. „Sie erwarten von mir eine Entschuldigung; das kann doch nicht Ihr Ernst sein. Ich äußere mich in Sorge um Ihre Frau und um Sie – und Sie wollen mich auch noch zu einem Kotau umstimmen. Das kann doch nicht wahr sein!“ Feidel unterdrückte mühsam seine Wut. Er spürte nur zu gut den Sarkasmus in den letzten Sätzen von Schubert, der seine Tirade auch noch als Ausdruck der Sorge um das Wohlergehen der Feidels verstanden wissen wollte.

Sie waren unterdessen auf der Höhe von Bellinzona angelangt. Nur etwa hundert Meter waren sie von der Ausfahrt nach Locarno und Ronco entfernt, als Schubert immer noch mit voller Geschwindigkeit fuhr. „Wir müssen hier runter. Das ist die Ronco-Ausfahrt, mein Schatz“, unterbrach Frau Schubert den immer heftiger werdenden Disput der beiden Männer. „Ich weiß!“, kam recht unwirsch die Antwort von Schubert. Gleichzeitig trat er heftig auf die Bremse und zog den Wagen nach rechts in die Ausfahrt, um den Weg nach Locarno und Ronco einzuschlagen.

„Das war knapp. Aber: Glück gehabt“, bemerkte Feidel süffisant.

„Der Kommentar war höchst überflüssig“, gab Schubert zurück. „Sie haben keinen Anlass, meinen Fahrstil in irgendeiner Weise zu beanstanden. Wir sind auf jeden Fall sehr gut hierher gekommen. Sie könnten mir viel eher sagen, wie wir von Locarno weiterfahren. Als Co-Pilot erwarte ich das von Ihnen per se. Also, wie ist es?“

Feidel versuchte jetzt betont sachlich zu bleiben und antwortete so ruhig und beherrscht, wie es ihm möglich war: „Wenn Sie Locarno durchfahren haben, kommen Sie über die Brücke der Maggia, und bald hinter der Brücke geht es links ab in die Berge über Losone und Arcegno nach Ronco. Die Straße steigt vor Arcegno stark an. Ich schätze, wir liegen dann fast 400 Meter über dem See. Da Sie das gesuchte Grundstück oder das Chalet nicht kennen, schlage ich vor, dass wir schon bald hinter Arcegno einen Einheimischen fragen. Vielleicht weiß der Bescheid. Wenn Sie wollen, übernehme ich die Fragerei – soviel Italienisch kann ich wohl. Einverstanden?"

Die Frage von Feidel empfand Schubert als neue Provokation. War es die Tatsache, dass Feidel der italienischen Sprache mächtig war und er nicht? War es vielleicht nur der Umstand, dass Feidel die Gegend besser kannte als er? War es der noch nicht verwundene Streit auf dem letzten Stück der Autobahn vor Locarno? Schubert hätte es wohl selbst nicht sagen können. Eines aber wusste Schubert genau: „Dem Feidel zahle ich das heim!"

„Wir haben vorhin über die Treue der Frauen gesprochen, Feidel, und Sie haben gemeint, Sie könnten Ihrer Frau sicher sein", leitete Schubert den Angriff ein. „Ich brauche gar nicht in die Presse zu sehen. Auch aus meiner eigenen Erfahrung mit Frauen weiß ich, wovon ich geredet habe. Auch in Anwesenheit meiner Frau – sie kann ruhig hören, was ich jetzt sage – versichere ich Ihnen: Sie können sich Ihrer Frau eben nicht sicher sein! Sie wissen gar nichts! Ich habe selbst schon mit Ihrer Frau geschlafen – und das nicht nur einmal. Wir haben schon viele schöne Stunden miteinander verlebt! Davon hat Ihnen Ihre Frau mit Sicherheit nichts erzählt. So, und jetzt wissen Sie es!" Die letzten Sätze waren von Schubert nicht mehr gesprochen worden. Er schrie sie nur so aus sich heraus; als ob Feidel taub sei und er, Schubert, sich von einer seelischen Last befreien müsste.

Nur Bruchteile von Sekunden dauerte es, bis Feidel auf Schuberts Bekenntnis reagierte. Noch unter Schock wegen der ungeheuerlichen Vorwürfe griff Feidel unter seine Jacke, wo er links im Hosenbund seine Pistole wusste. Blitzschnell drehte er sich im Gurt auf Schubert zu und feuerte in wilder Wut drei Schüsse ab, die Schubert im rechten Oberarm und in der Brust trafen. Schubert fuhr in diesem Moment gerade auf einer Steilstrecke der Waldstraße zwischen Arcegno und Ronco. Von der ersten Kugel getroffen, lenkte Schubert das Fahrzeug unbewusst an die Straßenböschung rechts, wo der

Wagen mit laufendem Motor liegen und hängen blieb. Schubert sackte von den drei Kugeln tödlich getroffen nach vorn auf das Lenkrad. Seine Arme fielen leblos herab und seine halb glasigen – aber schon toten – Augen waren noch erstarrt auf Feidel gerichtet.

Frau Schubert konnte gar nicht so schnell erfassen, wie die Worte ihres Mannes auf Feidel gewirkt hatten. Die von Feidel gezogene Pistole und die abgegebenen Schüsse wirkten auf sie wie ein schlechter Kriminalfilm, der eine Anhäufung von Brutalität und Hemmungslosigkeit in sich vereinigt. Ohne große Überlegung und mehr instinktiv als bedacht warf sich Frau Schubert nach vorn und riss mit der rechten Hand Feidels linke Schulter und mit der linken Hand die rechte Schulter ihres sterbenden Mannes zu sich. Frau Schubert kam dadurch von der hinteren Sitzbank hoch, ihr Körper hing beinahe waagerecht zwischen den vorderen Sitzen und der hinteren Bank, während sich ihre Hände in die Schultern der beiden Männer vor ihr regelrecht verkrallt hatten. Feidel war geradezu starr mit seiner Pistole verbunden und schoss die nächsten Kugeln, die Schubert gelten sollten, auf den halb hinter ihm liegenden Körper von dessen Frau. Die Kugeln trafen ihre Brust, drangen in ihren Körper und traten im unteren Rückenbereich aus. Frau Schubert sackte auf die Bank zurück. Die weit aufgerissenen Augen und ihr offener Mund schienen die Frage ‚warum nur?' zu schreien.

Feidel war noch immer in Trance. Er war nicht fähig, einen klaren Gedanken zu fassen. Es war einfach zu viel, was in den letzten Sekunden auf ihn eingestürzt war: Seine Frau, die er so sehr liebte und der er völlig vertraute, sollte ihn mit Schubert betrogen haben? Er konnte es immer noch nicht begreifen und wünschte sich gleichzeitig, dass er sich in diesem Augenblick etwas mehr hätte beherrschen können. – Es war zu spät!

Feidel hatte in seiner Aufregung nicht mitbekommen, dass Schubert den Wagen noch nach rechts in den leichten Graben und auf die Böschung gesteuert hatte, wo das Fahrzeug abgebremst wurde und zum Stehen kam. Die Automatik stand auf ‚Halt', worüber sich Feidel zwar kurz wunderte, aber nicht weiter nachdachte. Vielleicht hatte er selbst im Unterbewusstsein und als geübter Fahrer die Schaltung ohne Nachdenken bedient.

Nur mit großer Mühe gelang es Feidel, aus dem Wagen zu kommen, da die Beifahrertüre nur einen kleinen Spalt freigab und danach an der Böschung klemmte. Er öffnete ohne nachzudenken auch die Fahrertür, wo ihm der tote Schubert entgegenkam, und schaute sich entsetzt um: Auf der einsamen Bergstraße stand der schwere Mercedes, die Leiche Schuberts lag halb auf der Straße, halb noch im Wagen. Blut war aus dem Brustkorb getreten und hatte den Boden schon stark getränkt. Dessen Frau saß mit gesenktem Kopf auf der Rückbank; es sah aus, als ob sie schlief. Nur die stark blutenden Einschusswunden und das fehlende Atmen verrieten, dass auch in diesem Körper kein Leben mehr war.

Langsam begann Feidels Verstand wieder zu arbeiten, aber noch war ihm die Schwere des Geschehens nicht voll bewusst. Was sollte er zuerst tun? Die Leiche von Schubert musste versorgt werden. Aber wie? In den Kofferraum oder besser in den Wald? Und wie sollte es danach weitergehen? Kam er hier überhaupt mit dem Wagen weg, ohne Hilfe zu holen?

Feidel zog den schweren leblosen Körper von Schubert ganz aus dem Wagen heraus und über die Straße zum nahe gelegenen Wald. Durch die Bäume hatte er so eben erkennen können, dass keine zwanzig Meter neben der Straße der Wald endete und das Gelände wohl direkt abstürzte.

Feidel ließ den leblosen Körper zunächst am Waldrand liegen und vergewisserte sich, wie es auf der anderen Seite des Waldes aussah. Fast senkrecht stürzte das Gelände hier ab. Die Wand zeigte nur an einigen Stellen einen schwachen Bewuchs von Gräsern oder auch vereinzelte kleine Büsche. Nur im untersten Bereich wuchsen aus der Wand ein paar kleine Kriechkiefern und anderes Krüppelgehölz. Ein schmales

Stück Land mit schwachem Baumbestand trennte die Steilwand vom See und von der direkt am See entlang führenden Straße. „Hier kann ich die Leiche runter werfen“, kam es Feidel blitzschnell in den Sinn. Er spürte aber auch, dass es noch ein schweres Stück Arbeit bedeutete, den Leichnam bis zum Steilhang zu bringen.

Gerade hatte er den am Boden liegenden Schubert unter den Armen gefasst, als er Motorenlärm aus der Gegenrichtung hörte. Sekunden später fuhren zwei junge Burschen auf zwei Mopeds an dem abgestellten Wagen vorbei. Die jungen Männer starrten Feidel entsetzt an, als ihnen bewusst wurde, dass hier ein Toter ‚weggeschafft' werden sollte. Die Mopedfahrer entfernten sich rasch, und Feidel wusste, dass jetzt große Eile geboten war. Die Strecke zum Ufer war zu lang.

Ohne noch einmal zu zögern, ließ er kurz von Schubert ab, ging an den Kofferraum, um diesen zu öffnen und schleifte danach den leblosen Schubert zum Heck des Fahrzeugs. Nur mit Mühe gelang es ihm, den schweren Körper über den Rand des Kofferraums zu hieven. Nun griff er nach einem am Straßenrand liegenden abgebrochenen Tannenast, um die Schleifspuren zu verwischen und die Blutlache mit Schotter und Straßenstaub abzudecken. Den Ast schleuderte Feidel in den Wald, vergewisserte sich noch einmal, ob er jetzt unbeobachtet war, und stieg dann in das Auto, dieses Mal hinter das Lenkrad. Der Wagen ließ sich problemlos wieder auf die Straße zurückrollen und Feidel schlug den Weg nach Ronco ein.

Feidel sagte sich, dass er wohl nicht viel Zeit habe, um der schweizerischen Polizei zu entkommen. Er konnte nicht wissen, ob die beiden Mopedfahrer nur in das nächste Dorf gefahren waren, um den Eltern vielleicht einen langen Roman zu erzählen – dadurch hätte er Zeit gewonnen –, oder ob die Burschen clever genug waren, um gleich nach Locarno zur Polizei zu gehen und den Verfolgungsapparat in Bewegung zu setzen – dann war für ihn hohe Eile geboten.

Feidel entschied sich, die Straße am Westufer des Lago Maggiore entlang nach Italien zu fahren. Die Strecke bis zur italienischen Grenze schätzte er auf höchstens zehn Kilometer, die er in wenigen Minuten schaffen würde. Kurz hinter Brissagio fuhr Feidel eine Schreckensangst in die Knochen: Ein Fahrzeug der Schweizer Gendarmerie kam ihm entgegen. „Jetzt ist alles aus!“, dachte Feidel und fuhr bewusst langsam weiter. Ganz bleich vor Angst und noch mit schlotternden Knien stellte er fest, dass die Polizei noch nicht einmal ein Auge auf den Mercedes geworfen hatte und somit die Suche nach ihm noch nicht aufgenommen worden war.

Unbemerkt von allen kam Feidel immer näher an die Grenze nach Italien. Erst jetzt bemerkte er bei einem Blick in den Rückspiegel, dass Frau Schubert immer noch mit gesenktem Kopf auf dem Rücksitz saß und das Kleid erkennbare Blutspuren aufwies.

Nur ein kurzes Stück trennte ihn noch von der rechten Abzweigung, die steil in Windungen hinauf zu dem kleinen Ort Santa Agata führte. Diese Auffahrt kannte Feidel nicht genau, aber er vermutete, dass auf dieser Strecke wohl kein starker Verkehr herrschte. Auf der Nebenstraße wollte er anhalten, um die Leiche von Frau Schubert so zu bedecken, dass sie auf der Rückbank wie eine Schlafende wirkte und vor allem keine Blutspuren zu entdecken waren.

Feidel bog auf den Abzweig nach Santa Agata und stellte fest, dass es sich um eine sehr schmale Straße – fast einen Weg – handelte. Unauffällig anzuhalten oder gar zu wenden war zumindest an dieser Stelle unmöglich. Endlich fand Feidel eine Ausbuchtung, die ihm erlaubte, sein Vorhaben zu verwirklichen. Hier hielt er an und drapierte eine Decke so um die Leiche, dass zumindest bei kurzer Betrachtung nicht auszumachen war, ob sich auf dem Rücksitz eine Schlafende oder eine Tote befand. Feidel war mit seinem Werk zufrieden. Innerlich immer noch sehr aufgewühlt, setzte er sich wieder hinter das Steuerrad und lenkte den Wagen zurück in Richtung Seestraße und Verbania. Für das Wenden benötigte er jeden Zentimeter der schmalen Straße.

Feidel war sich über sein weiteres Verhalten noch nicht schlüssig; einen klaren Gedanken hatte er noch nicht gefasst. Eine Menge von Fragen beschäftigte ihn, aber eine Antwort darauf konnte er noch nicht geben. Wohin mit den Leichen? In den See versenken, oder von der Klippe einer Anhöhe hinunterwerfen? Und wenn in den See, wie dann die Leichen dorthin bringen? In einem Boot – woher ein solches nehmen? Am Ufer ablegen – unmöglich: das Wasser ist dort viel zu seicht!

Hinter sich hörte Feidel Hupgeräusche. Er schreckte auf und bemerkte erst jetzt, dass er sehr langsam fuhr – beinahe nur dahinschlich. Hinter seinem Wagen hatte sich schon eine Fahrzeugschlange gebildet. „Auch so kann man auffallen", schoss es Feidel durch den Kopf. Der erste Fahrer, der ihn überholte, nachdem Feidel den Wagen rechts in einer Nische kurz angehalten hatte, gab ihm mit Handzeichen zu verstehen, dass er schneller fahren sollte, um den Verkehr nicht zu behindern.

„Wo bin ich eigentlich?", fragte Feidel sich selbst. Er war einfach in Gedanken die ihm sonst bekannte Seestraße weitergefahren. Einige Zeit fuhr Feidel weiter, rechts von Wald und links vom See begleitet; nach etwa zwei Kilometer sah er rechts am Straßenrand das Ortsschild von Ghiffa. „Also bald in Verbania – und dann?", sinnierte Feidel unschlüssig. Zunächst dachte Feidel daran, dass er mit einer Fähre vom Hafen in Verbania nach Laveno zum gegenüberliegenden Seeufer fahren könnte. Aber diese Idee verwarf er sehr schnell. Möglicherweise hätten sich Passagiere mehr als nur oberflächlich für den schweren deutschen Mercedes interessiert und daran konnte Feidel absolut nicht gelegen sein. Also blieb ihm nur die Möglichkeit, bis zur Südspitze des Lago Maggiore die Seestraße weiter zu benutzen. „Alles weitere wird sich schon geben", dachte Feidel und erinnerte sich gleichzeitig, dass er heute morgen mit seiner Frau verabredet hatte, dass sie sich am Abend in Morcote „etwa um 20 Uhr in unserem Hotel" treffen wollten. So blieb ihm noch genügend

Zeit, die längere Landstrecke über die E2 und E9 in Italien zu nehmen.

Langsam konnte sich Feidel wieder auf die Umgebung und auf den Verkehr konzentrieren; langsam – viel zu langsam fühlte er sich auch wieder in der Lage, konkrete Pläne zu schmieden, wie es weiter gehen sollte. Ein Blick auf die Uhr zeigte ihm die genaue Zeit: wenige Minuten nach 16 Uhr! Wo ist die Zeit geblieben? Um diese Zeit wollte er mit den Schuberts schon in Como sein, um die ‚Klunker' zu versilbern (oder zu vergolden, wie Schubert gemeint hatte). Und dabei wollten sich Schuberts in Ronco noch das ominöse Chalet oder Grundstück angesehen haben. Habe ich wirklich soviel Zeit verloren bei dem Stopp am Monte Verita? Der Umweg nach Santa Agata war doch nicht so bedeutend? Wieder kam Feidel ins Sinnieren. „Jetzt reiß dich endlich zusammen, Kerl!“, kommandierte Feidel sich selbst und gewann auch bald seine alte Denkkraft wieder.

Die Weiterfahrt über Arona und Sesto Calende zur Autobahn E2 verlief ohne Komplikationen: Feidel steuerte das Fahrzeug wieder mit der ihm sonst vertrauten Sicherheit. Alle Gedanken über das weitere Geschehen schob er einfach weg und dachte nur an die bevorstehende Begegnung mit seiner Frau in Morcote. „Ilona hat schon immer gute Ideen gehabt; sie wird mir auch in dieser Situation helfen“, sagte Feidel halblaut vor sich hin und dachte dabei an manche Begebenheit, wo er den weiblichen Instinkt seiner Ehehälfte nur bewundern konnte. Mit diesen beruhigenden Gedanken erreichte er die Autobahnauffahrt zur Mailänder Strecke.

Feidel, der die Straßenkarte vor seinem geistigen Auge wie aufgeschlagen vor sich sah, fragte sich, ob er die kürzere Strecke über die Autobahn nach Varese und über das Gebirge nach Ponte Tresa wählen sollte, oder die längere aber schnellere Autobahn E9 über Como nach Lugano. Er entschied sich für die Autobahnstrecke. „An der Grenze bei Chiasso kenne ich einige Zollbeamte von meinen früheren häufigen Fahrten in diese Gegend“, erinnerte sich Feidel und glaubte sicher daran, dass er an der Grenze nicht angehalten werde. Und wenn doch, so meinte Feidel weiter, „werde ich mit einem sehr freundlichen *bon giorno* den Mann schon für mich gewinnen können, ohne dass er sich den Wagen genauer ansieht", beruhigte sich Feidel selbst.

Sich selbst Mut zusprechend, fuhr Feidel die Autobahn E8 weiter, bis er etliche Kilometer vor Milano auf die nach Norden führende E9 abbiegen konnte. Auch hier kam Feidel zügig voran und wurde von keinem Stau oder einer vollen Autobahn aufgehalten. Erst als er das Alpenpanorama wieder vor sich hatte und auf die Ausfahrt Como zufuhr, begann sein Puls schneller zu schlagen. Wieder kam ihm das Geschehen am Monte Verita in den Sinn, sein Verhalten dort am Berg, das ihm jetzt unkontrolliert und sinnlos erschien, und er erinnerte sich, dass er danach wegen seiner langsamen Fahrweise beinahe erwischt worden wäre. Er war auch jetzt so zerstreut, dass er keinen klaren Gedanken fassen konnte. Er spürte eine solche Unruhe in sich aufsteigen, dass er den nächsten Parkplatz aufsuchte, um sich zumindest ein klein wenig zu beruhigen.

Der Parkplatz, den Feidel wenig später ansteuerte, war zu seinem Glück völlig leer. Von früheren Besuchen wusste Feidel, dass gerade hier vor dem Aufstieg vor allem Lkw-Fahrer noch einmal eine kurze Rast einlegten, um für die Alpenpassage wach genug zu sein. Feidel empfand die Leere des Platzes als gutes Omen. Er parkte das Fahrzeug so, dass er ohne große Wendemanöver oder auch nur ohne zurückstoßen zu müssen sofort wieder anfahren konnte, falls es notwendig sein sollte. Nachdem er ausgestiegen war, machte er zunächst einige Kniebeugen, lief eine kurze Strecke, um bald wieder zum Wagen zurückzukehren. Noch immer war er alleine auf dem Platz, so dass er sich auch noch ein paar Minuten der Erholung und des Nachdenkens gönnen konnte. Er umrundete noch einige Male das Auto und stellte dabei fest, dass die tote Frau Schubert nach wie vor wie eine Schlafende wirkte.

Nach dieser kurzen Pause glaubte sich Feidel wieder etwas mehr in der Gewalt zu haben. “Komm, die Gelegenheit ist günstig“, sagte Feidel halblaut zu sich selbst und machte neben dem Wagen noch einige Kniebeugen, um sich vor der Weiterfahrt kräftig die Lungen auszupusten. Gerade wollte er wieder das Fahrzeug starten, als ein Lkw auf den Parkplatz einbog. Feidel erschrak, drehte hastig den Zündschlüssel und trat aufs Gaspedal. Der Aufbruch mit aufheulendem Motor kam ihm wie eine Flucht vor. Obwohl er selber gerade wegfahren wollte, fühlte er sich durch den herannahenden Lkw doch wie vom Platz gejagt – eben wie auf der Flucht.

Bei der Weiterfahrt durch das schöne Lyratal nach Norden hatte Feidel keinen Blick für die Landschaft. Schon wieder fühlte er schmerzhaft, dass er am liebsten die Uhr zurückdrehen, dass er alles ungeschehen machen, dass er frei sein wollte von all der Angst und der Ungewissheit, die ihn nun erwartete. Die herrlichen Orangenhaine, die Olivengärten und die fruchtbaren Felder neben der Autobahn nahm Feidel gar nicht wahr. Sonst fuhr er diese ihm wohl vertraute Strecke gerne so langsam wie möglich, weil er sich an dem Reichtum der Natur in diesem Tal gar nicht genug satt sehen konnte. Heute hatte er für das ganze Umfeld gar kein Auge, überhaupt kein Empfinden. Fast ohne Überlegung steuerte er den Wagen auf der rechten Spur der Autobahn, und nur sehr selten überholte er einen noch langsamer fahrenden Lkw. So fiel ihm erst in letzter Sekunde auf, dass er die Ausfahrt nach Como gerade passiert hatte und er sich schon der Schweizer Grenze näherte.

Zu seinem Glück wollten die Zollbeamten auf der italienischen Seite nichts von ihm wissen; die drei dort tätigen Zöllner waren angeregt in ein Gespräch vertieft, so dass einer der Männer gerade einmal mit einer Handbewegung zu verstehen gab, dass Feidel durchfahren könne. Auch auf der Schweizer Seite nahm man kaum Notiz von dem Mercedes mit dem BAD-Kennzeichen. Feidel atmete auf, weil er ungeschoren und unerkannt dem Treffpunkt mit seiner Frau näher kam. Mit einem Blick auf die Borduhr stellte Feidel fest, dass es inzwischen kurz vor 19 Uhr war. Die Sonne war hier in der Alpenregion nur noch zeitweilig zu sehen und häufig von den steil aufragenden Alpenbergen verdeckt. Es war deutlich dämmeriger geworden. Dies kam Feidel sehr entgegen, der sich in der Dunkelheit geschützter vorkam als während des Nachmittags im hellen Sonnenschein und auf der belebten Autobahn.

Als Feidel auf der leicht abwärts führenden Strecke hinter Mendrisio zum Lago di Lugano war, verdüsterte sich der Himmel fast schlagartig: Dicke Gewitterwolken kündigten ein schweres Unwetter an. An der Südausfahrt nach Lugano bog Feidel von der Autobahn ab und steuerte wieder nach Süden in Richtung Morcote. Da brach das Unwetter auch schon los: Blitze zuckten und tauchten die Landschaft für Bruchteile von Sekunden in ein gespenstisches Halbdunkel. Die Blitze waren unmittelbar von kräftigem Donnergrollen gefolgt, so dass sie in allernächster Nähe eingeschlagen sein mussten.

Trotz des prasselnden Regens fand Feidel rasch das Hotel in Morcote, welches er am frühen Morgen noch vor seiner Abfahrt nach Baden-Baden mit seiner Frau als Treffpunkt vereinbart hatte. Erfreut stellte er fest, dass das Auto seiner Frau schon vor dem Hotel stand. Als die Scheinwerfer seines Autos den Ford seiner Frau streiften, sah Feidel, dass seine Frau in dem abgedunkelten Wagen saß. Er stellte den Mercedes so neben das Auto seiner Frau, dass sich beide durch die leicht herunter gelassenen Seitenfenster unterhalten konnten. Auch im Inneren des Ford wurde die Beleuchtung eingeschaltet.

„Warst du schon im Hotel?“, fragte Feidel so neutral wie möglich. „Nein, ich habe deinen Wagen nicht gesehen, und den Mercedes von Schubert habe ich nicht erwartet“, gab Frau Feidel zur Antwort. „Dann fahre jetzt einfach hinter mir her. Es ist etwas geschehen, von dem ich dir später noch erzähle. Bis dann!“ Feidel war sicher, dass die Worte nur von seiner Frau gehört und verstanden werden konnten. „Mache ich“, konnte Feidel gerade noch von seiner Frau vernehmen, ehe er den Mercedes von dem Hotel wegbewegte. Im Rückspiegel konnte er die Lichter des Ford erkennen.

Auf der Uferstraße nahm Feidel Kurs nach Norden, wo er in der Nähe von Caslano einen größeren Platz wusste, an dessen Ende ein kleinerer Bootssteg in den See führte. Er umrundete die Parkfläche, um sicher zu gehen, dass sich keine Menschen oder Fahrzeuge auf dem Platz befanden. Niemand war in der Nähe. Zufrieden mit dieser Tatsache, aber innerlich aufgewühlt und beunruhigt, stellte Feidel den Mercedes neben den Wagen seiner Frau, die inzwischen ebenfalls auf dem Gelände angekommen war. Er öffnete die Tür, eilte zum Fahrzeug seiner Frau und setzte sich – schon triefend nass durch die wenigen Meter im strömenden Regen – auf den Beifahrersitz.

Einleitungslos kamen die Worte aus dem Munde von Feidel: „Ich habe die Schuberts getötet – beide! Er hat mich schon während der Fahrt in die Schweiz durch seine Ketzereien und seine ständigen Vorwürfe derart gereizt, dass ich noch vor Ronco die Nerven verloren habe. Frage mich nicht, wie es im Einzelnen dazu gekommen ist. Ich könnte es dir jetzt auch gar nicht sagen. Es spielt jetzt aber auch keine Rolle. Ich muss die Spuren verwischen, und wir müssen so schnell es geht dann nach Hause. Noch habe ich die beiden Schuberts im Auto. Ich will sie in den See werfen; aber sie müssen untergehen. Ich muss es auch schnell erledigen, solange es so stürmt und niemand hier aufkreuzt. Das könnte ich am wenigsten gebrauchen. Du musst mir helfen, Schatz. Tust du das?“ Fast zögernd kam der letzte Satz über Feidels Lippen, und Angst zeigte sich in seinem Gesicht.

„Du hast dich doch auf mich immer verlassen können, Liebster. Das kannst du jetzt auch! Wir müssen nur überlegt vorgehen.“ Frau Feidel sprach ruhig und beruhigend auf ihren Mann ein. Es klang, als ob sie die Nachricht vom gewaltsamen Tod der Schuberts weder berührte noch überraschte.

„Du machst mir den Eindruck, als ob du völlig verzweifelt bist. Also mal der Reihe nach: Wir haben keine besondere Eile. Es stürmt noch so gewaltig, dass sich kein Hund auf die Straße traut; und hier auf dem abgelegenen Parkplatz sind wir noch einige Zeit sicher. Als erstes solltest du die Jacke ausziehen. Es sieht nicht gut aus, wenn du mit einer total nassen Jacke über die Grenze fährst. Das könnte Verdacht auslösen. Auf die Hose werden die Grenzer nicht gerade sehen; das fällt nicht auf. Das Hemd kannst du eigentlich gleich mit abnehmen; dann hast du nachher eine unauffällige Kleidung, wenn wir an die Grenze kommen", überlegte Frau Feidel weiter.

„Im Kofferraum habe ich Kabelstücke gesehen und einen Kanister, vielleicht kannst du diese Sachen gebrauchen. Ob noch mehr Teile dort sind, die du verwenden kannst, weiß ich nicht. Du kannst ja mal nachsehen. So und jetzt ziehe erst einmal Jacke und Hemd aus. Lass' beides einfach im Auto liegen, bis du das andere erledigt hast."

Feidel hatte mit einem Aufschrei seiner Frau gerechnet, als er die schreckliche Nachricht in wenigen Worten übermittelte; nun färbte die gelassene Reaktion seiner Frau auf ihn selbst ab, und beinahe gehorsam zog er Jacke und Hemd aus, hängte beides über die Sitzlehne, so dass die Jacke etwas trocknen konnte. Feidel reichte wortlos, aber wie verschwörend seiner Frau die Hand.

Mit einem Satz war Feidel am Kofferraum des Autos und holte die Kabelstücke und den leeren Benzinkanister heraus. Auch einen Wagenheber kramte Feidel aus einer Ecke des Kofferraumes, ehe er den Deckel wieder behutsam zudrückte. Trotz des lauten Gewitters wollte Feidel jeden überflüssigen Lärm vermeiden. Die Teile trug er bis zum Ende des Bootsteges und legte sie dort ab. Danach eilte er zurück zum Mercedes und wuchtete zunächst die Leiche des Mannes aus dem Kofferraum. Auch für den athletisch gebauten und kräftigen Feidel machte es einige Mühe, den leblosen und inzwischen schon starren Körper des Getöteten aus dem Fahrzeug zu bekommen und zum Ende des Bootsteges zu schleppen. Feidel spürte nichts von dem prasselnden Regen, der ihn bis auf die Haut durchnässte. Feidel hatte nur einen Gedanken: die Leichen zu beseitigen, ehe das Gewitter aufhörte und irgendwelche Anwohner sich vielleicht umsahen, ob das Unwetter Schaden angerichtet hatte.

Auch die tote Schubert wurde von Feidel auf den Bootsteg gebracht und neben ihren Mann gelegt. Den Wagenheber und den leeren Benzinbehälter hatte Seidel aus dem Wagen genommen, um damit die beiden Leichen zu beschweren. Mit dem Kabel zurrte er den Kanister, den er zuvor noch rasch mit Wasser aus dem See gefüllt hatte, an Schuberts Körper fest.

In aller Eile stieß Feidel die beiden Leichen nacheinander vom Ende des Bootstegs in das Wasser. Obwohl er in der Dunkelheit und bei der aufgepeitschten See nichts Genaues erkennen konnte, waren für ihn, Feidel, die Spuren seiner Tat beseitigt. Als er bereits vom Landungssteg herunter war, schleuderte er noch seine Pistole in das Wasser. Sichtlich erleichtert, aber völlig durchnässt eilte Feidel zum Fahrzeug seiner Frau: „Alles erledigt! Die Schuberts liegen im tiefen Wasser. Ich muss nur noch den Mercedes wegbringen. Ich könnte ihn hier auf dem Parkplatz einfach stehen lassen. O.k.?“, meinte Feidel zu seiner Frau gewandt.

„Das wäre sicher das Verkehrteste, mein Schatz. Stell’ dir nur einmal vor, die Leichen kämen irgendwann einmal an die Oberfläche oder an den Strand. Dann würden doch sofort Nachforschungen darüber angestellt werde, mit wem die Schuberts zuletzt gesehen wurden. Die Bilder würden in den Zeitungen veröffentlicht werden und durch irgendeinen dummen Zufall könnte man auf dich kommen. Also, wenn du mich fragst; würde ich den Mercedes weit wegbringen. Am sichersten fände ich einen Parkplatz in einer Stadt. Ganz bewusst würde ich das Fahrzeug dort parken, wo es erlaubt ist und der abgestellte Pkw nicht sofort auffällt. Ich denke, dass ein Platz in Lugano ganz gut wäre. Am besten in einer Tiefgarage. Dort schaut doch kaum einmal jemand nach einem abgestellten Fahrzeug. Und in Lugano würde auch ein Mercedes mit einem deutschen Kennzeichen nicht ohne weiteres auffallen. Du kannst auch, wenn du dies für sinnvoller ansiehst, das Auto in Bellinzona abstellen. Dort wäre es noch weiter weg von hier. Einen Zusammenhang würde wohl kaum jemand sofort konstruieren können. Aber bevor wir uns entscheiden, trockne dich erst einmal etwas ab. Ein Handtuch habe ich mitgebracht, falls wir hier in der Schweiz noch übernachten würden. Das fällt ja jetzt sicher flach. So, jetzt mach dich erst wieder einmal ‚landfein', wie du dich oft ausdrückst." Wieder einmal zeigte sich Frau Feidel als die überlegene und praktisch denkende Ehehälfte, die sich auch von einer Gewalttat nicht aus ihrem klaren gedanklichen Konzept bringen ließ.

„Die Idee ist nicht schlecht – wie immer", gab Feidel etwas knapp zur Antwort. „Dann parke ich den Mercedes in Lugano. Wenn ich nach Bellinzona fahre und später ein Zusammenhang zwischen den Schuberts und dem Mercedes hergestellt wird, führt die Spur schon zu stark nach Deutschland. Das kann nicht gut sein."

„Diese Überlegung hat sicher etwas für sich" kommentierte Frau Feidel den Gedanken ihres Mannes. „Und wir bleiben so auf den kleinen Straßen, ohne auf die Autobahn zu kommen. Auch das ist vielleicht wichtig. Noch stürmt es gewaltig. Wir sollten das Unwetter für uns nutzen. Bei dem Regen kommen wir sicher ungeschoren und ungesehen nach Lugano, also starten wir. Ich warte noch, bis du losgefahren bist. Ich folge dir hinterher. Mach's gut, mein Schatz."

Feidel, der sich inzwischen etwas abgetrocknet hatte, nahm das im Ford zurückgelassene trockene Hemd und das Jackett an sich und landete mit einem Satz an der Fahrertüre des Mercedes. Im Auto zog er rasch Hemd und Jacke an, ließ den Motor anspringen und startete den Wagen wieder in Richtung Lugano. Die Lichter des Ford sah Feidel zu seiner Beruhigung hinter sich.

Die wenigen Kilometer bis Lugano waren rasch zurückgelegt. Auch hier waren die Straßen wie leergefegt. Die Wirkung des Sturmes hatte noch nicht nachgelassen. Der Regen prasselte nur so auf das Dach und die Frontscheibe des Fahrzeuges. Nur mit dem Schnellgang des Scheibenwischers blieb die Sicht nach vorn halbwegs frei. Feidel fuhr die öffentliche Großgarage im Zentrum an. Nur wenige Fahrzeuge waren im ersten Geschoss der Tiefgarage geparkt. Es handelte sich um Dauerparker, wie abgelegte Parkscheiben im Wageninnern erkennen ließen. Feidel fühlte sich hier nicht gut aufgehoben und steuerte das nächste Parkdeck an. Auch hier waren viele Flächen frei. Den äußersten Parkplatz fuhr Feidel an. Dabei streifte er mit dem hinteren linken Rad die Bordsteinkante. Mit einem klappernden Geräusch fiel die Radkappe ab und rollte an der Fahrerseite vorbei nach vorn.

Sekundenschnell kam Feidel der eigentliche Zweck der Fahrt in die Schweiz und nach Italien in den Sinn: der Umtausch der Edelsteine! „Jetzt kann ich nicht nachsuchen“, seufzte Feidel innerlich und „schade um das schöne Vermögen. Aber ich muss weg hier, ganz schnell“. Unerkannt zu bleiben, war ihm jetzt das Wichtigste, denn nie in seinem Leben hatte er sich so sehr bedrängt gefühlt wie in den vergangenen Stunden.

Frau Feidel, die ihrem Mann mit dem eigenen Pkw in die Garage gefolgt war, bemerkte ebenfalls die abspringende Radkappe und das dabei verursachte Geräusch. Das plötzliche Scheppern machte auch sie nervös. Inständig kam ihr Stoßgebet: „Lass das alles sein. Stelle den Wagen ab und komm zu mir. Alles andere ist jetzt Nebensache.“ Als Feidel den Wagen verließ und auf seine Frau zueilte, fand sie ihre Bitte und ihren inneren Aufschrei erhört.

Mit einem Sprung war Feidel an der Beifahrertüre des Ford, hechtete auf den Vordersitz und hatte kaum sein „Fahr zu!“ ausgesprochen, als seine Frau auch schon Gas gab und den Wagen zum Kassenautomaten steuerte. Feidel zückte nervös seine Geldbörse mit dem Schweizer Geld, um den

Parkschein, den seine Frau bei der Einfahrt in die Garage gelöst hatte, zu bezahlen. Feidel selbst lief rasch zur Sperre, entwertete die Karte und ließ seine Frau mit dem Ford durch die geöffnete Schranke. Feidel sprang zum zweiten Mal in das Fahrzeug, das von Frau Feidel gekonnt und sicher auf die Straße und aus der Stadt zur Autobahn gelenkt wurde.

Zunächst sprach keiner von den beiden ein Wort. Erst als die Stadtgrenze von Lugano erreicht war und das Fahrzeug auf die Autobahn in Richtung Norden fuhr, war es Feidel, der als erster zu sprechen begann: „So knapp vor dem großen Reichtum habe ich mich in meinem Leben noch nie gesehen. Wenn mir Schubert nur etwas über das Versteck der Steinchen in seinem Fahrzeug gesagt hätte – eine Andeutung hätte mir schon genügt –, könnten wir uns jetzt zu den Wohlhabenden zählen. Aber wie ich auch herumrätsele: mir fällt kein Versteck ein, das passender gewesen wäre als eben die Radkappe. Im Auto habe ich mir schon, als wir in Baden-Baden einstiegen, die Polster genau angesehen: Alles war unbeschädigt, und der Mercedes ist ja noch neu. Er hat auf dem Tacho gerade eben viertausend Kilometer. Unter den Sitzen konnte ich noch vor dem Start kurz sehen; es war nur ein Augenblick, als ich allein war, aber auch da war alles leer. Im Kofferraum habe ich auch nichts entdeckt, als ich den Schubert hineingelegt habe. Aber: egal! Jetzt ist eh alles vorbei! Schade!“ Wie ein Seufzer aus tiefster Seele kamen die letzten Worte.

Frau Feidel sah ihren Mann mit einem kurzen Seitenblick an: „Sei froh, dass du noch am Leben bist. Denk nur einen Augenblick darüber nach, wie alles hätte anders kommen können. Ich darf mir gar nicht ausmalen, was beispielsweise geschehen wäre, wenn jemand die Schießerei gehört hätte oder wenn dich jemand beobachtet hätte. Die Polizei wäre doch ganz schnell auf deine Spur gekommen. Mit dem Mercedes wärst du doch überall aufgefallen. Bis jetzt kannst du nur von Glück reden, dass keine Polizei hinter dir her ist. Hier in dem kleinen Ford wird dich niemand suchen. Zumindest kann ich mir das nicht gut denken", kam die beruhigende Erklärung von Frau Feidel.

„Aber jetzt erzähle mir doch erst einmal alles, was sich da so zugetragen hat, seit wir uns nach dem Frühstück getrennt haben, Liebster", bat Frau Feidel ihren Mann. „Bis jetzt weiß ich doch nur, dass die Schuberts nicht mehr leben. Natürlich weiß ich auch, dass du die Leichen in den See geworfen hast. Aber du kannst dir wohl vorstellen, dass mich alles interessiert, was dazwischen geschehen ist."

Feidel holte weit aus, er schilderte die Abfahrt in Baden-Baden, das Gespräch mit Frau Schubert bis zur Autobahnauffahrt und leitete dann über zu der abrupten Aufforderung Schuberts, ihm die weitere Fahrt von Basel aus nach Ronco zu beschreiben. Der Klang von Feidels Stimme wechselte, mit der Erinnerung an das unerfreuliche Gespräch mit Schubert kam auch die alte Erregung wieder hoch. Als er – wie er es nannte – auf die ‚geschmacklose Beschimpfung' seiner Frau zu sprechen kam, drehte Feidel seinen Kopf nach halb links zu ihr. Er war neugierig, wie sie auf die Erzählung und die Aussage Schuberts reagierte. Frau Feidel unterbrach die Geschichte ihres Mannes nicht, schüttelte an dieser Stelle nur ihren Kopf, ohne die vor ihr liegende dunkle Straße auch nur einen Augenblick außer Acht zu lassen.

„Ich habe dann auf Schubert geschossen", setzte Feidel seine Erzählung aufgewühlt fort. „Ich kann dir jetzt nicht sagen, wie es dazu gekommen ist. Plötzlich hatte ich einfach die Pistole in der Hand und habe losgeballert. Frage mich nicht, was ich mir dabei gedacht habe: Wahrscheinlich gar nichts. Es war ganz einfach die entsetzliche Wut auf Schubert, als er wieder so angegeben hat und dich, mein Schatz, als die treulose Hure bezeichnet hat. Und das Ganze noch vor seiner Frau, die sich darüber aber offensichtlich nicht so sehr empört hat wie ich. Vielleicht ist sie nicht nur die Eskapaden ihres Mannes gewöhnt, sondern auch noch sein Angeben in dieser Richtung. Ich kann auch jetzt noch nicht verstehen, wie sie das Alles so nach außen hin ruhig hingenommen hat.

In mir zumindest hat es nur so gekocht vor Wut. Und dann noch die Schüsse auf Frau Schubert: Das habe ich wirklich nicht gewollt. Ich habe mich doch gar nicht umgedreht. Plötzlich fühlte ich mich geradezu herumgerissen – und das mitten im Schießen. Und jetzt, im Nachhinein, kann ich nichts mehr rückgängig machen. Es ist geschehen. Leider!"

„Du bist noch ganz erregt, Liebster. Jetzt versuche erst einmal, dich wieder zu beruhigen. Es ist und bleibt geschehen. Ändern kannst du jetzt daran nichts mehr. Der Mercedes ist weg, und die Leichen sind im See. So schnell wird wohl keiner nach dem Auto sehen. Und es wird wohl lange dauern, bis die Leichen gefunden werden. Und hier findet auch niemand einen Zusammenhang zu dem, was geschehen ist", gab Frau Feidel ihrem Mann zur Antwort.

Vergeblich wartete Feidel auf eine Erklärung seiner Frau zu den Vorwürfen Schuberts und der angeblichen Beziehung zu ihr. „Wollte meine Frau mit dem Kopfschütteln vorhin die Behauptungen von Schubert bestreiten, oder wollte sie nur damit andeuten, dass er dummerweise ein Geheimnis ausgeplaudert hat?", sinnierte Feidel, wobei er nochmals seine Frau von der Seite her ansah."Jetzt nur nicht bohren", dachte Feidel bei sich. „Unruhe oder gar Streit wäre das Schlechteste, was uns passieren könnte, eh wir zu Hause sind." Feidel sprach den Punkt nicht mehr an, wenngleich er darauf brannte, ein erlösendes Wort von seiner Frau zu hören.

Diese steuerte das Fahrzeug über die dunkle Autobahn, die auch wegen des Gewitters fast wie leergefegt schien Das Unwetter hatte inzwischen an Kraft verloren, und zeitweise setzte auch schon der Regen aus. Aber noch war kein Stern am Himmel zu sehen und die Wolkendecke war noch fest geschlossen. Im Scheinwerferlicht konnte Feidel gerade erkennen, dass die Ausfahrt von Piotta angezeigt wurde und somit der Gotthardtunnel in greifbare Nähe rückte.

Während der Durchfahrt durch den Tunnel brach die Unterhaltung zwischen den beiden immer wieder ab. Von der Fahrerin war die volle Konzentration gefordert, und Feidel nahm darauf Rücksicht. Beinahe belanglos war das Gespräch, das Feidel suchte, und seine Frau war dankbar, dass der Erzählton in das Alltägliche abglitt. Sie sprachen über Sohn Sven und darüber, wie er wohl alleine zurechtgekommen war. Von Feidels nächsten Kundenbesuchen war die Rede und was es morgen zum Mittagessen geben würde.

Als sie den Ausgang des Tunnels erreichten, zeigte sich überraschend ein strahlender Sternenhimmel und eine leuchtende Halbmondscheibe. Die Welt hatte damit ein völlig neues Gesicht. Als sei plötzlich wieder voller Friede eingekehrt und als gebe es nichts Böses auf dieser Erde: kein Streit, kein böses Wort, keine Pistole und keine Leichen.

Die weitere Fahrt durch die Schweiz gestaltete sich problemlos. Frau Feidel hatte wohl überlegt schon gleich nach ihrer Ankunft am Abend in Morcote den Wagen betankt. Ohne Zwischenstopp konnten sie daher die Fahrt bis nach der Grenze bei Basel fortsetzen. Frau Feidel lehnte das Angebot ihres Mannes ab, sie auf dieser Strecke abzulösen und den Wagen zu steuern. „Lass' es gut sein, Liebster. Ich bin auch längere Strecken gewöhnt, wie du weißt und ich dir auch schon oft beweisen konnte. Es macht mir wirklich nichts aus, zumindest bis hinter Basel den Wagen zu steuern. In Morcote habe ich vor dem Hotel eine gute Erholungspause von der Fahrt hierher einlegen können. Und du hast ja auch eine recht große Strecke bewältigt von Locarno nach Italien und zurück." Beinahe scherzhaft klang die Schlussbemerkung, obwohl kein Grund für Humor gegeben war.

Frau Feidel hatte nur die Fahrten ihres Mannes erwähnt, nicht auch die erheblichen Anstrengungen und Aufregungen bei der jeweiligen Grenzüberquerung Schweiz-Italien und Italien-Schweiz oder gar die Beseitigung der Leichen bei Caslano in den Luganer See. Niemand sprach davon, aber beide Eheleute dachten ständig daran. Das schreckliche Geschehen war jetzt nicht nur in Feidels Gedächtnis eingefräst, sondern auch in der Vorstellung seiner Frau lebendig, nachdem diese von ihrem Mann in allen Einzelheiten die Fahrt bis zum Monte Verita und Ronco erzählt bekommen hatte. Das Schweigen der Feidels war wie ein Schwur, das Ganze nur für sich zu behalten und überhaupt kein Wort mehr darüber zu verlieren.

Allmählich wurde der Verkehr auf der Autobahn stärker. Auch die Vielzahl der Lastfahrzeuge, die sich jetzt auf der Straße bewegten, erinnerten die Feidels daran, dass heute ein ganz gewöhnlicher Werktag war. Die alltäglichen Sorgen kamen wieder auf, Gedanken an die Arbeit, an die notwendigen täglichen Reisen Feidels zu den Kunden, an die Hausarbeit seiner Frau, an ihre gesellschaftlichen Pflichten und natürlich an ihren Sohn. Aber immer wieder drängten sich die Erinnerungen an den vergangenen Abend und die letzte Nacht dazwischen. Fast schien es den Feidels, als würden vor dem inzwischen strahlend blauen Morgenhimmel wieder die gewaltigen Gewitterwolken vom Vortag aufziehen, als würden die Blitze das Dunkel zerreißen und als würde der prasselnde, peitschende Regen nichts mehr übrig lassen von dem herrlichen, sonnigen Morgen. „Dichtung und Wahrheit“, kam es Frau Feidel in den Sinn, „wie eng liegen sie doch zusammen. Und wir müssen damit leben. Leben, ja. Aber wie?“ Die Zukunft war für Frau Feidel plötzlich mit so vielen Fragezeichen versehen, und sie fragte sich, ob auch ihr Mann ähnliche Gedanken hatte. Fragen wollte sie ihn auf keinen Fall. „Wenn er nicht davon anfängt, will er bestimmt nicht darüber reden“, sagte sie sich.

Obwohl Frau Feidel wegen des Verkehrs auf der Autobahn stets die Augen auf die Fahrbahn gerichtet haben sollte, wagte sie doch einen kurzen Blick auf ihren Mann. Er schien in sich versunken zu sein. Auf seiner Stirn zeigten sich tiefe Falten, die seine Frau zuvor noch nie bei ihm gesehen hatte. Seine Augenlider waren gesenkt, und um seine Mundwinkel zuckte es nervös. Seine Lippen waren verschlossen, geradezu fest aufeinander gepresst. Seine ganze Haltung schien auszudrücken: „Ich sage nichts. Ich weiß auch von nichts.“

Wenige Minuten waren vergangen, nachdem Frau Feidel

ihren Mann so von der Seite kurz fixiert hatte. Jetzt blickte sie noch einmal hinüber, ohne auch nur die geringste Veränderung zu erkennen. „Wenn wir gut über die Grenze gekommen sind, wird er doch wohl auftauen und nicht mehr so dumpf vor sich und in sich hinein schauen“, kam es ihr in den Sinn. Laut fügte sie hinzu: „Hast du dir für morgen schon einen besonderen Kundenbesuch ausgedacht? Wo wirst du hin fahren?“ Die Frage klang interessiert und nicht nur so dahin gesprochen.

Feidel wurde aus seiner Grübelei herausgerissen, und er schien fast dankbar für die Frage zu sein. „Ich habe mir noch kein genaues Fahrkonzept für morgen zurechtgelegt. Heute werde ich jedenfalls noch keine Besuche machen. Zuhause schlafe ich erst einmal richtig aus. Alles andere wird sich dann schon geben. Wenn ich morgen Kunden besuchen werde, fahre ich wohl lieber in den Norden. Vom Süden habe ich im Augenblick die Nase voll“, kam von Feidel die Antwort.

„Wenn wir nach Hause kommen“, setzte seine Frau das Gespräch fort, „wird Sven auch noch da sein. Ich glaube nicht, dass er dann schon in die Schule gegangen sein wird. Gegen sieben Uhr können wir sicher wieder im Murgtal sein, und um diese Zeit sehen wir ihn vielleicht noch beim Frühstück. Solange Sven im Hause ist, würde ich meinen, dass wir beide wach bleiben sollten. Schließlich braucht auch Sven nichts davon erfahren, dass wir die ganze Nacht um die Ohren geschlagen haben, von allen anderen ganz zu schweigen! Ich glaube, das liegt auch in deinem Interesse, oder besser in deinem Sinn. Meinst du nicht auch?“, versuchte Frau Feidel ihren Mann auf andere Gedanken zu bringen.

„Natürlich hast du Recht! So genau habe ich das noch nicht bedacht. Eigentlich habe ich über die allernächste Zeit noch gar nicht nachgedacht, um ehrlich zu sein Aber es ist sicher richtig, dass wir uns einen genauen Plan zurechtlegen, was wir sagen, oder besser nicht sagen und was wir tun werden. So, wie ich dich kenne, hast du dir schon einiges einfallen lassen, oder irre ich mich da? Du warst fast während der ganzen Fahrt so ruhig. Da hast du doch sicher alles schon gedanklich durchgespielt. Ich würde mich wundern, wenn es nicht so wäre", entgegnete Feidel und machte damit seiner Frau, wenn auch unbewusst, ein großes Kompliment.

Zuerst etwas zögernd, dann aber fließend kam die Reaktion von Frau Feidel: "Sicher habe ich mir Gedanken gemacht. Das ist doch zwangsläufig so. Ich hatte es ja auch angedeutet vorhin, als ich von Sven sprach und davon, dass er vielleicht noch zu Hause sein wird. Ich sage dir auch gerne, was ich mir gedanklich zurechtgelegt habe. Aber du kannst gerne eine andere Meinung haben; wir sollten uns dann nur einig werden, was wir tun. Mein Vorschlag also: Wenn Sven noch zuhause ist, sollten wir mit ihm zusammen frühstücken. Zur Vorbereitung könnten wir auf der Rückfahrt noch ein paar Brötchen besorgen, darüber freut sich Sven ganz sicher. Und wir sollten beide mit guter Laune aufkreuzen und Sven erzählen, dass wir die Schuberts noch in der Schweiz verlassen haben, nachdem sie über dich mit dem Diamantenaufkäufer Kontakt aufgenommen hatten. Das stimmt wohl auch, zumindest zur Hälfte", räumte Frau Feidel ein und fuhr fort: „Von unserem Treffen in Morcote würde ich nichts erwähnen. Darüber habe ich im Einzelnen mit Sven auch gar nicht gesprochen. Ich hatte ihm nur gesagt, dass du mit Schuberts in die Schweiz fährst und die Schuberts danach noch nach Italien weiterreisen wollten. Sven hat gar nichts weiter wissen wollen; zumindest hat er nicht weiter gefragt. Das habe ich schon als angenehm empfunden, ohne dass ich wusste, warum. Ich glaube auch nicht, dass Sven uns ausfragen wird, was weiter geschah. Ich vermute eher, dass es ihn nach dem Frühstück zur Schule drängt, und nach der Schule hat er für unseren Aufenthalt in der Schweiz gar keinen Kopf. Das interessiert ihn sicher nicht mehr."

„Von einem Diamantenverkauf oder auch nur von einer Kontaktaufnahme zu einem Aufkäufer habe ich Sven gar nichts erzählt", wandte Feidel ein. „Deshalb sollten wir auch davon jetzt nichts sagen. Je weniger Sven weiß, desto besser ist es für ihn, denn umso weniger ist er belastet. Ich glaube auch, dass Sven genügend mit dem bevorstehenden Abitur zu tun hat, und dass ihn unsere Arbeit nicht so brennend interessiert. Mein Vorschlag: Wir sagen nur, dass alles in der Schweiz geklappt hat, dass die Schuberts nach Italien weitergereist sind und du mich abgeholt hast. Wir können uns ja über das Handy verständigt haben, wo genau du mich abgeholt hast. Meinetwegen am Hauptbahnhof von Bellinzona. Wenn Sven später je einmal etwas über den abgestellten Mercedes in Lugano lesen sollte, wird er keinen Zusammenhang sehen. Und wegen des deutschen Dauerparkers in Lugano wird sicher erst in etlichen Tagen recherchiert werden. Sicher kommt so etwas auch nicht schnell in die Zeitung, aber wegen der Baden-Badener Kennzeichen am Auto wird vielleicht auch hier etwas in der Presse erscheinen oder im Fernsehen danach gefragt werden. Den Eigentümer selbst kann die Garagengesellschaft durch eine Anfrage in Baden-Baden schnell herausbekommen. Nur wo der Eigentümer ist, wird eventuell in der Zeitung gefragt werden. Und nur wir – oder besser: ich allein – wissen genau, wo die Schuberts sind. Und so soll es auch bleiben", schloss Feidel.

Frau Feidel achtete streng darauf, dass der Ford in der Schweiz nicht auffiel, und sie war sehr zufrieden damit, dass der Verkehr in den frühen Morgenstunden zunahm. „Umso weniger wird man auf uns aufmerksam", sinnierte Frau Feidel. „Nur gut so! Je weiter wir vom Lago weg sind, desto weniger kann man uns mit dem Mercedes in Lugano in Verbindung bringen. Wenn überhaupt jemand auf die Idee kommen sollte!"

Inzwischen waren die Feidels schon sehr nahe an der Grenze, ein Grund für Frau Feidel, ihren Mann von seinen Grübeleien abzubringen. Er sollte einen gelösten Eindruck machen, wenn sie die Grenze passierten. Ein Mann mit stocksauerer Miene oder mit einem so nachdenklichen Gesicht musste ja schließlich den Argwohn der Beamten wecken. Frau Feidel begann daher das Gespräch wieder auf Sven und das Zuhause zu lenken: „Hat dir Sven schon von seinen neuen Berufswünschen etwas erzählt, Schatz? Bis vor kurzem wollte er doch Jura studieren und danach zur Polizei gehen. Aber gestern fing er plötzlich damit an, dass er gerne Tiermediziner werden wollte. Das wäre ja etwas ganz anderes. Ich habe es noch nicht aus ihm herausbekommen, was der eigentliche Grund für diesen Stimmungsumschwung war. Aber ich glaube, dass dies mit seiner Freundin zusammenhängt. Bei einer früheren Gelegenheit hat Sven mir beiläufig erzählt, dass ein Onkel von Susanne Chirurg für Großtiere ist. Er soll sich auf die Operation von Pferden spezialisiert haben. Dass es so etwas überhaupt gibt, habe ich nicht geahnt.

„Da bin ich ganz deiner Meinung, mein Schatz“, pflichtete Feidel seiner Frau bei. „Dass Sven seine Studienwünsche gewechselt hat, war mir neu. Davon hat er mir noch gar nichts offenbart. Aber dass er sich zuerst dir gegenüber öffnet, ist ja nicht so überraschend; denn immerhin hat er den ganzen Tag über mit dir Kontakt, während ich in der ganzen Gegend herumfahre und Kunden besuche. Wenn er jetzt Tiermediziner werden will, ist mir dies aber recht. Mit den Juristen habe ich auch nicht viel gemeinsam. Das hätte sich vielleicht geändert, wenn Sven in diese Fakultät hineingeraten wäre. Aber wie auch immer: Sven sollte sich seine zukünftige Lebensstellung selbst auswählen und erarbeiten dürfen. Schließlich muss er damit leben und später seine Familie damit ernähren. Ich werde mich auf keinen Fall gegen seine Berufswünsche wehren. Und wenn er Susannes Onkel nacheifert, finde ich das gar nicht schlecht. Sven hat auch angedeutet, dass seine Freundin Susanne Veterinärmedizin studieren will. Vielleicht haben die beiden im Sinn, später einmal eine gemeinsame Praxis aufzumachen. Wundern würde mich bei den beiden so schnell nichts. Sven hängt ja sehr an seiner Susanne, und ich bin mir fast sicher, dass sie die Ursache von Svens neuen Zukunftsträumen ist. Da sicher beide, Sven und Susanne, das Abitur so bestehen, dass sie auch zum Studium für Tiermedizin zugelassen werden, versuchen sie bestimmt, an derselben

Hochschule zugelassen zu werden."

„Eigentlich habe ich von dir auch keine andere Meinung erwartet, Liebster. Du warst schon immer recht großzügig zu Sven, wenn es um dessen Wünsche geht. Und das ist sicher auch richtig. Wie sagst du oft? Jeder ist seines Glückes Schmied. Und das ist auch meine Meinung. Übrigens hatte ich mit Sven gestern ein ziemlich langes Gespräch. Ich hatte den Eindruck, dass er wieder einmal etwas ‚Luft ablassen' wollte. Die Unterhaltung lief sehr gut und ausgesprochen harmonisch. Mir hat das auch sehr gut getan. Was er sagte, kam so ganz frisch rüber. Ich spürte richtig, dass Sven über seine neuen Berufswünsche noch nicht lange nachgedacht hatte und dass er mit jemandem darüber reden wollte, aber wohl nicht erst mit Susanne. Und da wurde ich dann zum Blitzableiter. Ich meine, seiner Gedankenblitze", ergänzte Frau Feidel ihre Bemerkung.

Die Zeit verging. An der Grenze waren sie durchgewunken worden, auf der deutschen Seite hatte Feidel erleichtert das Steuer übernommen. Inzwischen näherte sich der Wagen der Ausfahrt Baden-Baden. Feidel hatte sich rechts eingeordnet und den Blinker gesetzt. Die große blaue Hinweistafel mit der Aufschrift ‚Baden-Baden' rief schlagartig bei Feidel wieder die Erinnerung wach an die Abfahrt am gestrigen Morgen, an die Fahrt mit all den hochnäsigen und überheblichen Bemerkungen Schuberts und schließlich an das schreckliche Geschehen am Monte Verita. Feidel erschien das Ganze so plastisch vor seinen Augen, dass er glaubte, die Pistolenschüsse wieder zu hören. Fast schmerzhaft verzog sich sein Gesicht und zeigte eine fahle Blässe.

„Soll ich noch mal steuern?", fragte Frau Feidel ihren Mann besorgt. „Nein, nicht nötig. Danke, Liebes. Ich werde mich besser konzentrieren. Wenn wir zuhause sind, muss ich mich auch gelöst geben. So kann ich mich schon einmal dran gewöhnen. Und wenn wir Baden-Baden hinter uns haben, wird es mir auch wieder besser gehen. Du wirst schon sehen, Liebes", reagierte Feidel sehr schnell.

Kaum war der Satz gesprochen, riss Feidel das Steuer im letzten Augenblick vor der Ausfahrt nach Baden-Baden-Stadtmitte nach rechts. Durch das völlig unerwartete Lenkmanöver erhielt seine Frau einen gehörigen Schrecken. „Was soll das? Was hast du vor?“, fragte Frau Feidel hastig. „Mein Wagen steht noch auf dem Gelände von Schubert“, antwortet Feidel knapp.

Erst kurz vor der Ausfahrt Stadtmitte war Feidel sein Auto eingefallen, mit dem er am Vortag morgens zu Schubert gefahren war. Blitzartig kam ihm der Gedanke, dass – aus welchen Gründen auch immer – sein Wagen auf dem Hof von Schubert in irgendeinen Zusammenhang mit dem Fehlen der Eheleute Schubert gebracht werden könnte. Das wäre schrecklich! Also musste der Wagen weg! Und zwar sofort! Feidel rechnete damit, dass in dieser frühen Stunde das Personal von Schubert noch nicht in der Villa war. Aber Vorsicht war geboten.

„Es tut mir leid, wen ich dich mit meiner Ruck-Zuck-Lenkung erschreckt habe. Aber dieses Mal konnte ich dich nicht vorher warnen. Es musste einfach schnell gehen. Du wirst das sicher verstehen, ja?“. Feidel hatte sich wieder gefasst, die Blässe in seinem Gesicht war einer Röte gewichen. Trotz seiner Aufregung war er wieder der vernünftig denkende und planende Mann.

„Mein Gott, wie Recht du hast! Dass ich nicht auch an dein Auto gedacht habe! Ich finde das beinahe unverzeihlich. Ich werde jetzt etwas mehr mitdenken. Versprochen!“ Lächelnd legte Frau Feidel ihre Hand auf den Oberschenkel ihres Gatten. Sie signalisierte ihrem Mann damit ihr Vertrauen und die Gewissheit: „Wir beide schaffen es schon zusammen!“ Er verstand die Zeichensprache und quittierte die Geste seiner Frau mit einem beinahe glücklichen Lächeln.

Nur noch wenige hundert Meter waren die Feidels von dem Schubertschen Anwesen entfernt. Feidel verlangsamte das Tempo und hielt auf der Straße in einigem Abstand von der Villeneinfahrt an. „Ich gehe zu Fuß auf den Hof. Wenn ich mit dem Wagen komme, fahre mir einfach nach. Ich halte dann nicht noch einmal an." Mit diesen kurzen Worten stieg er aus dem Pkw. Er hatte sich zuvor genau umgesehen und festgestellt, dass sie nicht beobachtet wurden. „Sei vorsichtig!", hörte er gerade noch seine Frau sagen.

Für einen Außenstehenden machte Feidel den Eindruck, als schlendere er bei einem morgendlichen Spaziergang durch die Villengegend von Baden-Baden. Dabei war er ganz Vorsicht und Wachsamkeit. Sein Blick war überall und seine Ohren nahmen auch das geringste Geräusch wahr. Fast hatte er die Villenauffahrt erreicht, als er Schritte hörte; sie kamen aus der Zufahrt zu Schubert! Wie elektrisiert blieb er stehen. Direkt neben ihm befand sich ein Schaukasten des Golfclubs Baden-Baden. „Was für ein Glück", kam es ihm in den Sinn. Er zeigte sich für den Inhalt des Schaukastens interessiert und dreht sein Gesicht von dem ankommenden Mann weg. Dieser lief achtlos hinter Feidel vorbei. Mit einem Seitenblick erkannte Feidel, dass es sich um einen Zeitungsausträger handelte. Zufrieden stellte er fest, dass der Mann von ihm keinerlei Notiz genommen hatte und schon auf den nächsten Hauseingang zusteuerte, um eine weitere Zeitung abzulegen. Bald war der Mann verschwunden.

Von der Hofeinfahrt aus konnte Feidel erkennen, dass das Haus noch wie verlassen dalag. Um möglichst wenig Geräusche zu verursachen, ging er am Rande der Zufahrt auf dem Rasen dem Hof zu: Da stand sein Fahrzeug! Und kein Mensch in der Nähe! Um ganz sicher zu sein, drehte er sich noch einmal um: Alles war ruhig. Feidel ging auf seinen Wagen zu, stieg ein und fuhr los. Wie abgesprochen hatte seine Frau schon gewendet und wartete darauf, seinem Auto zu folgen. Ohne aufgefallen zu sein, verließen die Feidels Baden-Baden in Richtung Murgtal.

Zu Hause angekommen, stellten die Eheleute ihre beiden Wagen im Hof ab, gingen zusammen hinein und machten sich frisch. Die noch auf der Herfahrt mitgebrachten Brötchen deckte Frau Feidel zur üppigen Frühstückstafel. Sven war gerade wach geworden und konnte sich vor dem Schulgang noch richtig stärken. Zu Feidels Überraschung wollte Sven von dem gestrigen Tag gar nicht so viel wissen. Die Bemerkung von Frau Feidel, sie habe über Handy erfahren, dass ‚der Papa' noch in der Nacht nach Hause fahren wollte und Schuberts nach Italien weitergereist waren, genügte Sven als Erklärung, warum die beiden wieder am frühen Morgen im Murgtal gelandet waren.

Wie nicht anders zu erwarten, verlief das Frühstück sehr harmonisch. Sven hatte von sich aus jetzt auch seinen Vater in seine neuen Berufswünsche eingeweiht, und sein Vater gab zu verstehen, dass er schon kurz von seiner Frau verständigt worden war. Von seinem Papa erfuhr Sven bei dieser Gelegenheit, dass er wegen seiner späteren Ausbildung oder des Studiums jederzeit mit der Zustimmung seiner Eltern rechnen könne. „Klar, dass wir dich in jeder möglichen Art unterstützen werden", versicherte Feidel seinem Sohn.

Nach dem Frühstück und der locker geführten Unterhaltung brach Sven froh gelaunt den Weg zur Schule an. Er hatte zuvor den Vorschlag seines Vaters, ihn zur Schule zu fahren, dankend abgelehnt. Der Vater verstand sehr gut, dass Sven auf dem Weg zur Schule mit Susanne zusammentreffen und auch mit ihr die gemeinsame Zukunft besprechen wollte. „Gut so, mein Sohn, es war nur ein gut gemeinter Vorschlag". „Klar, Papa. Ich habe das auch gar nicht anders verstanden. Danke dir aber herzlich. Ich muss jetzt wirklich gehen. Bis heute zum Mittagessen!" Den letzten Satz brachte Sven gerade noch heraus, ehe er die Türe im Hinausgehen hinter sich schloss.

„Ich glaube, ich bleibe heute besser zuhause und verschiebe die Kundenbesuche auf morgen. Ich lege mich erst etwas hin und versuche zu schlafen. Der gestrige Tag und die Nacht waren anstrengend genug – nur ... hoffentlich kann ich schlafen", meinte Feidel zu seiner Frau.

„Einen Versuch ist es allemal wert. Und sollte dein Verlag hier anrufen, werde ich dich wegen Erkrankung entschuldigen und so tun, als hättest du gerade wegfahren wollen. Lass das ruhig meine Sorge sein. Ich mache das schon“, kam postwendend die Antwort.

Es waren gut drei Stunden vergangen, als Frau Feidel das Rauschen der Dusche im Badezimmer hörte und wusste, dass ihr Mann jetzt wieder auf den Beinen war und bald zum Essen erscheinen würde. „Gut so“, dachte Frau Feidel, und schon bald erschien offensichtlich erholt Feidel in der Küche. „Das ist ja wie in alten Zeiten“, kam es Frau Feidel von den Lippen. „Du interessierst dich wohl, was es zu essen gibt. Habe ich Recht? Ich sage es dir: Forelle blau mit Salzkartoffeln und Salat. Die Forellen hat mir der Züchter vor ein paar Minuten gebracht. Ich hatte ihn deswegen angerufen, und er musste danach in der Stadt noch etwas besorgen, und da war es für ihn kein eigentlicher Umweg.“ „Forelle habe ich mir schon lange gewünscht. Und heute freue ich mich über eine leichte Kost ganz besonders“, nahm Feidel den Faden auf. „Ich setze mich noch in das Wohnzimmer und lese die Zeitung, bis Sven aufkreuzt; er hat heute doch nur vier Unterrichtsstunden und wird bald wieder da sein.“

In seinem Sessel vertiefte Feidel sich in die Zeitungslektüre, die richtige Konzentration wollte aber nicht aufkommen. Wieder schweiften seine Gedanken zurück in die Schweiz, an die unangenehme Fahrt, an das schreckliche Ereignis am Monte Verita und an das stürmische Geschehen am See. Feidel ertappte sich dabei, dass er auch einfach verständliche Informationen in der Zeitung zwar gelesen, aber schon Sekunden später wieder vergessen hatte. „Lass mich doch alles vergessen, was gestern war“, bat oder betete er nachgerade inständig.

Das Mittagessen verlief wieder ruhig und friedlich – nach außen ließ Feidel sich auch keine besondere Unruhe anmerken, dennoch erkannte seine Frau die innere Ungeduld ihres Mann an seinem Augenzwinkern und seinen etwas hastigeren Bewegungen, als sie dies bei ihm gewöhnt war. Nach dem Essen ging Sven gleich in sein Zimmer, um mit den Schularbeiten zu beginnen, während Frau Feidel die Küche aufräumte und Feidel in das Wohnzimmer zurückkehrte. Hier schaltete er das Fernsehgerät an, um die Mittagsnachrichten zu verfolgen.

Nach aktuellen politischen Meldungen folgte ein Bericht über einen neuen Vulkanausbruch. Die letzte Nachricht befasste sich mit dem Fund von zwei Leichen im Lago Lugano in der Schweiz. „Die Leichen eines deutschen Ehepaars befanden sich im nur zwei Meter tiefen See, unmittelbar neben einem Landungssteg der Fischer von Caslano. Die Identität der Getöteten konnte sofort ermittelt werden an Hand der Ausweispapiere, die sich in der Kleidung des ermordeten Mannes befanden. Die Schweizer Ermittlungsbehörden gehen nicht von einem Raubmord aus, da sich in der Kleidung des Mannes noch ein gefülltes Portemonnaie befand und die Leiche der ermordeten Frau noch den vermutlich vollständigen Schmuck trug.“ Die verklingende Stimme des Nachrichtensprechers scholl Feidel fast drohend in den Ohren. Wie versteinert verharrte er in seinem Sessel. Er war unfähig aufzustehen oder einen klaren Gedanken zu fassen.

Von ihrem Mann unbemerkt betrat Frau Feidel das Wohnzimmer. In der Hand hatte sie noch ein Tuch, mit dem sie zuvor den Herd in der Küche abgewischt hatte. Wie aus der Ferne und eigentlich desinteressiert hatte sie die Nachrichten verfolgt. Erst die letzte Meldung ließ sie aufmerken. Die Worte „Lugano“ und „Polizei“ weckten ihr plötzliches Interesse. „Habe ich das richtig gehört? Die Leichen sollen im nur zwei Meter tiefen Wasser gelegen haben? Du hast mir doch gesagt, dass du ganz an das Ende eines längeren Schiffsteges gegangen bist, ehe du die Leichen in den aufgewühlten See geworfen hast. Das klang eben so, als wären die Leichen direkt am Rande des Sees abgelegt worden“, ergriff Frau Feidel das Wort und schreckte damit ihren Mann aus seiner Erstarrung.

„Aber ich bin doch ganz auf den Steg hinausgegangen. Den Steg habe ich als Anlegeplatz eines Seedampfers angesehen und nicht als einen Steg für Fischer- oder Ruderboote mit wenig Tiefgang. Bei dem Sturm und den hohen Wellen dachte ich, dass eh alles vom Ufer weggespült wird in den tiefen See hinein. In der stockdunklen Nacht habe ich auch gar nichts weiter erkennen können." Fast verzweifelt klang die Stimme Feidels, und wie um sich selbst zu beruhigen fügte er hinzu: „Schubert hatte ja nichts von mir in der Hand oder besser in seiner Jacke. Weder in Baden-Baden noch sonst wo haben wir Bekannte getroffen, die uns zusammen gesehen haben. Selbst sein Personal in Baden-Baden hatte an diesem Tag frei. Wie also soll es irgendeinen Hinweis auf mich geben? Trotzdem: Beunruhigend ist das Ganze natürlich schon für mich", meinte Feidel gedrückt.

„Rege dich jetzt nicht auf, Liebster", meinte seine Frau, „ich habe das auch gar nicht vorwurfsvoll gemeint. Schließlich habe ich ja miterlebt, wie schwierig alles für dich war. Und sicher hast du Recht mit deiner Annahme, dass ein Zusammenhang zwischen der Sache in der Schweiz und dir nicht gezogen oder gefunden werden kann. Also jetzt atme erst mal wieder richtig durch und versuche dich zu entspannen. Wenn du willst, oder wenn es dir hilft, können wir auch gerne einen Spaziergang in den Wald machen. Du kannst gerne dabei schweigen oder dich mit mir unterhalten. Ganz wie du willst, oder wie du dich besser entspannst. Komm, Schatz, mach dich gleich fertig; ich schlage vor, dass wir sofort aufbrechen. Sven werden wir sagen, dass du erst morgen wieder reisen wirst. O.k.?"

„Ich nehme deinen Vorschlag gerne an. Wir können sofort starten. Gibst du Sven schon mal Bescheid? Er braucht uns in den nächsten zwei Stunden wohl nicht erwarten. Wir sollten einen etwas ausgedehnten Spaziergang machen, wenn das auch in deinem Sinne ist", ging Feidel auf den Vorschlag seiner Frau ein.

Obwohl es zu den großen Seltenheiten gehörte, dass sein Vater an einem ganz gewöhnlichen Werktag nicht unterwegs auf Kundenbesuch war, zeigte sich Sven von der Mitteilung seiner Mutter nicht überrascht. „Geht schon in Ordnung, Mama", gab Sven als Antwort. „Ich bleibe hier. Heute Nachmittag bin ich mit Schulaufgaben voll eingedeckt. Wenn ihr wieder zurück seid, können wir aber zusammen eine Tasse Kaffee trinken. So eine kleine Abwechslung kann ich dann sicher gebrauchen. Also dann, viel Spaß euch beiden."

Während des Spazierganges lief Feidel zunächst schweigsam neben seiner Frau. Er war mit seinen Gedanken nicht bei der kleinen Wanderung, sondern weit ab in der Vergangenheit oder in einer ungewissen Zukunft. Seine Frau ließ ihn eine Weile gedanklich allein; dann aber versuchte sie ihn abzulenken, indem sie ihn auf die Schönheit der Umgebung, auf die durch das Blätterdach fallenden Sonnenstrahlen und auf die Ruhe hier im Wald hinwies. Ihr fielen die immer stärker werdenden Sorgenfalten im Gesicht ihres Mannes auf. Sie spürte, dass ihr Mann zweifelte, ob die Polizei nicht doch einen Zusammenhang zwischen dem grausigen Fund im Lago Lugano und ihm herstellen konnte.

Feidel ließ sich gerne von seiner Frau ablenken und war froh, dass sie ihn aus der Lethargie herauszureißen versuchte. „Danke, Ilona. Ich war wirklich in Gedanken abgetreten und will vieles einfach vergessen oder vergessen machen. Aber so einfach ist das für mich nicht. Da war so Vieles völlig überraschend und zum großen Teil auch ungewollt. Ich wünschte, dass der gestrige Tag bei mir einfach ausradiert werden könnte. Aber das wird sicher lange Zeit dauern, wenn so etwas überhaupt möglich ist oder einmal sein wird", kam es ein wenig erleichtert von den Lippen des Mannes.

„Was geschehen ist, ist geschehen. Das lässt sich nicht rückgängig machen. Du musst jetzt nach vorne sehen – in die Zukunft. Wir sind ja bei dir, oder besser gesagt: Ich bin bei dir! Sven wollen wir nicht mit unserem Wissen belasten. Und wir beide müssen jetzt nur stark genug sein, die Zukunft zu meistern. Und das werden wir auch schaffen – wir beide zusammen, mein lieber Eugen. Wir haben es doch noch immer geschafft – wir beide gemeinsam. Meinst du nicht auch? Also, Kopf hoch, Liebster!"

Die letzten Worte seiner Frau rüttelten Feidel wach, und dass sie seinen Vornamen gebrauchte, was sehr selten vorkam, machte ihm überdeutlich, wie ernst seine Frau mit ihm fühlte und dachte. “Ich weiß, dass ich mich auf dich verlassen kann, Liebes. Mich quält aber ganz einfach die große Ungewissheit über das Kommende. Mich quälen Fragen wie zum Beispiel die: Habe ich wirklich alles richtig gemacht? Habe ich keine Spuren hinterlassen? Hat mich irgendjemand erkannt, als ich noch mit den Schuberts zusammen war? Hat Schubert etwa selbst irgendetwas hinterlassen, was auf mich schließen lassen könnte? Ich war beispielsweise noch nie in seinem Arbeitszimmer. Ich weiß also nicht, ob er dort einen Terminkalender hat und ob er dort Eintragungen gemacht hat, die auf mich schließen lassen könnten. Die nächsten Tage werde ich deshalb sicher noch in einer gewissen Unruhe sein; ob ich das will oder nicht. Das ist einfach so. Aber gerade da bin ich dir so sehr dankbar, dass du mir Hilfe gibst, mein Schatz!“

„Du kannst dich voll auf mich verlassen. Das weißt du und das musst du auch wissen. Aber hast du schon auf die Uhr gesehen? Wir sind jetzt schon eine gute Stunde unterwegs, und die gleiche Zeit brauchen wir wohl auch für den Rückweg; es sei denn, dass wir uns etwas mehr beeilen. Sven hat doch um einen Kaffeeklatsch mit uns dreien gebeten, und da sollten wir ihn nicht enttäuschen. Kehren wir um?“

„Du denkst wirklich an alles, kluges Mädchen. Wir werden einen Schritt schneller gehen, damit wir nicht zu lange unterwegs sind. Sven wird aber nicht gleich eine Vermisstenanzeige aufgeben. Er weiß ja, wo wir sind“, meinte Feidel und lächelte ein wenig.

Schon unter der Haustüre schlug den Heimgekommenen frischer Kaffeeduft entgegen. Sven hatte demnach schon auf seine Eltern gewartet. Und mit einem fröhlichen „Es ist alles vorbereitet. Darf ich gleich zum Kaffee bitten?“ wurden die Spaziergänger von Sven im Hause empfangen. „Ich hoffe, ihr habt euch etwas von der großen Fahrt erholt“, zeigte sich Sven sehr fürsorglich seinen Eltern gegenüber. „Die frische Luft hat uns tatsächlich sehr gut getan. Deshalb sind wir wohl auch etwas länger geblieben, als wir eigentlich vorhatten. Du hast dich doch nicht um uns geängstigt? Das wäre überflüssig gewesen", versicherte seine Mutter.

Während der Kaffeepause plauderte Frau Feidel mit ihrem Sohn, und nur selten warf auch ihr Mann eine Bemerkung ein. Die Unterhaltung drehte sich im Wesentlichen um die Schule, die kommenden Klassenarbeiten und um Svens Freunde. Frau Feidel hatte das Gefühl, dass ihr Sohn nicht von Susanne oder von seinen neuen Berufswünschen im Zusammenhang mit Susanne reden wollte. Sie respektierte dies und ging auf diesen Punkt nicht ein. Mit Sorge stellte sie allerdings fest, dass ihr Mann dem lockeren Gespräch nicht ganz folgen konnte. Er stellte Fragen zu Themen, die schon überholt waren. Den Grund für diese Konzentrationsschwäche kannte Frau Feidel nur allzu gut. Sie hoffte nur, dass ihr Sohn nichts merkte und nach dem Warum fragte. Schließlich meldete Feidel sich aus der Kaffeerunde ab und täuschte dringende Vorbereitungen für die morgigen Kundenbesuche vor. Seine Frau blieb bewusst noch längere Zeit mit ihrem Sohn am Tisch sitzen; sie hatte den Eindruck, dass dieses vertraute Zusammensein von Sven fast herbeigesehnt worden war.

Als Frau Feidel danach ihren Mann in dessen kleinen Büro besuchte, sah sie diesen am Schreibtisch sitzen, den Kopf in beide Hände gestützt und in Gedanken verloren. Sie stellte sich hinter ihn, streichelte seinen Kopf und fuhr ihm über das Haar. Beruhigend meinte sie: „Ich glaube, du machst dir sicher unnötig Sorgen. Dass man die Leichen der Schuberts im See gefunden hat, ist eine Sache. Einen Zusammenhang zwischen dem Fund und dir ist eine andere Sache. Du wirst sehen, dass morgen, oder doch bald, die Welt auch für dich wieder anders und besser aussieht. So wie du jetzt dasitzt, kannst du morgen unmöglich auf Fahrt gehen. Ich würde da eine große Gefahr für dich sehen. Du bist zumindest im Augenblick völlig unkonzentriert, und das ist bei den Kundenbesuchen tödlich. Ich meine das ganz im Ernst, mein Schatz. So, und jetzt" – Frau Feidel stellte sich vor ihren Mann, nahm dessen Kopf in beide Hände und sah ihm direkt in die Augen

– „schau dir irgendeine Unterhaltungssendung im Fernsehen an. Sven wird das gar nicht mitbekommen. Er vermutet dich bei dringenden Arbeiten für morgen und denkt sich bestimmt nichts dabei, wenn er dich später unten vor dem Fernsehgerät sieht. Wenn du willst, trinken wir eine Flasche Wein zusammen. Das weckt auch wieder die Lebensgeister. Komm, wir gehen in das Wohnzimmer und du kannst schon mal einen guten Wein holen. O.k.?“

Gerne ließ sich Feidel von seiner Frau überreden und folgte ihr, um im Keller nach einer geeigneten Flasche Wein zu suchen. Ob es die gut gemeinten Worte seiner Frau waren oder die Aussicht auf einen Plausch mit seiner Frau – die Stimmung von Feidel löste sich.

V.

Feidel wollte gerade mit seiner Frau auf einen schönen Abend anstoßen, als die Haustürglocke Besuch ankündigte. Frau Feidel ging an die Türe, und Feidel selbst hörte eine männliche Stimme: „Oberkommissar Knut, und dies ist mein Kollege, Kriminalkommissar Schlesier vom Dezernat Baden-Baden. Wir hätten gerne Herrn Eugen Feidel gesprochen. Dürfen wir eintreten?" Die Frage war kaum gestellt, da waren die beiden Herren auch schon im Hause. „Mein Mann ist im Wohnzimmer. Sie gestatten, dass ich vorgehe?" Die Frage von Frau Feidel war eher sachlich als verbindlich gestellt, und eine unangenehme Kälte kroch ihr über den Rücken. Die Frage, was das zu bedeuten habe, klärte sich schon in der nächsten Minute.

„Mein Mann", stellte Frau Feidel ihren Gatten den beiden Polizeibeamten vor. Die Beamten selbst wiederholten ihre Dienstbezeichnung und die Namen. „Könnten wir Sie kurz alleine sprechen?", kam die wenig aufmunternde Frage des Oberkommissars, der bei dieser Einleitung die Eheleute abschätzend ansah. „Ich habe vor meiner Frau keine Geheimnisse. Was immer Sie zu fragen oder zu besprechen haben – meine Frau kann getrost dabei sein", gab Feidel zur Antwort. „Wie Sie wollen", entgegnete der Beamte und kam gleich zur Sache: „Waren Sie gestern mit einem Herrn Schubert aus Baden-Baden verabredet?"

„Ich hatte vor ein paar Tagen ein Gespräch mit Herrn Schubert ins Auge gefasst. Zu einem Treffen ist es aber leider nicht, oder noch nicht, gekommen. Aber weshalb fragen Sie?", gab Feidel zur Antwort.

„Wenn Sie heute die Nachrichten schon gehört haben, dann wissen Sie wohl, dass im Lago Lugano in der Schweiz zwei Leichen an das Ufer gespült wurden. Bei diesen Leichen handelt es sich um eine Frau und einen Mann, nämlich das Ehepaar Schubert aus Baden-Baden. Die Toten konnten sofort identifiziert werde, da in der Jacke des Mannes seine

Ausweispapiere steckten. Von der Schweizer Behörde wurden wir um Amtshilfe gebeten. Wir sollten in der Wohnung der Schuberts in Baden-Baden gegebenenfalls das Personal oder Nachbarn befragen und die Wohnung nach geeigneten Hinweisen durchsuchen. Genau dies haben wir im Laufe des Tages getan und kamen dabei auf einen Eintrag im Terminkalender des Herrn Schubert, der uns direkt zu Ihnen führt. Wenn Sie mit Schubert verabredet waren und es nicht zu dem Treffen kam, so muss das wohl einen besonderen Grund gehabt haben. Wollen Sie uns den nennen?" erkundigte sich Knut, wobei er sein Gegenüber genau fixierte. Ohne große Überlegung reagierte Feidel mit der Bemerkung: „Mir ging es gestern früh nicht gut. Aus diesem Grund wollte ich das Treffen mit Schubert absagen. Als ich dann kurz vor neun Uhr anrufen wollte, ging aber niemand an das Telefon. Was die Ursache hierfür war, weiß ich nicht. Wenn Sie mir sagen, dass die beiden Leichen die Eheleute Schubert waren, dann kann ich mir nur denken, dass Schuberts vielleicht schon weg waren, als ich mich für mein Fehlen entschuldigen wollte."

„Herr Feidel", entgegnete darauf der Oberkommissar, „da tut sich für Sie möglicherweise ein Problem auf: In der Villa der Schuberts war eine Hausangestellte, die hinter einem Fenster stand und die Abfahrt der Schuberts mit angesehen hat. Diese Dame bestätigte uns, dass eine dritte Person in das Fahrzeug des Herrn Schubert eingestiegen sei. Bei dieser Person soll es sich um einen Mann gehandelt haben. Die ziemlich genaue Beschreibung dieses Mannes könnte auf Sie, Herr Feidel, zutreffen. Und da ist noch etwas Auffälliges beobachtet worden: Während sonst immer Frau Schubert auf dem Beifahrersitz neben ihrem Mann Platz genommen hatte, hat die Hausangestellte bemerkt, dass dieses Mal Herr Schubert dem Mann den Beifahrersitz angeboten hat. Frau Schubert nahm im Fond Platz. Dies sei alles auf Anweisung von Herrn Schubert erfolgt. Wir müssen Sie leider bitten, mit uns auf das Präsidium zu kommen. Eine Gegenüberstellung muss verständlicherweise jetzt erfolgen."

„Heißt dies, dass ich verhaftet bin?“, kam die entsetzte Frage von Feidel. „Nein, eine Verhaftung ist das nicht, aber eine vorläufige Festnahme. Sie werden in unserem Auto fahren. In Baden-Baden wird sich nach der Gegenüberstellung ergeben, ob wir Sie gleich wieder nach Hause zurückbringen oder ob Sie vorübergehend festgenommen bleiben und morgen dem Haftrichter vorgeführt werden. In Ihrem Interesse können Sie sich einen Schlafanzug und eine Toilettentasche mitnehmen. Ich gehe davon aus, dass Ihre Frau diese Sachen schnell richten kann. Sie selbst, Herr Feidel, müssen wir leider bitten, bei uns zu bleiben. Dürfen wir Sie bitten, Frau Feidel, für Ihren Gatten die genannten Sachen bereit zu stellen? Wenn Sie wünschen, können wir Sie voraussichtlich in einer Stunde benachrichtigen; Sie können uns aber auch jederzeit erreichen unter der Nummer auf dieser Karte. Wenn ich nicht direkt am Telefon bin, verlangen Sie Herrn Schlesier oder mich.“ Während dieses Gespräches übergab Knut seine Karte, die ihn als Oberkommissar der Baden-Badener Polizei auswies.

Mit einem gequälten „Danke“ nahm Frau Feidel die Karte entgegen und ergänzte: „Ich werde sofort das Notwendige richten und hoffe gleichzeitig, dass es nicht notwendig sein wird.“ Trotz des Wortspiels klang es keineswegs lustig, was Frau Feidel sagte. Sie verließ das Wohnzimmer, um die paar Gegenstände zusammenzutragen und in die Sporttasche zu verpacken. Sven kam in diesem Augenblick aus seinem Zimmer und an der offenen Schlafzimmertüre seiner Eltern vorbei. Verwundert schaute er auf seine Mutter und wollte wissen, was das alles zu bedeuten habe. Die Stimme der Polizei drang bis zu Sven hinauf. Auch wenn er nicht wusste, wer da sprach, ahnte er zumindest nichts Gutes. „Die Polizei ist soeben gekommen und will in Baden-Baden eine Gegenüberstellung mit einer Zeugin wegen irgendeiner Mordgeschichte. Einzelheiten hat der Beamte nicht genannt. Wir müssen wohl eine kleine Weile warten, bis wir Näheres wissen, Sven“, versuchte seine Mutter ihn zu beruhigen. „Dann lasse ich mich erst gar nicht sehen“, reagierte Sven auf die überraschende Nachricht. „Ja, das ist gut so, Junge“, meinte seine Mutter und nahm die Tasche mit nach unten.

„Geben Sie mir die Tasche, bitte. Reine Vorsichtsmassnahme, Frau Feidel. Ich muss den Inhalt überprüfen. Bitte haben Sie Verständnis.“ Mit diesen Worten nahm Knut die Tasche, öffnete sie und vergewisserte sich, dass keine unerlaubten Gegenstände sich darin befanden. Er reichte die Tasche Feidel, der danach mit den beiden Polizeibeamten die Wohnung verließ und im Polizeiauto nach Baden-Baden fuhr.

Im Präsidium angekommen, sah Feidel schon im Flur zum Büro des Oberkommissars eine Frau sitzen, der er bei seinen Besuchen im Hause Schubert schon wiederholt begegnet war. Die Hausdame, um diese handelte es sich, ließ keinen Blick von Feidel. Sie erkannte ihn sofort als den Besucher von gestern früh. Es gab keine Zweifel. Bei der Gegenüberstellung wurde die Dame gefragt: „Erkennen Sie hier den Mann wieder, der gestern gegen neun Uhr in das Auto Ihres Arbeitgebers stieg, Frau Krause?“ „Natürlich. Herrn Feidel habe ich schon wiederholt im Hause gesehen und ihn auch schon dort bewirtet. Ich kann mir nicht vorstellen, dass Herr Feidel dies bestreiten wird“, vervollständigte die Zeugin ihre Aussage.

„Ich habe auch keine Veranlassung, dies zu bestreiten“, entgegnete Feidel, „es ist richtig, dass ich zunächst in Baden-Baden bei Schubert war. Ich bin auch in das Fahrzeug von Herrn Schubert eingestiegen, aber noch in Baden-Baden habe ich das Fahrzeug wieder verlassen und bin mit meinem eigenen Wagen zu Kundenbesuchen gefahren“, ergänzte Feidel seine Eingangserklärung.

Die Zeugin, die die Antwort gehört hatte, schaute zunächst zweifelnd Feidel und danach die Polizeibeamten an, ehe sie fast zögernd einwarf, dass Feidels Auto doch auf der Einfahrt zur Villa Schubert gestanden habe. „Ihr Wagen blieb doch den ganzen Tag in der Einfahrt am gleichen Platz stehen. Noch am Nachmittag habe ich das Fahrzeug dort gesehen. Es war sicher nicht bewegt worden. Heute Morgen war das

Fahrzeug aber weg. Ich hatte mich noch darüber gewundert. Es ist mir regelrecht aufgefallen", ergänzte die Hausdame von Schubert ihre Aussage.

Skeptisch beobachteten Knut und Schlesier, wie Feidel bei dieser sehr sicher vorgebrachten Erklärung der Zeugin aschfahl im Gesicht wurde. „Ich war an diesem Tag mit meiner Frau in deren Wagen unterwegs zu Kundenbesuchen. Meine Frau und ich wollten noch etwas gemeinsam einkaufen. Erst am späteren Nachmittag kamen wir zurück. Ich habe dann noch gegen Abend meinen Wagen hier abgeholt", versuchte Feidel seine bisherige Darstellung zu korrigieren.

„Das sind aber deutliche Abweichungen von Ihrer früheren Aussage, Herr Feidel. Sie werden verstehen, dass wir diese Widersprüche erst aufklären müssen, ehe wir an eine Entlassung von Ihnen denken können. Heute Nacht werden Sie hier im Präsidium übernachten müssen. Sobald wie möglich werden wir Sie morgen dem Haftrichter vorführen. Dort bekommen wir frühestens am späteren Vormittag einen Prüfungstermin. Ich muss Ihnen jetzt noch offiziell eröffnen, dass Sie vorübergehend festgenommen sind. Auch wenn Sie dieser Festnahme widersprechen sollten, kann erst morgen durch den Haftrichter eine Entscheidung eingeholt werden. Herr Schlesier wird Sie jetzt zur Übernachtungszelle begleiten. Wenn Ihre Frau später anrufen sollte, werde ich sie verständigen", kam die klare und sehr bestimmte Anweisung des Oberkommissars.

„Kann ich vorher vielleicht noch ein Glas Wasser bekommen?", fragte Feidel fast zögernd. „Selbstverständlich, Herr Feidel. Sie können auch gerne noch etwas zum Abendbrot haben. Wollen Sie das?", kam beinahe verbindlich die Reaktion Knuts. „Danke, der Appetit ist mir eigentlich vergangen, aber das Wasser nehme ich gerne", antwortete Feidel. „Und wenn Sie meine Frau sprechen, grüßen Sie bitte meine Frau und meinen Sohn von mir. Ich würde sehr an sie denken." „Das mache ich selbstverständlich gerne, Herr Feidel. Ich werde es nicht vergessen", versicherte der Beamte.

Inzwischen war es Abend geworden und Feidel saß in seiner Zelle. Die gute Stimmung, die er während des Spazierganges mit seiner Frau am frühen Nachmittag hatte, war verflogen. Düster starrte er vor sich hin und machte sich Vorwürfe, dass er noch nicht einmal die Taschen von Schubert untersucht hatte. Ohne die Papiere in der Brieftasche wäre die Spur nicht so schnell aufgenommen worden, und dann wäre vielleicht manches anders gekommen. Die Gedanken Feidels gingen wieder zurück zum Geschehen in der Schweiz. Minute für Minute des gestrigen Tages beschäftigte sein Gehirn. Jede Einzelheit durchlebte und durchdachte er noch einmal. Eine weitere Unterlassung wurde Feidel zur peinigenden Gewissheit: Im Mercedes, der noch in der Tiefgarage in Lugano stand, hatte er noch nicht einmal versucht, Spuren zu beseitigen. Am Lenkrad müssten wohl eine Menge Fingerabdrücke auch von ihm gefunden werden. „Noch nicht einmal die Wagenpapiere habe ich vernichtet oder wenigstens weggeschmissen", sinnierte Feidel. „Wie konnte ich auch nur so oberflächlich handeln. Das wird sich noch rächen", kam die späte und düstere Erkenntnis.

Die lange Nacht wollte für Feidel nicht enden. An Schlaf oder auch nur an eine kleine Erholung war nicht zu denken. Unruhig wälzte sich Feidel auf dem ungewohnt harten Pritschenlager hin und her, immer wieder erschienen ihm die gleichen schrecklichen Bilder: der Streit im Auto mit Schubert, die Beleidigungen und die schlimmen Behauptungen über seine Frau, dann die Schüsse, das Hinsinken der beiden Körper und danach die entsetzliche Angst, ertappt zu werden, die gespenstisch anmutende Fahrt über die Grenzen von der Schweiz nach Italien und von Italien in die Schweiz, das Gewitter mit Blitz und Donner, das ihm jetzt nachträglich wie ein böses Omen vorkam. An die Begegnung mit seiner Frau vor dem Hotel erinnerte er sich auch jetzt noch dankbar als eine Unterbrechung des Schreckens, aber es war damit keine eigentliche Erlösung verbunden, keine Befreiung von seinen Ängsten und seinem Bangen.

Es war noch sehr früh am Morgen, als Feidel sich entschloss, seine Pritsche zu verlassen und sich an dem kleinen Handwaschbecken etwas frisch zu machen. In der Nacht war sein Bart gewachsen, aber an eine Rasur war nicht zu denken, eine Steckdose für seinen Elektrorasierer gab es in der Zelle nicht, und ein Rasiermesser fehlte in seinem Kulturbeutel. Nach der Toilette zog Feidel sich wieder wie am Vortage an und verschaffte sich in der Zelle etwas Bewegung: vier kleine Schritte vor, Kehrtwendung, vier kleine Schritte zurück. Feidel zählte die vielen Kehrtwendungen nicht, aber es schien ihm eine Unendlichkeit zu dauern, ehe die Klappe seiner Zellentüre geöffnet wurde und er ein kleines Frühstück erhielt. Feidel trank den Kaffee, das Brot ließ er unberührt liegen.

Wenige Minuten nach neun Uhr wurde die Zellentüre geöffnet und Oberkommissar Knut kam herein: „Guten Morgen, Herr Feidel. Ich habe soeben mit dem Haftrichter gesprochen. Er hat sich bereit erklärt, Sie sofort anzuhören. Um zehn Uhr ist schon ein weiterer Haftprüfungstermin angesetzt. Wenn Sie bitte gleich mitkommen wollen. Ich begleite Sie."

„Ich wünsche Ihnen auch einen guten Morgen, Herr Knut, aber vielleicht könnte ich mich vorher noch rasieren. Hier in der Zelle finde ich keinen Anschluss", antwortete Feidel. „Das ist aus Sicherheitsgründen so. In meinem Büro können Sie aber die Steckdose benutzen. Es dauert wohl nicht sehr lange. Bitte beeilen Sie sich ein wenig. In Ihrem Interesse sollten wir nicht zu spät kommen. Je mehr Zeit der Richter hat, desto gründlicher ist die Prüfung, und für Sie ist es der erste Termin." „Und hoffentlich der letzte!" bemerkte Feidel, aber sehr zuversichtlich klang dieser Wunsch nicht.

Das Gerichtsgebäude lag gerade gegenüber dem Polizeipräsidium, so dass Knut und Feidel zu Fuß die wenigen Meter zum Gericht gehen konnten. Auf diesem Weg erzählte der Kommissar, dass er gestern noch mit Frau Feidel telefoniert und dabei die Grüße an sie und den Sohn ausgerichtet hatte. Er sei beauftragt, die Grüße sehr herzlich zu erwidern, und seine Frau hoffe, dass ihr Mann zum Mittagessen wieder zu Hause sein werde. Inzwischen hatten die beiden das Justizgebäude betreten und standen vor der Tür des Richterzimmers. „Ja, bitte!", klang es von innen, nachdem Knut an der Türe geklopft hatte.

„Das ist Herr Eugen Feidel, Herr Richter", stellte der Oberkommissar den Festgenommenen vor. „Herr Feidel gilt nach unserer Auffassung als Tatverdächtiger in einem Mordfall in der Schweiz. Die Schweizer haben uns um Amtshilfe gebeten, da die Ermordeten in Baden-Baden gewohnt haben. Es handelt sich um das Ehepaar Schubert. Der Mord muss vorgestern geschehen sein; die Leichen wurden gestern früh in der Nähe eines Bootsteges in der Nähe von Caslano im Lago di Lugano gefunden. Es besteht der Verdacht, dass Herr Feidel zu dieser Zeit mit dem Ehepaar Schubert zusammen war. Hier habe ich das Fax der Schweizer Behörde, aus dem sich die näheren Einzelheiten ergeben." Mit dieser Erklärung übergab Knut dem Haftrichter die Kopie des Faxes.

Wie gewohnt setzte sich der Oberkommissar auf einem Stuhl in der Nähe der Türe, während der Richter mit einer Handbewegung Herrn Feidel bat, auf dem Stuhl vor dem Schreibtisch des Richters Platz zu nehmen. „Sie haben gehört, was Herr Knut soeben gesagt hat. Wollen Sie sich dazu gleich äußern, oder wollen Sie gar keine Angaben machen? Es steht Ihnen völlig frei. Sie können auch einen Rechtsanwalt zu Ihrem Verteidiger bestellen und sich über diesen erklären. Wie wollen Sie sich entscheiden?", wandte sich der Richter an Feidel, nachdem er das Fax gelesen hatte.

„Ich fühle mich am Tod des Ehepaares Schubert nicht schuldig. Ich weiß nicht, wie oder wo das Ehepaar umgekommen sein soll. Ich habe mit dieser Sache nichts zu tun. Einen Anwalt brauche ich deshalb wohl auch nicht", gab Feidel sehr bestimmt zur Antwort. Und um seiner Behauptung noch stärkeres Gewicht zu geben, ergänzte er: „Sie können mich auch an einen Lügendetektor anschließen. Dabei kann nur bestätigt werden, dass ich die Wahrheit sage."

Nach dieser so forsch vorgetragenen Aussage Feidels schaute der Richter fragend auf den Oberkommissar, der sich nicht in das Gespräch eingemischt hatte. „Haben Sie schon irgendwelche Zeugenaussagen aus der Schweiz, oder konnten Sie selbst hier schon Ermittlungen führen?", wollte der Richter wissen. „Wir haben bisher lediglich die Wirtschafterin der Familie Schubert in Baden-Baden kurz angehört", berichtete der Kriminalbeamte. „Diese Zeugin hat recht glaubhaft versichert, dass der Pkw des Herrn Feidel vorgestern den ganzen Tag über auf dem Hof vor dem Hause Schubert abgestellt war und blieb. Herr Feidel hat dazu erklärt, dass er zwar am Morgen mit dem Ehepaar Schubert in deren Wagen losgefahren sei, aber sich noch in Baden-Baden von den Schuberts wieder getrennt habe. Er sei dann an diesem Tag mit dem Wagen seiner Frau unterwegs gewesen. Diese Einlassung werden wir noch überprüfen."

„Dazu können Sie sich sicher sofort äußern, Herr Feidel", wandte sich der Richter wieder an den vor ihm Sitzenden. „Sie können mir vielleicht die von Ihnen besuchten Stellen nennen, so dass wir dort gleich nachfragen können. Wen haben Sie gestern aufgesucht, mit wem im Einzelnen gesprochen, und wie lange dauerten die einzelnen Besuche? Welchen Sinn hatten die Besuche konkret? Waren Einkäufe vorgesehen, oder waren es Kundenbesuche? Wir werden selbstverständlich Ihre Angaben jeweils überprüfen. Und ich stelle Ihnen nochmals die Frage, ob Sie Ihre weiteren Aussagen auch ohne Hinzuziehung eines Verteidigers machen wollen. Überlegen Sie sich Ihre Antwort genau. Ich möchte nicht, dass Sie sich überfahren fühlen, oder uns – hier meine ich die Polizei und das Gericht – später den Vorwurf machen, dass Sie nicht genügend Verteidigungsmöglichkeiten hatten."

„Ich hatte bei der Polizei schon angegeben, dass ich mit meiner Frau in deren Wagen einige Einkäufe erledigt habe. Bei den einzelnen Geschäften haben wir uns doch nicht namentlich vorgestellt. Wir waren einfach als Kunde dort aufgetreten. Da wäre es doch mehr als ein Zufall, wenn sich die

Verkäufer überhaupt an uns erinnern. Meine Frau kann Ihnen doch auch als Zeugin bestätigen, wo wir vorgestern waren. Das wäre doch der schnellste Weg und Sie, Herr Richter, könnten mich dann wieder frei lassen“, versuchte Feidel immer noch die Flucht nach vorn anzutreten.

„Ich habe den Eindruck, als wollten Sie nicht auf meine einfachen Fragen von vorhin antworten, Herr Feidel, deshalb nochmals: Wo sind Sie in den Wagen Ihrer Frau vorgestern zugestiegen?“ Auf die Frage des Haftrichters tat Feidel, als suche er die genaue Bezeichnung eines Ortes. „Es war an einem Platz kurz vor dem Ortsteil Oos; der Name dieses Platzes fällt mir aber im Augenblick nicht ein. Meine Frau kennt sich bei den Straßenbezeichnungen auch besser aus. Könnte ich meine Frau kurz anrufen? Sie kann den Platz sicher benennen“, suchte Feidel einen Ausweg aus dem Dilemma.

„Das stellen Sie sich allerdings etwas zu einfach vor, Herr Feidel, wir machen das umgekehrt: Sie zeigen mir auf dem Stadtplan von Baden-Baden den Platz, und danach könnte vielleicht die Polizei bei Ihrer Frau anfragen. Nur so kann die Sache laufen. Das ist Ihnen sicher auch ganz klar. Hier haben Sie den Stadtplan, und Sie zeigen mir jetzt den Platz, wo Sie zugestiegen sind.“ Mit diesen Worten zog der Richter einen großen Stadtplan von Baden-Baden aus der Schublade und breitete diesen auf seinem Schreibtisch aus.

Erkennbar etwas verwirrt schaute Feidel auf den Plan und zeigte dann auf einen Platz, der an der Strecke von Baden-Baden Richtung Autobahn lag. “Haben Sie vor einer Verkehrsampel gehalten?“, wollte der Richter wissen. „Das weiß ich nicht mehr so genau“, versuchte sich Feidel aus der Schlinge zu ziehen. „Ich hatte weniger auf den Verkehr geachtet als eben darauf, dass mich Schubert an der richtigen Stelle aus dem Wagen lässt“. Die Unsicherheit war Feidel im Gesicht abzulesen: Seine Augen flackerten, die Mundwinkel zeigten ein zuvor nicht feststellbares Zittern, und eine Röte im Gesicht wechselte mit einer fahlen Blässe. Aufmerksam beobachtete der Richter das Verhalten des Beschuldigten.

Obwohl der Richter äußerlich ganz ruhig zu sein schien, sprach aus seinen Augen ein klares „Dir glaube ich ganz und gar nichts, mein Junge!“

Der Richter griff zum Telefon. „Mahler“, meldete sich der Richter kurz und ohne seinen Titel zu nennen. „Lassen Sie durch die zuständige Polizei sofort überprüfen, wo Frau Feidel vorgestern ihren Mann in Baden-Baden in ihr Fahrzeug einsteigen ließ, oder ob dies überhaupt in Baden-Baden war. Oder besser noch: Frau Feidel kommt mit der Polizei direkt hierher in mein Zimmer“. Damit war das Gespräch auch schon beendet, der Richter wandte sich wieder Feidel zu und wollte wissen: „Von dem Haltepunkt, wo Ihre Frau Sie aufgenommen hat, sind Sie direkt zu Ihrem nächsten Kunden gefahren, oder war es so, dass Ihre Frau noch andere Besorgungen gemacht hat? Wie war es? Bitte, schildern Sie das weitere Vorgehen jetzt in allen Einzelheiten. Soweit Sie mit Personen zusammengekommen sind, nennen Sie mir auch die Namen und möglichst die genauen Anschriften.“

Feidel geriet in immer größer werdende Erklärungsnot. Er spürte, dass er mit diesem Richter kein leichtes Spiel hatte, und es wurde ihm nun klar, dass jede seiner Angaben durch weitere Zeugenvernehmungen überprüft werden würde. Dennoch nannte Feidel kurz entschlossen die Besucher, mit denen er am Tage vor seiner Fahrt in die Schweiz gesprochen hatte. Er gab dem Richter jeweils die Anschrift der Firma und den Namen der Person, mit der er vor drei Tagen gesprochen hatte. Er hoffte inständig, dass die damals Besuchten sich zumindest nicht ganz genau an den Tag erinnern konnten. So teilte er neben den Besuchernamen auch die ungefähre Uhrzeit mit, zu der die Gespräche stattgefunden hatten. Der Richter machte sich während der Befragung handschriftliche Notizen, obwohl ein Tonband im Diktiergerät mitlief und die einzelnen Daten von dort jederzeit hätten übernommen werden können.

Nach einer kurzen Pause bat der Richter Oberkommissar Knut, Feidel in das Wartezimmer zu führen, dort werde er bald wieder gerufen werden. Nachdem der Beamte und Feidel das Zimmer verlassen hatten, ließ der Richter sich über sein Sekretariat mit der ersten Person verbinden, die Feidel genannt hatte. Mahler stellte sich kurz vor und wollte wissen, ob Feidel vorgestern bei ihm gewesen sei. „Nein“, klang es aus der Hörermuschel, „das war vor drei Tagen. Die Besucher trage ich in meinen Terminkalender ein; es gibt keinen Zweifel. Vorgestern war ich auch gar nicht im Büro; ich habe einen Auswärtstermin wahrgenommen. Wenn Sie wollen, kann Ihnen auch meine Sekretärin dies bestätigen. Wollen Sie die Dame sprechen?“ „Nein, danke“, antwortete der Richter verbindlich. Obwohl für ihn jetzt schon feststand, dass Feidel die Unwahrheit gesagt hatte, ließ der Richter sich auch noch mit dem Mann verbinden, den Feidel als zweiten besucht haben wollte. Fast erwartungsgemäß kam die Antwort, dass vorgestern kein Besuch stattgefunden habe, aber am Tag zuvor Feidel da gewesen sei.

Der Richter ließ Feidel und den Polizeibeamten wieder in das Richterzimmer kommen. Er eröffnete Feidel, dass zwei der angeblich vorgestern Besuchten seine Erklärung bestritten hätten mit dem Zusatz, dass die Besuche nicht vorgestern, sondern schon am Tage zuvor erfolgt seien. Der Richter wies auch darauf hin, dass die Besuche in entsprechenden Terminkalender festgehalten seien und daher wohl in beiden Fällen ein Irrtum seitens der Besuchten nicht angenommen werden könne.

Feidels Gesichtszüge spiegelten seine Enttäuschung wider. Mit einem solchen Reinfall hatte er nicht gerechnet. „Wenn wenigstens keine Terminbücher bestanden hätten, dann könnte ich mich immer noch auf einen Irrtum seitens der Firmen beziehen“, dachte Feidel, während er seine Felle davonschwimmen sah. In diesem Augenblick läutete das Telefon auf dem Richtertisch. Die Sekretärin meldete die Ankunft von Frau Feidel und eines Polizeibeamten. „Führen Sie bitte die Herrschaften gleich zu mir“, klang die Stimme des Richters. In der nächsten Minute traten beide in das Richterzimmer. Mit einem fragenden Blick versuchte Frau Feidel von ihrem Mann einen Blick oder ein Zeichen der Verständigung zu erhaschen, doch vergebens: Feidel saß mit gesenktem Kopf auf seinem Stuhl.

Richter Mahler bat Feidel und Knut, im hinteren Teil des Zimmers Platz zu nehmen und die Stühle vor dem Richtertisch für Frau Feidel und den Beamten frei zu machen. „Frau Feidel, wo waren Sie vorgestern?“ Etwas überrascht von der Frage des Richters meinte Frau Feidel: „Ich war mit meinem Mann unterwegs.“ „Und wo genau waren sie da unterwegs?“, insistierte der Richter. „Mein Mann hat einige Kunden besucht. Ich habe meinen Mann begleitet; bei den Firmen, die mein Mann aufgesucht hat, bin ich natürlich im Auto geblieben oder habe kleine Einkäufe getätigt“, antwortete Frau Feidel etwas zögernd.

„Frau Feidel, dies ist eine richterliche Zeugenvernehmung. Sie müssen mir daher die volle Wahrheit sagen. Ich behalte mir auch ausdrücklich vor, Sie zu vereidigen. Als Ehefrau von Herrn Feidel haben Sie die Wahl, entweder zu schweigen oder die Wahrheit zu sagen. Sie dürfen auch die Antwort verweigern, wenn Sie sich durch eine wahrheitsgemäße Antwort etwa selbst belasten würden. Wie wollen Sie es halten?“

„Ich meine mich genau zu erinnern, dass mein Mann und ich vorgestern zusammen unterwegs waren. Aber als Ehefrau möchte ich lieber von meinem Zeugnisverweigerungsrecht Gebrauch machen“, sagte Frau Feidel nach einiger Überlegung. „Soll ich das dann so protokollieren lassen, dass Sie keine Angaben machen wollen, obwohl Sie schon etwas gesagt haben?“, wollte der Richter wissen. „Ja“, kam zögernd die Antwort von Frau Feidel, „so habe ich das gemeint“. „Gut“, dachte der Richter laut, „dann können Sie schon wieder gehen, aber halten Sie sich bitte möglichst zuhause auf; es kann sein, dass wir später noch einige Fragen an Sie haben.“ Mit einem „Guten Tag“ verabschiedete sich Frau Feidel, und nur mit einem Kopfnicken in Richtung ihres Mannes verließ sie zusammen mit dem Polizeibeamten den

Raum. Feidel selbst saß immer noch mit hängendem Kopf und in sich zusammengesunken auf seinem Stuhl. Er schien seine Umgebung gar nicht wahrzunehmen; in der sich krümmenden Gestalt drückten sich Apathie, Frust und Hoffnungslosigkeit aus.

„Wir sind wohl an einem Punkt angekommen, wo dringend weitere Ermittlungen notwendig sind", stellte der Richter zur Situation fest. „Aber an eine Entlassung für Sie, Herr Feidel, ist im Augenblick sicher nicht zu denken. Ihre Angaben wurden durch Zeugen widerlegt – und Ihre Frau hat von ihrem Schweigerecht Gebrauch gemacht. Ich werde daher jetzt einen Haftbefehl erlassen, so dass Ihre vorläufige Festnahme ab sofort als Untersuchungshaft gilt. Gegen den Haftbefehl können Sie Beschwerde einlegen oder einen Anwalt beauftragen, der für Sie die Beschwerde einlegen und gegebenenfalls begründen kann. Wie wollen Sie sich entscheiden?"

„Ich will es mir erst überlegen. Den Haftbefehl bekomme ich wohl schriftlich, oder?", kam die Antwort von Feidel mit einem fragenden Blick. „Der Haftbefehl wird Ihnen noch förmlich zugestellt; das versteht sich von selbst. Herr Knut wird Sie wieder in Ihre Zelle zurückbringen", beschied Richter Mahler den Verhafteten.

Oberkommissar Knut verabschiedete sich vom Richter und verließ zusammen mit Feidel das Zimmer. „Zeit zum Handeln", dachte Richter Mahler halblaut vor sich hin. Nach kurzer Überlegung griff er zum Telefon, verständigte den zuständigen Staatsanwalt vom bisherigen Lauf des Verfahrens, der gerade abgeschlossenen Anhörung Feidels, und natürlich erwähnte er auch das dem Staatsanwalt bekannte Fernschreiben der Schweizer Behörde. „Ich werde jetzt den Haftbefehl unterschreiben und zustellen lassen", beendete der Richter seine erste Information.

„Das sieht ganz so aus, als ob Frau Feidel schon einiges mitbekommen hat", meinte der Staatsanwalt. „Ich meine nicht das Gespräch bei Ihnen, Herr Kollege, sondern das, was vor zwei Tagen in der Schweiz passiert sein soll. Irgendwie drängt sich bei mir der Verdacht auf, dass möglicherweise noch andere Personen in dieses Verfahren involviert sein könnten und dass Frau Feidel versuchen wird, Informationen nach draußen zu geben. Ich denke man sollte eine Telefonüberwachung veranlassen."

„Einen Beschluss dieser Art würde ich für sehr gut halten. Stellen Sie nur einen solchen Antrag bei dem Kollegen im Murgtal. Ich würde das sofort unterstützen. Bis demnächst!", beendete der Richter das Telefonat.

Am anderen Ende der Leitung legte auch Staatsanwalt Tritschel den Hörer kurz auf die Gabel, um gleich danach die Rufnummer des zuständigen Amtsgerichtes zu wählen. „Bitte Direktor Horn", bat der Staatsanwalt, nachdem sich das Sekretariat des Gerichtes gemeldet hatte. Die Sekretärin erkannte die Stimme des Staatsanwaltes und leitete das Gespräch gleich in das Richterzimmer. Mit den Worten: „Staatsanwalt Tritschel am Apparat, Herr Direktor", verband die Sekretärin die Teilnehmer: „Horn. Ich grüße Sie, Herr Kollege. Kann ich etwas für Sie tun?", meldete sich der Direktor des Amtsgerichtes. „Ja, lieber Kollege, bei uns liegt ein Fernschreiben der Schweizer Staatsanwaltschaft von Bellinzona, worin wir um Amtshilfe wegen der Ermordung eines deutschen Ehepaares aus Baden-Baden gebeten werden. Wir haben einen Eugen Feidel aus Ihrem AG-Bezirk als der Tat dringend Verdächtigen ermittelt. Er befindet sich inzwischen in Untersuchungshaft. Ob auch die Ehefrau des Feidel daran beteiligt ist oder zumindest etwas davon weiß, ist noch ungeklärt. Aber genau das wollen wir noch erfahren. Aus diesem Grunde beantrage ich die Telefonüberwachung der Eheleute Feidel. Ein entsprechender Beschluss sollte möglichst umgehend erlassen werden. Frau Feidel wurde soeben hier dem Haftrichter als Zeugin vorgeführt. Sie hat von ihrem Zeugnisverweigerungsrecht Gebrauch gemacht. Das stimmte uns nachdenklich und lässt den Schluss zu, dass sie mehr weiß, als sie zugeben will", beendete der Staatsanwalt seine Bitte an den Richterkollegen.

„Können Sie mir den Untersuchungshaftbefehl und das Fax der Schweizer zukommen lassen, Herr Kollege? Ich würde danach Ihr Anliegen sehr rasch behandeln können", kam die Reaktion des Richters. „Wird sofort erledigt. Ich faxe Ihnen alles zu. Und: Danke für Ihre Zusage!", erwiderte der Staatsanwalt.

Kurz darauf spuckte das Faxgerät im Amtsgericht die gewünschten Dokumente aus. Der Richter überprüfte die einzelnen Angaben und diktierte danach den erbetenen Beschluss, der sofort durch den Gerichtsvollzieher zugestellt wurde. Nur eine Stunde später konnte bei der Abnahmestelle der Staatsanwaltschaft in Baden-Baden das erste Telefonat von Frau Feidel abgehört werden. Es war, wie Staatsanwalt Tritschel meinte, „ein Volltreffer". Es handelte sich um ein Gespräch, das Frau Feidel ganz aufgeregt und mit fast stoßweise vorgebrachten Erklärungen mit Eva Sterni in Lugano führte. Den Namen der Dame entnahm der Staatsanwalt daraus, dass die Angerufene ihren Nachnamen nannte und Frau Feidel sie mit dem Vornamen ansprach. Der Name „Eva Sterni" sagte Staatsanwalt Tritschel zunächst nichts. Das änderte sich allerdings schon in den nächsten Sekunden und Minuten.

„Eva, Eugen wurde gestern von der Polizei abgeholt und dem Richter in Baden-Baden vorgeführt. Die Polizei macht ihm den Vorwurf, er sei an der Ermordung eines Ehepaares aus Baden-Baden beteiligt, und das Ganze hängt wohl mit einem Besuch dieses Ehepaares mit Eugen in der Schweiz zusammen. Ich weiß nicht warum, aber mir kam in den Sinn, dass vielleicht auch ein Zusammenhang gefunden wird oder gefunden werden könnte zwischen diesem Besuch in der Schweiz und dir, Evchen. Denn Eugen hat mir von seinem Besuch bei dir erzählt; ich habe mich gefreut zu hören, dass es dir gut geht. Ich weiß aber nicht, ob Eugen dir auch gesagt hat, dass er mit einem Herrn Schubert in Baden-Baden Geschäfte macht und welcher Art diese Geschäfte sind. Jetzt kann ich Eugen ja nicht oder nicht mehr danach fragen: aber es läge mir sehr viel daran, dies zu wissen. Von dem Staatsanwalt wurde ich schon befragt, aber ich habe die Auskunft verweigert. Schließlich bin ich mir nicht sicher, ob und wann ich mit meinen Aussagen meinen Mann belaste. Und du wirst sicher gut verstehen, dass ich so etwas auf keinen Fall will. Kannst du mir sagen, worüber ihr geredet habt?“, sprach Frau Feidel hastig ins Telefon.

Evchens Antwort kam langsam, beinahe grübelnd: “Worüber wir im Einzelnen gesprochen haben, kann ich dir so genau gar nicht mehr sagen. Werni, oder dein Eugen, war ja nicht solange da, und sicher haben wir uns auch nicht über alles ausgesprochen. Aber der Name Schubert ist nach meiner Erinnerung gar nicht gefallen. Wir haben mehr über die Leute hier im Hause geredet; die meisten, die ihr von früher her kennt, sind ausgezogen und wohnen jetzt zum Teil in anderen Städten. Nur der ältere Junggeselle in der großen Erdgeschosswohnung lebt noch hier. Aber der war für einige Wochen in Amerika bei Verwandten. Ich glaube, dass er jetzt wieder da ist. Werni hat sich für den Mann interessiert; ich glaube, er wollte ihn auch noch besuchen. Ich hatte ihm aber gesagt, dass er verreist ist. Sonst kann ich dir leider nicht viel helfen. Das tut mir leid, meine Liebe.“

„Ich danke dir dennoch, Evchen. Das Gespräch mit dir hat mich doch etwas beruhigt. Irgendwann werde ich mich wieder melden. Bis bald und alles Gute.“

Das Telefonat war beendet; aber für den Staatsanwalt, der das ganze Gespräch mitangehört hatte, ergaben sich doch einige neue Gesichtspunkte. Als erstes wollte er in Erfahrung bringen, was es wohl mit dem Evchen auf sich hatte. „Das ist sicher ein Anruf bei den Kollegen in der Schweiz wert“, dachte Staatsanwalt Tritschel halblaut vor sich hin redend und griff auch gleich zum Telefon, um sich mit der Staatsanwaltschaft in Bellinzona verbinden zu lassen, die auch für Lugano zuständig war.

Bald hatte Tritschel den zuständigen Sachbearbeiter für Lugano am Apparat. „Tritschel, Staatsanwaltschaft Baden-Baden“, meldete sich der deutsche Staatsanwalt, und „Kürzli, Staatsanwaltschaft Bellinzona“ antwortete sehr freundlich und verbindlich der Schweizer und fuhr fort: „Kann ich etwas für Sie tun, Herr Kollege?“

„Sehr nett von Ihnen, lieber Kollege! Ich bearbeite einen Fall, der sich erst vorgestern möglicherweise in Lugano ereignet hat. Es handelt sich um einen Fund von zwei Leichen bei Caslano. Sie wurden dort im See in Ufernähe bei einem Bootssteg entdeckt. Die Leichen sollen Schusswunden aufweisen. Das lässt darauf schließen, dass der Fundort nicht auch der Tatort sein muss. Die beiden Toten stammen aus Baden-Baden; daher ist unsere Zuständigkeit gegeben. Im Rahmen der Ermittlungen haben wir zur Wohnung eines Tatverdächtigen eine telefonische Fangschaltung legen lassen. Dabei haben wir einen Telefonmitschnitt gemacht. Es handelt sich um ein Gespräch der Ehefrau des Tatverdächtigen mit einer Frau Eva Sterni aus Lugano. Könnten Sie mir einiges über diese Person sagen? Mich würde vor allem deren Alter interessieren, der genaue Wohnort, und vielleicht erfahren Sie auch etwas über die Beziehungen von Sterni und Feidel, dem Tatverdächtigen.“

„Ich habe alle Daten mitgeschrieben, Herr Kollege, und gebe Ihnen möglichst rasch Nachricht. Ich habe den Eindruck, als hätten wir in dieser Sache mit dem Leichenfund im Lago noch manches Gespräch mit einander zu führen. Darf ich Ihnen meine Direktwahl im Amt geben; Sie sind dann sehr schnell mit mir verbunden.“ „Danke ich notiere und gebe auch meine Durchwahlnummer für alle Fälle.“

Es war noch keine Stunde vergangen, da läutete auch schon das Telefon auf dem Schreibtisch des Staatsanwalts. „Tritschel“, meldete sich der Angerufene mit höflicher Stimme, und „Kürzli“ tönte es aus der Hörmuschel. „Ich habe bei der Polizei in Lugano Informationen eingeholt. Frau Eva Sterni ist die Witwe eines schon vor Jahren verstorbenen Bankdirektors; sie ist schon vor mehr als zwanzig Jahren von Zürich nach Lugano gezogen, wo sie eine Eigentumswohnung in einem größeren Wohnblock hat und dort alleine wohnt. Kontakte zu den Hausbewohnern scheint Frau Sterni nicht oder nur wenig zu haben. Der Name Feidel fiel dem Polizeibeamten in Lugano aber auf. Er meint sich sicher daran zu erinnern, dass der frühere Hausmeister diesen Namen trug. Erst vor zwei Tagen sei ein Junggeselle, der dort die große Souterrainwohnung zu Eigen hat, bei ihm gewesen und habe den Diebstahl von mehreren Teppichen und wertvollen Gemälden gemeldet. Wann dieser Diebstahl geschah, konnte der Bestohlene nicht sagen, da er mehrere Monate im Ausland verbracht hatte und erst bei seiner Rückkehr vor zwei Tagen den Diebstahl bemerkt hat. Auffallend an der ganzen Sache war, dass keinerlei Einbruchspuren festgestellt werden konnten und der Einstieg in die Wohnung mit einem Nachschlüssel erfolgt sein muss. Der derzeitige Hausmeister geriet in diesem Zusammenhang in Verdacht. Aber eine Hausdurchsuchung erbrachte keinerlei Hinweis auf eine Tatbeteiligung. Der Polizeibeamte meinte, dass auch ein früherer Hausmeister in Frage kommen könnte. Sie hatten wohl alle einen Universalschlüssel für das Haus. Ob allerdings eine Identität des früheren Hausmeisters mit Ihrem Tatverdächtigen Feidel gegeben ist, konnte der Beamte nicht sagen. Vielleicht können Sie einmal gelegentlich nachforschen. Geht das, Herr Kollege?"

„Das kann ich sofort erledigen. Ich werde bei dem zuständigen Einwohnermeldeamt anfragen, ob dort die früheren Wohnsitze des Verdächtigen bekannt sind. Ich lasse wieder von mir hören. Bis bald."

Schon nach wenigen Minuten konnte Tritschel seinen Kollegen in Bellinzona wieder anrufen: „Hier Tritschel. Gut, dass wir die Direktwahl von einander wissen, lieber Kollege. Meine Information an Sie: Eugen Feidel ist mit Frau und Kind von Lugano nach hier gezogen. Und noch etwas: Seinen früheren Beruf hat er mit ‚Hausmeister' angegeben. Seine Frau trägt den Vornamen Ilona, sein Sohn heißt Sven. Vielleicht hilft Ihnen dies weiter."

„Bingo!", kam es aus dem anderen Ende der Leitung. Denn Staatsanwalt Kürzli hatte kurz zuvor einen weiteren

Anruf des Polizeibeamten in Lugano erhalten und so die kompletten Namen der Feidels erfahren. "Die Namen der Familie stimmen überein. Wir bleiben in Verbindung, Herr Kollege. Und: Merci vielmals!"

Schon kurz nach der Mittagspause schrillte wieder das Telefon bei Staatsanwalt Tritschel. „Die Schweizer!" dachte Tritschel halblaut vor sich hin murmelnd. „Kürzli" schallte es aus dem Hörer. „Soeben hat mir die Polizei einige Gegenstände gebracht, die von der Fundstelle im See stammen oder in der Nähe entdeckt wurden. Offensichtlich haben diese Sachen etwas mit dem Tötungsdelikt zu tun. Es handelt sich um einen mit Wasser gefüllten Kanister, wie er als Reservekanister für Benzin verwendet wird, um einige Kabelstücke und um ein Seilstück. Ich schlage vor, dass wir den Kanister leeren und das Wasser untersuchen lassen. Es ist nicht auszuschließen, dass der Kanister erst hier am See gefüllt wurde. Das könnte auf ein Spontanverhalten des Täters schließen. Wenn es sich dagegen um ein anderes Wasser handeln sollte, dann wäre dies umgekehrt ein Indiz für eine lange Vorbereitungstat. Kann ich Ihnen, lieber Kollege, die Sachen schicken? Morgen ist ein Kurier unserer Staatsanwaltschaft in Freiburg und könnte die Gegenstände mitnehmen. Geht das in Ordnung?"

Tritschel war über dieses Entgegenkommen des Schweizer Kollegen sehr erfreut und reagierte mit entsprechendem Dank. „Die Schlinge zieht sich immer enger zusammen", resümierte Tritschel und sah im Geiste schon die aus der Schweiz erwarteten Gegenstände als sichere Überführungsstücke. Seine Vorahnung sollte sich bald bestätigen.

Am Tage nach diesem Telefonat brachte ein Schweizer Polizeibeamter einen größeren Pappkarton zur Staatsanwaltschaft nach Baden-Baden und erklärte bei der Anmeldung, dass er das Paket ausschließlich Herrn Staatsanwalt Tritschel übergeben dürfe. Die Dame bei der Anmeldung vergewisserte sich telefonisch bei Tritschel, ob er einen Boten mit einem Paket erwarte. Die Vorsichtsmaßnahme war erforderlich, nachdem schon bei einigen Anklagebehörden und Gerichten Drohbriefe eingegangen waren, die zum Teil sehr ernst genommen werden mussten.

„Herr Staatsanwalt Kürzli in Bellinzona hat mich gebeten, die Post ausschließlich Ihnen, Herr Staatsanwalt, persönlich zu übergeben – und ganz freundliche und kollegiale Grüße sollte ich Ihnen übermitteln"; mit diesen Worten stellte der Beamte das Paket auf einen Seitentisch und erbot sich, beim Öffnen des Paketes behilflich zu sein. Tritschel sah auch diese Geste als ausgesprochen freundlich an und bedankte sich dafür. Im Paket waren verschiedene Kabelstücke und der leere Kanister. Nachdem alles ausgepackt und die Kabelstücke vermessen und genau registriert waren, verabschiedete sich der Schweizer Bote, um noch am Vormittag seinen Auftrag in Freiburg erledigen zu können.

Ein Polizeibeamter der nahe gelegenen Polizeidirektion fuhr am frühen Nachmittag zur Wohnung Feidels. Hier traf er Sven an, der gerade von der Schule gekommen war und die vorgelegten Stücke gleich als Teile aus der Garage erkannte. Erstaunt fragte Sven den Beamten: „Woher haben Sie die Teile? Ich habe noch keinen Einbruch in der Garage bemerkt, und irgendwie müssen Sie ja wohl an diese Gegenstände herangekommen sein. Für mich ist die ganze Sache mehr als schleierhaft." „Ist Ihre Mutter zu erreichen?", kam die Gegenfrage des Polizisten. „Im Augenblick leider nicht", gab Sven zur Antwort. „Auf dem Küchentisch lag nur ein Zettel, auf dem Mutter notiert hatte, dass sie kurz weg sei und ich das Essen in der Mikrowelle wärmen soll. Das wollte ich gerade tun, als Sie kamen. Auf meine Mutter brauche ich nicht zu warten; ich weiß nicht, was sie unter ‚kurz weg' versteht", ergänzte er halb lächelnd seine Antwort.

Der Polizeibeamte war froh, dass Sven seine Frage wegen der Herkunft der Gegenstände nicht nochmals wiederholte; so konnte er ohne weiteren Kommentar die Sachen wieder an sich nehmen. Er wunderte sich allerdings etwas darüber, dass Sven nichts dagegen hatte, als er die Sachen wieder mitnahm.

Noch ehe der Besucher das Haus wieder verlassen hatte, war Sven ins Grübeln gekommen: „Haben die Gegenstände aus der Garage etwas damit zu tun, dass gestern Vater von der Polizei abgeholt wurde? Warum ist Mutter so plötzlich weg, ohne mir zu schreiben, wohin sie gehen wollte? Weiß etwa Mutter mehr, als sie mir bisher gesagt hat? Haben meine Eltern plötzlich Geheimnisse vor mir – und ich habe immer geglaubt, dass mir Mutter alles sagt! Und jetzt?"

Es dauerte fast zwei Stunden, ehe Svens Mutter wieder nach Hause kam. Mit einem „entschuldige bitte die Verspätung" umarmte die Mutter Sven, der seinerseits halb vorwurfsvoll erklärte: „Ein Polizeibeamter aus Baden-Baden war hier. Er hat mir ein paar Kabelstücke und unseren Kanister gezeigt, die aus der Garage verschwunden sind. Er hat nur gefragt, ob dies uns gehört. Das habe ich bejaht und wollte gerne wissen, wie er an diese Sachen gekommen ist. Darauf hat er mir aber keine Antwort gegeben. Das Ganze kommt mir sehr merkwürdig vor. Im Augenblick kann ich mir keinen Reim aus dem Geschehen machen. Was ist denn passiert?", sprudelte es regelrecht aus Sven heraus.

„Was das Theater soll, weiß ich auch nicht, Sven. Als dein Vater vorgestern in der Schweiz war, hatte er mich doch gebeten, ihn in Morcote abzuholen. Das habe ich getan. Ich kann dir aber nicht sagen, was im Einzelnen zuvor geschehen ist; da war ich ja nicht dabei", versuchte Frau Feidel die Bedenken ihres Sohnes zu zerstreuen.

„Hat er dir auf der Fahrt nichts erzählt, Mutter? Mir kommt das alles so seltsam vor. Mehr als seltsam sogar! Was hat die Polizei überhaupt hier zu suchen? Und dann werden noch Dinge von der Polizei hierher gebracht, die aus unserer Garage stammen, in die nicht eingebrochen wurde. Woher stammt das Zeug? Für mich sind das alles Fragen, die ich nicht lösen kann. Mutter, du musst mir sagen, wenn du etwas weißt! Versprich mir das, bitte!" Beinahe verzweifelt klang Sven, als er so mit seiner Mutter sprach.

„Sven, dein Vater war völlig übermüdet, als er in Morcote zu mir in das Auto stieg. Ich habe ihn einfach schlafen lassen. Erst kurz vor Baden-Baden ist er wieder wach geworden. Aber er hat nicht viel gesprochen. Ich hatte den Eindruck, dass er noch mehr Ruhe benötigt. Daher habe ich ihn auch in Ruhe gelassen. Ich muss auch erst noch mit Papa reden, ehe ich dir auf die vielen Fragen antworten kann. Glaube mir, Sven, für mich ist das ganze Geschehen jetzt auch mehr als schleierhaft. Vielleicht erfahren wir bald mehr, wenn Papa hoffentlich bald wieder nach Hause kommt."

Ungläubig und voller Zweifel schüttelte Sven seinen Kopf und lief in sein Zimmer. Der Versuch, sich auf die Schulaufgaben zu konzentrieren, wollte heute absolut nicht gelingen. Svens Gedanken kreisten immer wieder um die Ereignisse der letzten beiden Tage, vor allem um den Auftritt der Polizei und die Festnahme seines Vaters. Er konnte sich nicht vorstellen, dass sein Vater irgendetwas Kriminelles angestellt haben könnte. Für Sven verlief das Leben seiner Eltern in ganz fest gefügten und klaren Bahnen. Ihm war nie der Gedanke gekommen, dass Vater oder Mutter ihr Geld anders als mit redlicher Arbeit verdienten. Aber was sich in den letzten Stunden hier in dem Hause ereignet hatte, gab ihm so viele Rätsel auf, dass er sich außer Stande sah, auch nur einen klaren Gedanken zu fassen. Zögernd stand er auf, ging aus seinem Zimmer und leise die Treppe hinunter auf das Wohnzimmer zu. Die Türe dort war angelehnt und ohne es beabsichtigt zu haben, konnte Sven teilweise ein Telefonat mit anhören, das seine Mutter führte. „Und, Eva, wenn dich die Polizei befragen sollte, sage bitte nichts von Eugens Besuch bei dir in der Schweiz. Es hat zwar keine besondere Bedeutung; aber ich kann mir vorstellen, dass die Polizei eine Vermutung haben könnte und nur wegen eines falschen Verdachts meinen Mann noch länger in der Haft behält als jetzt. Ich meine, wir sollten ganz einfach keine neuen Verdachtsmomente geben. Bitte, Eva, tu dies auch wegen Sven und mir. Ich bitte dich ganz herzlich, Eva!"

Sven kamen sofort Erinnerungen an den Aufenthalt in

Lugano. „Tante Evchen“, sagte Sven halblaut vor sich hin und sah vor sich die ältere allein stehende Dame im Hochhaus am Luganer Berg, zu der er früher so oft gekommen war und die ‚das Büble' so sehr verwöhnt und geliebt hatte. Aber was hatte Tante Evchen mit der Aufregung hier zu tun? Und wusste seine Mutter doch mehr, als sie ihm gegenüber kurz zuvor noch eingeräumt hatte? Was hatte die Polizei bei Tante Evchen zu suchen und gleichzeitig hier bei seinem Vater? Oder vielleicht gar bei seinen Eltern? Hatte Mutter bei dem Besuch in der Schweiz vor zwei Tagen noch etwas anderes zu tun als nur den Vater abzuholen? Wenn ja, dann was?

Sven blieb an der Türe stehen, er wagte nicht sich zu rühren. Da er seine Mutter nicht mehr reden hörte, sprach vermutlich Tante Evchen in diesem Augenblick. „Eva“, ließ sich jetzt wieder seine Mutter hören, „die Polizei in Baden-Baden hält meinen Eugen immer noch fest, und ich weiß nicht einmal, warum das Ganze. Ich habe auch keinen Kontakt zu ihm. Die Polizei lässt mich nicht zu ihm und hat nur seine Grüße übermittelt. Ich bin ratlos, was ich jetzt tun kann – vielleicht außer, dass wir schweigen. Ich weiß schließlich auch nicht, was Eugen schon alles gesagt hat.“ Und nach einer kurzen Pause: „Nein, mir hat er auch gar nicht viel erzählt. Sobald ich etwas mehr weiß, lasse ich wieder von mit hören. Und, Evchen, wenn du etwas erfährst, gibst du mir bitte Bescheid?“ – „Danke! Und Tschüss!“

Sven rührte sich immer noch nicht von seinem Platz, und auch seine Mutter schien noch am Schreibtisch beim Telefon zu sein. Innerlich war Sven aufgewühlt und sehr besorgt. „Bin ich unruhig?“, fragte sich der Junge und gab sich auch gleich selbst die Antwort: „Nein, unruhig genügt nicht. Ich weiß schon gar nicht mehr, wo mir der Kopf steht – und noch schlimmer: Ich weiß nicht mehr, was ich von meinen Eltern halten soll. Jetzt will ich wissen, was wirklich geschah!“ Als Sven in das Wohnzimmer ging, sah er seine Mutter am Schreibtisch sitzen. Sie hatte ihren Kopf in beide Arme gestützt. Tränen standen ihr in den Augen, und ihr blass-fahles

Gesicht zeigte Sven, dass auch seine Mutter in der gleichen Lage und Stimmung war wie er.

„Mutter, wir müssen noch einmal miteinander reden. So kann es doch nicht weiter gehen. Ich sehe deine Verzweiflung, deine Sorgen und deine Angst. Aber Angst wovor? Weißt du mehr, als du mir gesagt hast? Dann sage es mir jetzt. Du kannst dich doch auf mich verlassen – und ich will mich auf dich verlassen können; aber ich muss alles wissen, bitte, Mutter!“ Flehentlich klang die Stimme von Sven, und seine Mutter schaute auf ihren großen Sohn, den sie bis jetzt als ihr ‚Kind' betrachtet hatte, das auf die Hilfe der Mutter angewiesen war.

„Kann ich ihm wirklich alles sagen? Verkraftet mein Junge das furchtbare Geschehen in der Schweiz? Kann er wirklich die Situation nachvollziehen – Verständnis für das Verhalten seines Vaters aufbringen? Einmal – vielleicht bald – wird Sven doch erfahren, was wirklich geschah. Wenn jetzt schon Kabel und Kanister, mit denen die Leichen gebunden und beschwert waren, gefunden worden sind, dann ist die Polizei mit ihren Ermittlungen schon weit. Und dass Eugen immer noch in Baden-Baden festgehalten wird, spricht ebenso dafür, dass bald alles herauskommt“, ging es Svens Mutter durch den Kopf, während sie ihren Jungen musterte.

„Sven, ich habe dir immer vertraut und du auch uns. Genau dies soll auch immer so bleiben. Papa hat mir gestern, als wir wieder hier zu Hause waren, etwas erzählt, was auf alle Fälle unter uns bleiben muss! Du darfst darüber mit niemanden reden, auch nicht mit deinem Freund Mario. Was ich dir jetzt anvertraue, wird dich sicher sehr belasten. Aber ich habe Verständnis für deinen Vater und verurteile ihn nicht wegen dem, was ich dir jetzt sage: Du weißt, dass Vater mit Herrn Schubert von Baden-Baden in der Schweiz ein paar Geschäfte abwickeln sollte. Bei dieser Fahrt ist auch Frau Schubert mitgefahren, das war so zuvor nicht abgesprochen. Aber: sei's drum! Vater wusste nur, dass Schubert nach dem Besuch in der Schweiz noch weiter nach Italien wollte. Deshalb hatte er mich gebeten, ihn am Abend in Morcote abzuholen. Das habe ich auch getan. Als wir uns vor dem Hotel in Morcote trafen, habe ich deinen Vater völlig aufgelöst, unsicher und verzweifelt gefunden. Mit ein paar dürren Worten – fast stammelnd – hat er mir kurz erklärt, dass es zwischen Schubert und ihm zu einer Auseinandersetzung im fahrenden Auto gekommen sei und Schubert dabei deinen Vater und mich sehr schwer beleidigt hat. Dein Vater hat dann" – Frau Feidel hatte Mühe weiter zu sprechen – „in der Erregung Schubert erschossen und dabei versehentlich auch Frau Schubert getroffen; tödlich getroffen. Vater hat das alles nicht gewollt. Das musst du ihm glauben. Ich glaube es ihm auch. Ich bin sogar ganz sicher, dass es so war. Du kennst deinen Vater ja auch schon lange als ein sonst sehr besonnener Mann, der auch überlegt reagiert und sicher keiner Fliege bewusst etwas zu Leide tut. Ja, Sven, das war es. Das ist alles ganz furchtbar – auch für Papa; damit müssen wir alle drei jetzt fertig werden. Papa wollte dir das nicht verheimlichen, aber er wollte warten, bis du dein Abitur hast und du in Ruhe deinen Schulabschluss machst. Von Papa war das gut gemeint, aber was vorgestern war, hat uns heute schon eingeholt."

Sven hatte fast atemlos zugehört und saß steif und starr vor sich hinblickend da, als seine Mutter mit der Erzählung fertig war. Er konnte es nicht fassen, dass sein Vater das Leben von zwei Menschen ausgelöscht hatte: Einfach so! Ohne Notwehr, ohne dass er selbst tätlich angegriffen wurde! Kann man durch Worte derart in Rage versetzt werden, dass man so die Kontrolle verliert, dass man völlig ausrastet, sich nicht mehr beherrschen kann? Sven erinnerte sich daran, dass er vor einigen Jahren ein Buch von Max Frisch gelesen hatte, in dem mehrere Auseinandersetzungen geschildert wurden, bei denen es aus einer einzigen verbalen Attacke zu einem heftigen tätlichen Streit und zu einer Affektreaktion kam, bei der der Angegriffene tödlich verletzt wurde. Sven, der das Buch in aller Ruhe im Sessel gelesen hatte, war damals verwundert gewesen über die Reaktionen. Er hatte nicht recht nachvollziehen können, dass es zu solchen Handlungen kommen konnte.

„Wenn Papa jetzt in das Gefängnis muss und ein großer Prozess zu erwarten ist, werde ich die Schule nicht weiter besuchen können. Ich denke da zwar nicht zuerst an mich, sondern an Papa und an dich. Aber mich betrifft es schließlich genauso. Es ist ganz ausgeschlossen, dass wir dann hier bleiben können. Wir werden auf jeden Fall eine andere Wohnung beziehen müssen – am besten ganz weit weg“, meinte Sven in dunkler Vorahnung.

„Wir sollten noch keine übereilten Schlüsse ziehen, Sven. Die Polizei hat gerade damit begonnen, die ersten Fragen zu stellen und zu ermitteln. Mich hat die Polizei auch schon befragt; ich habe aber keine Aussagen gemacht. Ich halte dies auch jetzt noch für richtig, da ich so Papa wohl nicht belasten kann. Es ist schlimm; aber außer zu warten, können wir im Augenblick nichts tun“, versuchte Frau Feidel ihren Sohn zu beruhigen. Sie spürte jedoch, dass sie mit ihren Worten bei Sven keine große Wirkung erzielen konnte.

„Was du mir soeben erzählt hast, ist furchtbar! Aber mir erklärt das alles noch nicht, was es zum Beispiel mit den Kabelstücken und dem Kanister auf sich hat. Wie kommen diese in die Hände der Polizei, und warum sucht die Polizei hier nach diesen Stücken? Hat das Ganze einen Zusammenhang? Hast du dafür eine Erklärung? Wenn ja, Mutter, dann musst du mir das jetzt auch noch sagen. Schlimmer kann es wohl nicht kommen als bisher“, reagierte Sven auf die beruhigenden Worte seiner Mutter.

„Ich habe dir nur bis zu den Schüssen auf das Ehepaar Schubert erzählt. Ich will und wollte dir auch das Weitere nicht verheimlichen. Ich hatte dir doch gesagt, dass Papa im fahrenden Auto auf Schuberts geschossen hat. Die Leichen blieben im Auto. Papa hat nur das Steuer übernommen und Herrn Schubert auf einen anderen Platz gelegt. An diesem Abend herrschte in der Schweiz ein fürchterliches Gewitter, und wer nicht unbedingt etwas auf der Straße verloren hatte, blieb im Haus. So kam es, dass die Strassen zwar ziemlich leergefegt waren, aber wegen des Gewitters konnte Papa doch nicht schnell fahren. So kam er erst gegen Abend und bei Dunkelheit nach Morcote. Er war völlig aufgelöst, als wir uns begegneten. Er war mit dem Mercedes von Schubert gekommen und – was ich bei der Dunkelheit und dem Gewitter nicht sehen konnte – im Wagen der Schuberts waren noch die Leichen. Wir fuhren von Morcote weg und die Seeuferstraße entlang. Papa fuhr voraus und ich hinterher. Irgendwo an einem Parkplatz am See hat Papa geblinkt und fuhr links ab auf den Platz direkt zum See an einen Bootssteg. Zunächst habe ich das auch nicht gesehen, aber bei einem sehr hellen Blitz habe ich die Konturen ausmachen können. Im strömenden Regen kam Papa zu mir an das Auto und hat einige Sachen aus dem Kofferraum geholt, was im Einzelnen, weiß ich nicht. Mit diesen Sachen ging er wieder zu dem anderen Auto und hat die Leichen am Ende des Bootsteges in das Wasser geworfen. Das mit den Leichen habe ich nicht sehen können; das hat mir Papa nachher erzählt. Nur den Wellengang konnte ich bei einem Blitz wieder erkennen. Papa hat danach den Mercedes von Schubert in eine Tiefgarage nach Lugano gebracht. Ich fuhr wieder hinterher. Und in Lugano hat Papa den Wagen stehen lassen, stieg in mein Auto und wir fuhren nach Hause. Das war's, aber das ist wohl auch gerade genug. Ich kann dir nur versichern, mein Junge, dass Papa ganz gewiss die beiden Schuberts nicht umbringen wollte. Er muss außer sich gewesen sein nach dem Streit und den Beleidigungen durch Schubert. Und er war es noch, als wir uns in Morcote begegnet sind. Ich habe Papa noch nie in einer solchen Verfassung erlebt, so durcheinander, so innerlich zerstört und zerrissen. Es war einfach schrecklich, glaub mir, Sven. Ich will Papa nicht mehr verteidigen, als er es verdient. Aber das hat er bestimmt nicht gewollt!"

Die letzten Sätze platzten aus Frau Feidel nur so heraus. Sie konnte ihre Erregung nicht verheimlichen, und sie wollte jetzt auch gar nicht wie sonst die ruhig wirkende und überlegende Frau sein.

Sven saß immer noch wie versteinert da. Was er soeben von seiner Mutter erfahren hatte, war so furchtbar, so schrecklich, dass er eine lange Zeit brauchte, um das Gehörte zu verarbeiten. Er dachte an seinen Vater: an den Mann, der es mit ihm, Sven, immer so gut meinte, der so selten mit ihm schimpfte, der stets behilflich war, wenn er ihn bei den Schularbeiten um Unterstützung bat, oder um eine Aufbesserung des Taschengeldes, oder, oder, oder. Dieser gute Mann sollte wirklich zwei Menschenleben ausgelöscht haben? So einfach mit ein paar Pistolenschüssen dahingestreckt? Das war doch nicht sein Vater, Svens gütiger Papa! Nein!

Sven spürte, dass da noch mehr vorgefallen sein musste: Die Beleidigungen von Schubert – waren sie der einzige Auslöser? „Dann kann wohl nur Mama mit beleidigt worden sein. Anders kann ich es mir nicht vorstellen. Wenn Schubert Papa allein mit Worten angegriffen hätte, dann wäre er wohl nie in dieser Form ausgerastet. Papa hätte sich selbst mit Worten auch gut verteidigen können. Aber Mama – sie war nicht dabei und konnte sich auch nicht zur Wehr setzen – musste von Papa dann wohl verzweifelt in dieser Art verteidigt worden sein“, sinnierte Sven halblaut vor sich hin.

Mit dem Ergebnis seines Nachdenkens war Sven nicht sehr zufrieden. Wie immer er die Dinge auch sah: Die Tatsache, dass sein Vater zwei Menschenleben ausgelöscht hatte und die grausame Tat dann auch noch so primitiv zu vertuschen suchte, dass die Polizei schon am darauf folgenden Tag auf die richtige Spur kam, war nicht weg zu diskutieren.

Sven wusste nicht, wie lange er so seinen Gedanken schon nachgehangen hatte, als er wieder die Stimme seiner Mutter vernahm: „Sven, ich weiß, wie schwer es für dich ist, das ganze schreckliche Geschehen zu verstehen, geschweige zu verarbeiten. Es ist für uns alle drei mehr als nur eine Belastung. Es ist auch eine existenzielle Frage für uns drei: Hält die Familie das aus? Bleiben wir zusammen? Können wir für

Papa noch Respekt und so viel Liebe aufbringen, dass wir auch nach dieser Tat zu ihm stehen – so, wie wir immer zusammengestanden haben? Ich habe noch keine abschließende Antwort gefunden. Keine Frage: Natürlich will ich, dass wir zusammenbleiben und uns wie immer verstehen. Aber gilt dies auch nach einer langen Haft von Papa oder nach einem langen Gerichtsverfahren? Bleiben wir hier in unserem Haus, oder müssen wir wegziehen? Uns irgendwo eine andere Bleibe suchen? Uns wenn, wo? Ich weiß es nicht – noch nicht. Wir müssen ganz einfach zuwarten. Und noch etwas will ich dir sagen: Ich brauche dich, Sven! Du bist schon lange nicht nur mein Kind. Du bist mein großer Junge, auf den ich mich verlassen kann und will!" Frau Feidel stand auf und nahm ihren Jungen in die Arme, so, als müsste ein Pakt erst geschlossen werden. Sven ließ es gerne geschehen und umarmte auch seinerseits seine Mutter. Lange standen die beiden so da, ohne ein Wort zu sagen. Aber in dieser Umarmung lag die Antwort auf die Frage nach der Zusammengehörigkeit.

Das schrille Klingeln des Telefons schreckte die beiden auf. Sie lösten sich aus der Umarmung. Nachdem Frau Feidel sich mit einem einfachen „Ja, bitte" gemeldet hatte, klang es aus dem Hörer: „Sprengler, Justizvollzugsanstalt Baden-Baden. Spreche ich mit Frau Feidel?" Mit einem kurzen „Ja" bestätigte Frau Feidel die Frage des Anrufers. „Ich bitte sie im Auftrage Ihres Mannes um ein paar persönliche Kleinigkeiten, die Ihr Mann benötigt. Können Sie einen weiteren Schlafanzug, etwas Unterwäsche und ein Puzzle-Spiel bei uns abgeben? Ihr Mann hat darum gebeten, weil die Unterbringung vielleicht noch einige Zeit dauern wird. Die Sachen können Sie beim Eingang an der Wache übergeben." „Kann ich bei dieser Gelegenheit nicht auch meinen Mann selbst sprechen?", wollte Frau Feidel von Sprengler wissen. „Leider nein, Frau Feidel, uns liegt noch keine Besuchserlaubnis für Sie vor. Ich stelle Ihnen aber anheim, mit dem Staatsanwalt zu sprechen. Ob allerdings bei der jetzigen Situation schon ein persönlicher Besuch erlaubt wird, kann ich Ihnen nach meinen Erfahrungen nicht versprechen. Alle Einzelheiten wird Ihnen aber der Staatsanwalt sicher gerne mitteilen. Wir dürfen also auf die erbetenen Gegenstände warten?“, beendete Sprengler das Gespräch.

Frau Feidel legte die erbetene Wäsche zusammen und überlegte dabei, wie sie das Gespräch mit dem Staatsanwalt führen sollte. Danach wählte sie die Nummer der Staatsanwaltschaft in Baden-Baden und ließ sich mit Herrn Tritschel verbinden. „Feidel“, meldete sich Svens Mutter und fuhr ohne weiter Höflichkeitsformel gleich fort: „Mein Mann hat über die Zentrale der Haftanstalt um einige persönliche Dinge gebeten, die ich gerne nach Baden-Baden bringe. Darf ich bei dieser Gelegenheit meinen Mann besuchen? Sagen Sie bitte ‚Ja’, Herr Staatsanwalt. Ich bitte Sie sehr herzlich darum.“

„Unsere Ermittlungen sind noch nicht abgeschlossen. In wesentlichen Punkten schweigt sich Ihr Mann noch aus. Aus diesem Grunde verbietet sich ein Besuch ohne Aufsicht. Bei einer sehr großzügigen Auslegung unserer Vorschriften könnte ich Ihnen eine Besuchserlaubnis geben, allerdings nur in Anwesenheit eines Vollzugsbeamten. Sie müssen mir versprechen, dass nur Gespräche geführt werden, die sich nicht – auch nicht mittelbar – auf den Vorgang in der Schweiz beziehen. Schon bei einem Ansatz dazu müsste der Besuch abgebrochen werden, und etwaige zukünftige Besuche würde ich an eine enge Auslegung der Besuchsvorschriften binden müssen. Bitte haben Sie dafür Verständnis, Frau Feidel. Wenn Sie mir dies bestätigen, werde ich dafür sorgen dass eine Besuchserlaubnis sofort zur JVA gebracht wird. Sie wird dort schon vorliegen, wenn Sie die Sachen für Ihren Mann hierher bringen. Sind Sie damit einverstanden, Frau Feidel?“

„Natürlich bin ich damit einverstanden, Herr Staatsanwalt. Was sollte ich auch mit meinem Mann über – wie sagten Sie? – ‚den Vorgang in der Schweiz’ reden, wenn ich davon gar keine Ahnung habe. Aber vielleicht können Sie mir schon sagen, ob ich mit einer baldigen Entlassung meines Mannes rechnen kann; mein Sohn und ich vermissen meinen Mann doch sehr“, versuchte Frau Feidel etwas aus dem Staatsanwalt zu entlocken.

„Nach allem, was uns bisher bekannt wurde, kann ich Ihnen in dieser Richtung keine allzu großen Hoffnungen machen, Frau Feidel. Leider spricht sehr vieles dafür, dass Ihr Mann in irgendeiner Weise an einem Verbrechen in der Schweiz beteiligt war. Nach allem, was wir bis jetzt in Erfahrung gebracht haben, war er alleine tätig. Das heißt auch, dass er alleine die Verantwortung zu übernehmen und die Folgen zu tragen hat. Im Einzelnen brauche ich das wohl nicht zu erläutern, Frau Feidel“, kam die Antwort des Staatsanwaltes.

„Ich bin seit mehr als zwanzig Jahren mit meinem Mann verheiratet. Sie können sich vorstellen, dass ich deshalb meinen Mann sehr gut kenne. Ich weiß, dass er keiner Fliege etwas zu Leide tun könnte. Und dass er gleich zwei Menschen tötet, das halte ich schon ganz und gar für unmöglich. Mein Sohn und ich wissen, dass wir einen liebevollen Menschen als Vater und Mann haben. Das dürfen Sie mir glauben, Herr Staatsanwalt.“

„Wir werden sehen, was die Zukunft bringt, Frau Feidel. Zunächst werde ich der Vollzugsanstalt die Besuchserlaubnis für Sie überbringen lassen. Danach wird sich alles Weitere geben. Wenn Sie wollen, können Sie mit mir fernmündlich in Verbindung bleiben. Bis demnächst also, Frau Feidel.“ Das Gespräch war damit beendet, ohne dass Frau Feidel noch eine weitere Antwort geben konnte.

Schnell hatte Frau Feidel ein bisschen Wäsche, den Schlafanzug und das erbetene Puzzle-Spiel eingepackt. Sie machte sich besonders hübsch und verwendete das Parfüm, das ihr Mann so liebte. Ein Blick in den Spiegel zeigte ihr, dass ihr Styling gelungen war. „Man wird sich nach mir umdrehen“, lobte sie sich selbst im Stillen.

Sven, der das Telefonat verfolgt hatte, nickte seiner Mutter anerkennend zu und meinte zum Abschied: “Grüß’ Papa ganz lieb von mir. Ich vermisse ihn sehr.“ Um Sven nicht die Tränen zeigen zu müssen, die bei ihr aufzusteigen drohten, nahm

Frau Feidel ihren Sohn in die Arme und versprach alles auszurichten. „Ich werde wohl bald wieder hier sein, Sven. Viel Zeit wird mir in Baden-Baden wohl nicht eingeräumt werden. Wir sehen uns bald wieder. Tschüß, mein großer Junge!"

Frau Feidel schien es beinahe eilig zu haben, um nach Baden-Baden zu kommen. Sie sprang nachgerade in ihr Auto, startete und rollte auch schon auf die Straße hinaus in Richtung Baden-Baden. Schon nach weniger als einer Viertelstunde kam ihr Fahrzeug auf dem Parkplatz vor der Vollzugsanstalt zum Stehen. Frau Feidel ging mit der Tasche zum Besuchereingang und wurde sofort eingelassen.

„Die Tasche müssen Sie mir leider zur Untersuchung kurz überlassen", meinte der wachhabende Beamte gleich nach einer kurzen Begrüßung und ergänzte nach einem kurzen Blick auf den Inhalt: „Das Puzzlespiel muss ich öffnen. Sie werden das sicher verstehen. Schließlich darf nichts an ihren Mann gegeben werden, was nicht ausdrücklich zuvor genehmigt war." Er löste die Folie um den Karton und überzeugte sich von der Harmlosigkeit des Inhalts. „Geht in Ordnung, Frau Feidel. Ich führe Sie jetzt in das Besuchszimmer und werde bei Ihnen bleiben. Das hat Herr Staatsanwalt Tritschel Ihnen sicher schon erklärt. Ihren Mann lasse ich durch einen Kollegen von mir ebenfalls in das Besuchszimmer kommen. Die Gesprächsdauer wurde von der Staatsanwaltschaft auf fünf Minuten begrenzt. Danach wird Ihr Mann wieder in seine Zelle zurückgeführt."

Mit einer Handbewegung deutete der Wachmann an, dass er Frau Feidel den Vortritt lassen wolle und begleitete sie in das benachbarte Besuchszimmer. Von der anderen Seite des Flures kam in Begleitung eines Beamten ihr Mann, den Frau Feidel nicht sofort erkannte. Sein Gang war verlangsamt, fast schleppend, sein Gesicht fahl, und die Augen lagen tief in der Höhle. Frau Feidel kam es vor, als sei ihr Mann von der Schwere des Geschehens gebeugt und in sich zusammengesackt. „Und ich habe mich noch für ihn so fein gemacht", dachte sie und bedauerte, dass sie damit einen für ihren Mann möglicherweise unangenehmen Kontrast geschaffen hatte zwischen seinen und ihrem eigenen augenblicklichen Leben.

Di beiden Wachtmeister beobachteten die Begegnung der Eheleute und achteten genau darauf, dass es zu keiner nicht genehmigten engeren Berührung kam. Wie aus einem Munde begrüßten sich die Eheleute wechselseitig mit einem üblichen „Hallo, Schatz!“ So kurz dieser Gruß auch war: Frau Feidel spürte aus der Art, wie sie selbst angesprochen wurde, dass ihr Mann litt. War es die Reue, die ihn so belastete, war es die Einsamkeit in der Zelle, das stetige Erinnern an die letzten Stunden in der Schweiz? War es die Scham eines erwachsenen Mannes, dass er so unüberlegt und kurzsichtig gehandelt hatte? Frau Feidel konnte nicht nachfragen. Sie konnte nur das Ergebnis sehen: einen gebrochenen, leidenden Mann.

„Ich habe dir etwas Wäsche mitgebracht und ein Puzzle“, begann Frau Feidel das Gespräch ganz neutral, um nur irgendetwas zu sagen. „Lieb, dass du auch an ein Spiel für mich gedacht hast; aber es wäre mir lieber, wenn ich dazu erst gar nicht käme“, meinte Feidel mit leicht belegter Stimme und fuhr fort: „Wenn ich nur schon wieder zuhause sein könnte – bei euch! Ich vermisse dich und Sven am meisten. Das andere wäre für kurze Zeit gerade noch erträglich; aber nicht zu wissen, wie es euch geht, was ihr gerade tut, oder woran ihr gerade denkt. Das schmerzt doch sehr. Konnte Sven nicht mitkommen? Weiß er, warum man mich hierher geholt hat? Was mir die Staatsanwaltschaft vorwirft?“

„Sie wissen, dass Sie sich nicht über Dinge unterhalten dürfen, die auch nur am Rande etwas mit dem Schuldvorwurf der Staatsanwaltschaft gegen Sie zu tun hat. Bitte halten Sie sich daran! Es würde mir persönlich Leid tun, wenn ich wegen eines Verstoßes gegen diese Anordnung das Treffen hier schon beenden müsste. Also, bitte!“, mischte sich der Wachmann in das Gespräch.

Frau Feidel nickte zustimmend und deutete damit an, dass sie verstanden habe und einsah, dass die beiden Beamten sehr genau darüber wachen musste, dass die Vorschriften auch eingehalten wurden.

„Ich habe doch nichts von dem gesagt, was man mir vorwirft“, versuchte Feidel seine Fragen zu verteidigen.

„Ich weiß nicht, ob und in wieweit Ihr Sohn als Zeuge in Frage kommt, Herr Feidel“, lenkte der Beamte ein. „ Und Fragen, wie sie soeben von Ihnen an Ihre Gattin gestellt wurden, könnten einen gewissen Einfluss haben auf seine späteren möglichen Zeugenaussagen. Bitte haben Sie daher für meine Reaktion Verständnis.“

„Schon gut, Herr Kommissar“, sagte Frau Feidel besänftigend. „Mein Mann wollte bestimmt nichts Unerlaubtes. Und wir werden uns daran halten.“ Zu ihrem Mann gewandt fuhr sie fort: „Bist du allein in deiner Zelle, oder kannst du mit jemanden sprechen? Hast du vielleicht ein Buch, oder kannst du dich sonst wie ablenken? Kannst du wenigstens schlafen? Sven und ich wollen das gerne wissen, damit wir noch besser mit dir empfinden. Oh, Gott, fast hätte ich es vergessen: von Sven soll ich dir ganz liebe Grüße sagen. Er hat mir wörtlich gesagt: ‚Grüß Papa ganz lieb und umarme ihn ganz fest. Ich denke stets an ihn’.“

„Grüße lieb zurück und – ich denke auch immer an euch“, konnte Feidel gerade noch im Hinausgehen sagen. Der Wachmeister hatte Feidel wieder an die Hand genommen und mit ihm den Rückweg in die Zelle angetreten. Beide Eheleute waren jetzt wieder allein mit ihren Gedanken, Sorgen und Nöten.

Mit einem fragenden Blick wandte sich Frau Feidel an den sie begleitenden Beamten und meinte mit leicht bebender Stimme: “Ich habe meinen Mann noch nicht einmal gefragt, ob ich ihm einen Verteidiger – ich meine einen Anwalt – besorgen soll. Das hätte er wohl von mir erwartet. Kann ich das nicht noch nachholen?“

„Seien Sie insoweit unbesorgt, Frau Feidel, der Staatsanwalt hat ihm diese Frage schon vorgelegt. Im Augenblick hielt Ihr Mann dies nicht für erforderlich. Ich selbst bin da etwas anderer Meinung, aber Ihr Mann kann dies jederzeit selbst verlangen. Er kann dies jedem Beamten oder Wachmeister sagen, oder aber auch den Staatsanwalt zu einem Gespräch bitten. Das ist hier immer so üblich. Sie können sich darauf verlassen, dass Ihr Mann mit Sicherheit nicht ohne Hilfe sein wird. Da können Sie ganz sicher sein, Frau Feidel", versicherte der Wachmeister.

Zufrieden war Frau Feidel mit dieser Auskunft nur zum Teil. Sie machte sich selbst Vorwürfe, dass sie bei dem Treffen mit ihrem Mann eine so wichtige Frage einfach vergessen oder übersehen hatte. „Kann ich meinen Mann nicht noch einmal kurz sprechen?", wollte Frau Feidel von dem Wachmeister wissen. „Das geht leider nicht, Frau Feidel; die Staatsanwaltschaft hat nur dieses eine kurze Gespräch genehmigt und dies sicher mit nicht unerheblichen Bedenken. Die Besuchervorschriften vor einer richterlichen Vernehmung, oder vor einem Eingeständnis durch den Betroffenen sind sehr eng. Bitte haben Sie dafür Verständnis. Ich werde Sie jetzt nach draußen begleiten. Sollte sich irgendetwas Neues ergeben, werde ich Sie sicher wieder anrufen. Auf Wiedersehen, Frau Feidel."

„Auf ein baldiges Wiedersehen, Herr Wachmeister. Beim nächsten Mal hoffe ich meinen Mann wieder mit nach Hause nehmen zu dürfen", verabschiedete sich Frau Feidel, ohne dass sie darauf noch eine weitere Antwort erhielt.

Leicht fiel Frau Feidel der Heimweg nicht: Die Ungewissheit über die Zukunft der Familie, vor allem die ihres Mannes machte ihr große Sorge. Schließlich wusste sie aus den eigenen Erzählungen ihres Mannes, dass die Vorwürfe der Staatsanwaltschaft nicht aus der Luft gegriffen waren und dass es nur eine Frage des Beweises sein würde, ob es zu einer Verurteilung ihres Mannes kam – und wenn er schuldig gesprochen würde, es wäre nicht auszudenken! Frau Feidel kam in den Sinn, dass ihr einziger Sohn Sven kurz vor dem Abitur stand und dass eine etwaige Verurteilung seines Vaters erheblichen Einfluss auf seine weitere berufliche Ausbildung haben würde. Das beabsichtigte Hochschulstudium von Sven wäre dann wohl illusorisch. Frau Feidel konnte sich das Leben ohne ihren Mann nicht vorstellen. Immerhin war sie noch keine alte Frau, sie hatte gerade vor einigen Wochen ihren vierzigsten Geburtstag mit ihrer Familie gefeiert. Und in diesem Alter schien ihr das Alleinsein völlig unerträglich. In dieser düsteren Stimmung erreichte sie ihr Haus und fuhr langsam auf den Kiesweg zur Garage.

Sven hatte sehnsüchtig auf das Kommen seiner Mutter gewartet. Voller Erwartung rannte er auf das ankommende Auto zu und stellte zuerst die Frage: „Wie geht es Papa? Kommt er bald nach Hause? Weißt du etwas Neues?"

„Mit dem Staatsanwalt konnte ich heute noch nicht sprechen; aber im Gefängnis konnte mir der Wachmeister doch schon ein paar Kleinigkeiten sagen. Einen Verteidiger kann Papa direkt bei dem Staatsanwalt oder der Gefängnisverwaltung beantragen. Bis jetzt wollte Papa dies aber nicht oder vielleicht noch nicht. Ich habe auch schon daran gedacht, dass wir Herrn Rechtsanwalt Zübel verständigen sollten. Papa und er kennen sich doch recht gut, und ich weiß, dass Papa große Stücke auf Zübel hält. Schließlich hat Zübel auch einen guten Ruf als Verteidiger. Aber Papa muss das selbst entscheiden", gab Svens Mutter zur Antwort.

„Aber wie geht es Papa? Ist er allein in der Zelle, oder muss er mit anderen zusammen sein? Und wie verbringt er seine Zeit? Kann er sich mit Lesen oder sonst etwas beschäftigen?", sprudelte es aus Sven heraus.

„Mit Papa habe ich nur kurz sprechen können. Er machte einen etwas niedergeschlagenen Eindruck. Aber es war wohl typisch für Papa, dass er zuerst an uns dachte und dann vielleicht an sich. Als erstes hat er mir aufgetragen, dass ich dich von ihm sehr herzlich grüßen soll. Er wollte wissen, wie es dir geht und was du tust. Das alles war für ihn wichtig. Ich bin sicher, dass er ständig an uns denkt und uns gedanklich begleitet. Ich hoffe, dass ihn das etwas von seiner Einsamkeit in der Zelle ablenkt. Dieses ständige Alleinsein und die Ungewissheit wegen der nächsten Stunden oder Tage setzt Papa doch sehr stark zu. Das habe ich sofort gesehen, als er ziemlich bleich aus der Zelle zu mir kam. Papa tut mir ja so leid. Sven, ich brauche dich und deine Hilfe. Wir müssen jetzt einfach noch mehr zusammenstehen, als wir dies schon vorher getan haben. Du brauchst mir das nicht erst hoch und heilig zu versprechen, Sven. Ich weiß auch so, dass ich mich auf dich verlassen kann“, kam es etwas wirr aus Frau Feidel heraus.

„Mama, du kennst mich doch schon, solange ich lebe; und du weißt auch, dass ich zu dir und Papa stehe – was immer auch kommen mag. Daran darfst du nie zweifeln, Mama, gar nie!“ Sehr überzeugend und betont hatte Sven gesprochen.

Sven und seine Mutter fielen sich um den Hals und blieben längere Zeit in dieser Umarmung stehen, so als wollten sie ihre Worte noch wie mit einem Schwur untermauern.

VI.

Sven war wieder in sein Zimmer zurückgegangen, um seine Schularbeiten zu machen, als das Telefon läutete. Er hörte, dass seine Mutter schon nach dem ersten Klingelton am Apparat war und sich mit einem knappen „Ja, bitte“ meldete. Aus der weiteren Antwort seiner Mutter konnte Sven nicht entnehmen, wer der Anrufer war. Neugierig eilte er ins Wohnzimmer. Seine Mutter hatte gerade den Hörer wieder aufgelegt, als sie die unausgesprochene Frage von Sven beantwortete: „Das war Herr Sprengler von der Gefängnisleitung. Er hat mich nur davon verständigt, dass Papa jetzt doch einen Verteidiger bestellt hat. Papa hat wohl auch schon mit Herrn Zübel gesprochen, das muss aber gerade erst eben gewesen sein, wenn ich Herrn Sprengler richtig verstanden habe.“

„Dann sollten wir den Anwalt auch gleich sprechen, Mama. Vielleicht können wir dann über Herrn Zübel etwas Neues erfahren, wenn er bei Papa war“, regte Sven bei seiner Mutter an.

„Gute Idee, Sven. Ich werde das sofort tun. Es könnte sein, dass Zübel bald zu Papa fährt, und da sollte ich ihn schon vorher gesprochen haben. Er sollte Papa auch gleich bitten, mit uns darüber reden zu dürfen. Schließlich kann nur Papa ihn von der Schweigepflicht entbinden, oder besser teilweise entbinden“, schränkte Frau Feidel ein.

Sven hatte während dieses Gespräches schon die Rufnummer der Kanzlei Zübel ausfindig gemacht und gab die Nummer seiner Mutter. Am anderen Ende der Leitung meldete sich die Bürovorsteherin des Anwaltes. Sie wollte das Gespräch nicht mehr an den Anwalt weiterleiten mit der Bemerkung, dass sich Herr Zübel gerade für einen Besuch in der Haftanstalt fertig mache und dies sehr eilig sei. „Aber gerade deswegen rufe ich ja an. Ich bin die Ehefrau und wollte Ihren Chef noch vor dem Besuch in Baden-Baden verständigen. Bitte stellen Sie das Gespräch noch durch. Herr Zübel kennt uns; er hat sicher Verständnis, dass ich ihn kurz sprechen will, bitte!“ Fast verzweifelt klang die Stimme von Frau Feidel. Mit einem „Gut. Ich will es noch einmal versuchen“, gab die Bürovorsteherin das Gespräch weiter.

„Zübel“, meldete sich der Anwalt, als der Ruf durchgestellt war. Mit einem hörbarem Aufatmen meldete sich Frau Feidel. „Herr Rechtsanwalt, ich habe gerade von der Vollzugsanstalt gehört, dass mein Mann Sie als Verteidiger erbeten hat. Ich begrüße diesen Schritt meines Mannes sehr. Und ich weiß auch, dass mein Mann ein sehr großes Vertrauen in Sie setzt, Herr Rechtsanwalt. Aber das wissen Sie wohl selbst. Ich wollte Sie nur bitten, dass Sie mich nach dem Besuch bei meinem Mann verständigen. Mein Sohn und ich sind verständlicherweise in großer Sorge und wir wollen gerne meinem Mann helfen. Vielleicht können Sie uns nach dem Besuch einen Hinweis geben. Wir wären Ihnen sehr dankbar. Und grüßen Sie bitte meinen Mann sehr herzlich von unserem Sohn und mir.“

„Das tue ich selbstverständlich sehr gerne, gnädige Frau. Ich bin eigentlich schon jetzt sehr sicher, dass Ihr Gatte mich von der Verschwiegenheitspflicht zumindest Ihnen gegenüber befreit und dass wir die weiteren Schritte dann auch familienintern besprechen. Ich werde dies sicher mit Ihrem Gatten vereinbaren können. Sobald ich wieder zurück bin, werde ich Sie anrufen. Einverstanden?“, klang aus dem Hörer die ruhige und sachliche Stimme des Verteidigers.

Über zwei Stunden waren schon vergangen, und immer noch warteten Frau Feidel und Sven auf den ersehnten Anruf des Verteidigers. Endlich klingelte das Telefon – Frau Feidel hatte schon gedacht, dass der Anwalt sie vergessen haben könnte oder durch andere Bürogeschäfte verhindert sei, den fest zugesagten Anruf zu erledigen. Wieder mit dem kurzem „Ja, bitte“ meldete sich Frau Feidel, und mit „Zübel“ kam die Rückantwort. Freundlich und fast verbindlich klang die Stimme des Anwaltes, als er sicher war, dass Frau Feidel, die er an der Stimme erkannt hatte, seine Gesprächspartnerin war.

„Verehrte Frau Feidel“, begann der Verteidiger, „ich habe ein langes Gespräch mit Ihrem Gatten geführt. Die Einzelheiten möchte ich aber nicht am Telefon erörtern. Ihr Gatte hat mir aber ausdrücklich erlaubt, dass ich alles mit Ihnen und mit Ihrem Sohn besprechen kann. Ob Ihr Sohn bei diesem ersten Gespräch schon dabei sein soll, möchten Sie aber bitte alleine entscheiden. Wenn Ihr Sohn von Ihnen das eigentliche Drama in großen Zügen kennt, dann würde ich Ihnen empfehlen, den Sohn mitzubringen, damit er nicht nur bruchstückhaft Einzelheiten erfährt, sondern das Geschehen aus der Sicht seines Vaters genau kennt und seine eigene Meinung bilden kann. So in etwa hat sich Ihr Gatte ausgedrückt. Wie wollen Sie sich entscheiden?“

„Ich habe mit Sven das Wesentliche besprochen. Ich werde ihn gerne mitbringen, damit er den weiteren Verlauf und die weiteren Entscheidungen seines Vaters und von mir nachvollziehen kann. Sven sollte auch aus erster Quelle alles erfahren und nicht auf der Straße oder in der Schule gerüchteweise über seinen Vater reden hören. Darf ich mit Sven gleich zu Ihnen kommen, Herr Rechtsanwalt?“

„Gerne. Sagen Sie meiner Angestellten gleich beim Empfang, dass ich Sie um die Besprechung gebeten habe. Sie werden dann sicher sofort in mein Büro begleitet. Ich werde das Erforderliche sofort veranlassen“, stimmte Zübel zu.

Nur wenige Minuten waren seit dem Telefonat vergangen, als Frau Schöne, die Empfangsdame im Büro der Kanzlei Zübel und Partner, dem Seniorchef Frau Feidel und Sohn meldete. Der Anwalt war hinter seinem Schreibtisch vorgetreten und empfing Frau Feidel mit einem Handkuss, den Sohn mit einem freundschaftlich gemeinten Handschlag.

„Darf ich gleich zur Sache kommen?“, leitete Zübel das Gespräch ein. „Am besten beginne ich mit einem Gespräch, das ich noch vor dem Besuch in der Vollzugsanstalt mit dem sachbearbeitenden Staatsanwalt, einem Herrn Tritschel, geführt habe. Der Staatsanwalt hat keine Zweifel daran, dass das Ehepaar Schubert von Herrn Feidel getötet wurde. Die

Frage für ihn ist nur: Wie konnte dies geschehen? Welche Motive lagen dem Ganzen zugrunde? Ist die Tat als Affekt zu werten, als Notwehr oder als wohl überlegte Handlung – also als Mord? Für den Staatsanwalt zählen zunächst folgende Fakten: Im Terminkalender des toten Schubert ist für den Tattag eine Fahrt in die Schweiz mit Herrn Feidel eingetragen. In dem Kalender steht hinter dem Wort ‚Schweiz' noch in Klammer das Wort ‚Italien?' Was dieser Zusatz mit Fragezeichen bedeutet, ist der Staatsanwaltschaft noch nicht klar. Weiter: Eine Gegenüberstellung mit der Hausdame der Schuberts hat gezeigt, dass Herr Feidel in das Auto von Schubert eingestiegen ist und – das ist wichtig – das Auto meines Mandanten den ganzen Tag über auf dem Hof vor dem Anwesen Schubert stand. Dann kommen als Beweisstücke ein Benzinkanister und einige Kabelstücke in Frage, die schon als Eigentum Ihres Mannes bestätigt wurden. Diese Teile waren bei den Leichen im Wasser gefunden worden. Soweit zunächst die Erkenntnisse der Staatsanwaltschaft.

Nach dem Kurzbesuch bei der Staatsanwaltschaft habe ich sofort Ihren Gatten und Vater in der Vollzugsanstalt besucht und ihn von meinem Gespräch mit Herrn Tritschel verständigt. Meine Erzählung verfolgte mein Mandant mit einem wiederholten Kopfnicken, so, als wollte er mir zu verstehen geben, dass dies alles seine Richtigkeit hat. Das hat mir Herr Feidel dann auch bestätigt und eine Version zum Tathergang geliefert, die ich gerne mit Ihnen besprechen will. Am besten ist wohl: Ich stelle Ihnen ein paar Fragen, die Sie mir bitte beantworten wollen. So bekomme ich am ehesten ein klares Bild und kann die Verteidigung entsprechend aufbauen. Sind Sie mit einer Befragung einverstanden, Frau Feidel?"

Sachlich und das Wesentliche eng zusammenfassend kamen die Erklärungen des Anwaltes, der ganz auf eine Verteidigung zuarbeitete und sich auch nicht von der attraktiven Erscheinung der ihm gegenüber sitzenden Dame ablenken ließ.

„Ich will alles tun, was meinem Mann nützt. Selbstverständlich dürfen Sie mich befragen. Soweit ich von meinem

Mann über Einzelheiten unterrichtet bin, werde ich auch diese Dinge Ihnen gegenüber mitteilen. Was ich Ihnen sage, bleibt doch ganz sicher unter uns, oder sehe ich das falsch? Was gut ist für die Verteidigung, dürfen Sie natürlich gerne verwenden. Ich gehe auch davon aus, dass Sie alles erst mit meinem Mann besprechen, ehe Sie dem Staatsanwalt etwas von dem unterbreiten, was ich hier aussage", begann Frau Feidel halb unsicher Ihre Antwort auf die zu erwartenden Fragen des Verteidigers.

„Ihre Bedenken sind richtig, gnädige Frau. Aber es ist ebenso richtig, dass ich nur das weitergebe, was ihrem Gatten nützt und auch für die Verteidigung notwendig erscheint. Und nun darf ich wohl mit den Fragen beginnen: Ist es richtig, dass sich Ihr Gatte schon häufiger mit Schuberts getroffen hat und dass sich die Familien schon länger kennen?" Fragend schaute der Verteidiger sein Gegenüber an.

„Ja. Das ist richtig. Auch ich war wiederholt mit meinem Mann bei Schuberts. Seine Frau und ich haben uns sehr gut verstanden. Ich hatte aus ihren Erzählungen den Eindruck gewonnen, dass sie von ihrem Mann mehr als Aushängeschild benützt wird und dass sich Herr Schubert viele Freiheiten herausnimmt, die in einer guten Ehe ganz sicher nicht zum Alltag gehören", erzählte Frau Feidel.

„Hat Ihnen Ihr Gatte etwas gesagt über den Zweck der Reise in die Schweiz oder gar nach Italien?", forschte der Anwalt weiter.

„Er hat mir nur angedeutet, dass Schubert eine größere Erbschaft gemacht hat und irgendwelche Edelsteine aus dieser Erbschaft verkauft werden sollen. Mein Mann kennt vielleicht den einen oder anderen Schmuckhändler in der Schweiz. Genaueres weiß ich aber nicht. Wenn ich mich richtig erinnere, hat mein Mann immer nur von ‚der Schweiz' gesprochen, nicht von Italien. Aber so genau will ich mich da nicht festlegen. Weil wir längere Zeit in der Schweiz gelebt haben, habe ich mir bei den Erzählungen meines Mannes die Gegend unseres früheren Aufenthaltes vorgestellt. Einen Schmuckhändler kenne ich auch nicht konkret. Wir hatten früher auch nicht das Geld, um uns Gedanken über derartige Reichtümer zu machen. Und woher mein Mann diese Leute kennen soll, ist mir völlig schleierhaft", versuchte Frau Feidel die Frage des Anwaltes ausweichend zu beantworten.

„Wenn ich Ihre Antwort richtig deute, können Sie mir auch nicht sagen, welches Ziel genau Schubert mit Ihrem Mann ansteuern wollte", versuchte der Verteidiger nachzuhaken.

„Das ist genau richtig. Aber etwas möchte ich gerne noch hinzufügen: Mein Mann hat mir früher schon wiederholt erzählt, dass Schubert häufig plötzliche Einfälle hat, die er dann auch sofort umsetzt. Dabei nimmt er keine Rücksicht darauf, ob sein Partner auch darauf eingerichtet ist, oder sich noch darauf einrichten kann. Dieses Verhalten und die sprunghaften Ideen haben meinen Mann schon oft geärgert. Weil er vielleicht wieder mit solchen Sprüngen bei Schubert gerechnet hat, hat mich mein Mann noch vor seiner Fahrt nach Baden-Baden gebeten, vorsorglich nach Morcote zu kommen, um gegebenenfalls ihn von dort nach Hause zurück zu bringen. Einen anderen Grund hatte diese Bitte nicht. Erst in Morcote, oder genauer gesagt kurz danach, hat mir mein Mann erzählt, dass Schubert noch ein Chalet in der Nähe von Ronco ansehen wollte. Dieses Haus sei zum Verkauf in der Zeitung ausgeschrieben gewesen. Mehr weiß ich wirklich nicht!"

„Wie standen Sie zu Herrn Schubert?" wollte der Verteidiger noch wissen.

Wesentlich zögernder als nach der ersten Frage kam die Antwort: „Nach außen habe ich Herrn Schubert eher zu verstehen gegeben, dass ich ihn achte, um nicht zu sagen, dass ich ihn schätze. Innerlich habe ich aber eine Abwehrstellung gegen ihn eingenommen, weil er mir zu großspurig schien. Ich habe ihn als einen Neureichen kennen gelernt, der vieles gelernt haben mag, aber sicher keine guten Umgangsformen. Für manche ausgesprochene Flegelei hat sich seine Frau für ihn geschämt. Das hat mir seine Frau schon häufig zu verstehen gegeben. Der Kontakt zu Frau Schubert dagegen war sehr freundschaftlicher Art."

„Ihr Gatte begründet seine Reaktion – ich meine die Schießerei im Auto – damit, dass er von Schubert während der Fahrt beleidigt wurde und dass dabei von Schubert auch behauptet wurde, dass er mit Ihnen, Frau Feidel, schon wiederholt intim gewesen sei. Wollen Sie auf diesen Vorwurf antworten?"

„Aber sicher werde ich das! Ich habe mit Herrn Schubert keinerlei Zärtlichkeiten ausgetauscht, also keine Küsse und dergleichen, und zu Intimitäten ist es schon gar nicht gekommen. Wenn ich Herrn Schubert getroffen habe, so war mein Mann auch immer in der Nähe. Ich habe zwar vorhin gesagt, dass ich Schubert nach außen geschätzt habe, aber ich habe ihm nie Avancen gemacht, so dass er auch nie hätte annehmen können oder dürfen, dass er bei mir Erfolg haben könnte mit seinen Bemühungen. In dieser Beziehung war er wohl an Erfolge gewöhnt, wie sich seine Frau ausdrückte. Schubert hat hier wieder einmal den großen Schürzenjäger gemimt; aber völlig zu Unrecht! Ich versichere Ihnen dies auf Ehre und Gewissen, Herr Rechtsanwalt", beeilte sich Frau Feidel zu antworten.

„Wussten Sie von dieser Behauptung und Beleidigung des Schubert, oder habe ich Sie damit erschrocken?" forschte der Verteidiger weiter.

„Ich habe davon gewusst. Mein Mann hat noch sehr aufgebracht und verstört gerade von diesen Beleidigungen erzählt. Dies war, nachdem wir uns in Morcote gerade begegnet waren. Es war das Allererste, was mein Mann mir gesagt hat", gab Frau Feidel zur Antwort.

„Noch eine letzte Frage für heute, Frau Feidel. Würden Sie Ihren Gatten als cholerisch bezeichnen, oder ist er im Wesentlichen ausgeglichen? Sie kennen Ihren Gatten schon viel länger als ich. Deshalb interessiert mich Ihre Einschätzung", beendete der Anwalt die Fragestunde.

„Ich habe meinen Mann als einen ruhigen und überlegenden Menschen kennen gelernt, und ich habe ihn auch später nie anders erlebt. Einen solchen ‚Ausbruch', wie Sie ihn geschildert haben und wie ich es auch von meinem Mann gehört habe, kenne ich nicht bei ihm. Die Lügen von Schubert müssen ihn einfach über alle Maßen getroffen und aufgebracht haben. Anders ist sein Vorgehen auch für mich nicht erklärbar", sinnierte Frau Feidel.

„Danke für Ihre Mitarbeit, gnädige Frau. Sie haben Ihrem Mann sicher damit geholfen", meinte der Verteidiger im Aufstehen und deutete damit an, dass er die Unterhaltung als beendet ansah. Auch Frau Feidel und Sven waren aufgestanden und verabschiedeten sich, nachdem Frau Feidel und Sven den Anwalt noch gebeten hatten, sie auf dem Laufenden zu halten und Grüße an ‚Papa' auszurichten.

Nachdem Frau Feidel und Sven das Büro des Anwaltes verlassen hatten, setzte sich Zübel wieder an seinen Schreibtisch. Eine Menge unbearbeiteter Akten lag noch auf dem Nebentisch und sollte durchgesehen werden. Zunächst beschäftigte sich der Verteidiger gedanklich aber ausschließlich mit seinem neuen „Fall". Die Fakten waren dem Advokaten klar: Sein Mandant bestritt nicht – oder nicht mehr –, dass er das Ehepaar Schubert getötet hatte. Fest stand auch, dass er mit dem später Getöteten von Baden-Baden aus in die Schweiz gefahren war. Seine anfangs anders lautenden Einlassungen konnten jetzt unberücksichtigt bleiben. Blieb also nur – aber vielleicht entscheidend – die Frage: WARUM?

Angestrengt dachte Zübel nach. „Meinen Mandanten kenne ich als ruhigen, fast stillen Bürger. Seine Frau schildert ihn als besonnen und überlegend. Und plötzlich reagiert so ein Mensch derart impulsiv, ohne Überlegung und ohne jede Hemmung! Kann das sein? Nimmt ihm das Gericht so eine Darstellung ab? Glaubt das Gericht, glauben die Schöffen, an eine solche Erklärung?", sinnierte der Verteidiger.

Zübel erinnerte sich an eine ganze Reihe früherer Verteidigungen, wo die Angeklagten auch Spontan-Entscheidungen behauptet hatten, angeblich fern jeder vorherigen Überlegung oder gar Planung. In der Regel waren dies aber Fälle von Cholerikern, von Männer oder Frauen, die häufig reflexartig reagierten. Hier aber lag der Fall anders: Zübel war sich schon jetzt sicher, dass sich sein Mandant auch in einer Hauptverhandlung als der ruhige, besonnene Mann darstellen würde, ohne dass er schauspielerte oder sich verstellte. Wie also das Verhalten von Feidel verständlich oder begreifbar machen?

Bei seinen Überlegungen kam ihm in Erinnerung, dass er als Student an einem Seminar teilgenommen hatte, das der Professor unter dem Thema „Genie und Wahnsinn" angekündigt hatte. Etwas abseits vom eigentlichen Hauptthema war der Dozent dabei auch auf einen Verhaltensforscher zu sprechen gekommen. Angestrengt versuchte sich Zübel den Namen dieses Forschers ins Gedächtnis zurückzurufen. Nach einigem Nachdenken wusste er ihn wieder: Konrad Lorenz! Auch an Einzelheiten aus dem damaligen Seminarvortrag konnte er sich erinnern: an die Experimente des Forschers zuerst mit Graugänsen, dann seine Versuche mit seinen Studenten und schließlich auch ein in der Wissenschaft anerkanntes Ergebnis: dass besondere Ereignisse, Erlebnisse oder einfache Vorgänge bei jedem Lebewesen zu einer Art Wesensveränderung führen können, wobei diese Änderung auch nur kurzfristig auftreten kann.

„Hier könnte ich für meine Begründung vielleicht fündig werden", dachte Zübel halblaut vor sich hin und rief gleich seinen Buchhändler an, den er um Information bat. „Ja, Herr Rechtsanwalt. Lorenz ist mir ein Begriff. Für sein Buch mit dem Titel ‚Das sogenannte Böse' hat Lorenz später, das muss so um 1973 gewesen sein, den Nobelpreis für Medizin erhalten. Ich kann Ihnen das Buch rasch besorgen. Morgen könnten Sie darüber verfügen", zeigte sich der Buchhändler hilfsbereit. Zübel bestellte das Buch und konnte danach mit dem Studium der Akten fortfahren.

Am nächsten Morgen besuchte Rechtsanwalt Zübel seinen Mandanten in der Vollzugsanstalt. „Ich möchte gerne noch einmal die Situation mit Ihnen besprechen kurz vor der eigentlichen Tat. Wie haben Sie sich gefühlt? Waren Sie schon lange wütend auf Schubert? Wann haben Sie die Entscheidung getroffen, den Streit mit der Pistole zu beenden? Bitte, schildern Sie den Vorgang so genau wie irgend möglich. Mich interessiert jede Kleinigkeit, auch wenn sie Ihnen noch so unbedeutend erscheint, Herr Feidel, bitte", begann Zübel das Gespräch nach der Begrüßung, ohne auf seine gestrigen Überlegungen einzugehen.

Nach kurzem Nachdenken begann Feidel: „Wenn ich gestern gesagt habe, dass mich Schubert schon auf der Fahrt in die Schweiz geärgert hat, so ist das schon richtig. Ich hatte mich zum Beispiel nach Basel angeboten, das Steuer zu übernehmen und Schubert beim Fahren abzulösen. Das hat er mit der Bemerkung abgetan, dass er selber ‚stark genug' sei. Auch in der Folgezeit war die Unterhaltung so, dass ich mich über die eine und andere Bemerkung etwas geärgert habe, aber dann war das auch bald wieder vergessen. Erst vor Ronco, am Monte Verita, kam es bei mir zu einem Ausbruch, oder sollte ich sagen, zu einem Zusammenbruch, als mir Schubert zynisch und überheblich entgegengeschleudert hat, dass er auch schon mit meiner Frau geschlafen habe. Das hat er derart triumphierend und in Anwesenheit seiner eigenen Frau herausposaunt, dass ich schlagartig nur eine Idee – noch nicht einmal eine Überlegung, eben nur eine Idee – hatte, dem Mann eins auszuwischen. Ich habe mir in den zurückliegenden Tagen diese Situation immer wieder durch den Kopf gehen lassen. Und immer habe ich versucht zu ergründen, wie ich zu der Pistole griff, ob ich etwas dabei gedacht habe und was das gewesen sein könnte. Aber ich kam immer zu dem gleichen Schluss: Ich habe gar nichts gedacht! Gar nichts, Herr Rechtsanwalt, absolut nichts! In einer solchen Situation sich gar nichts zu überlegen, gibt es das überhaupt? Das ist bei mir zur großen Angst geworden, dass mir das niemand abnimmt. Mit dieser Behauptung stehe ich wohl alleine da. Mehr kann ich nicht sagen. Leider, Herr Rechtsanwalt."

„Ich nehme Ihnen dies ab, genau so, wie Sie es mir eben geschildert haben. Sie kennen sicher den Begriff des Blackouts. Das ist eigentlich ein Begriff aus der Bühnensprache, das plötzliche Verdunkeln der Bühne. Aber inzwischen wird das Wort auch gebraucht für einen plötzlichen Ausfall des Sehvermögens. Und schließlich weiß die moderne Medizin, dass es ebenso einen plötzlichen Ausfall des Denkvermögens geben kann. Der Mensch reagiert oder agiert zwar auf einen bestimmten Vorgang, aber ohne gesteuertes Denken. Das kann unabsehbare Folgen haben und logischerweise auch unbeabsichtigte Folgen. Ich muss dennoch Ihre Bedenken im Augenblick teilen, dass das Gericht Ihnen vielleicht nicht abnimmt, dass Sie so ohne jede Überlegung gehandelt haben. Der Staatsanwalt und das Gericht werden sicher berücksichtigen, dass Sie zu dieser Fahrt eine Waffe bei sich geführt haben, dass Sie Ihre Frau schon zuhause gebeten haben, Sie in der Schweiz abzuholen, ohne dass ein ganz bestimmter Abholplatz vereinbart war. Das alles wird bei der Urteilsfindung eine Rolle spielen. Auch der Ankläger wird in seinem Plädoyer gerade diese Punkte herausschälen. Da bin ich mir schon sicher", meinte nur halb beruhigend der Verteidiger.

„Meine Pistole trage ich immer bei mir. Es ist schon häufig vorgekommen, dass ich während meiner Vertretertätigkeit, also geplanter Besuche bei Geschäftspartnern, überraschend zu einem Sicherheitsservice gerufen wurde. Für diesen Fall muss ich eine Waffe haben. Bei mir ist es deshalb zu einer Selbstverständlichkeit geworden, dass ich die Pistole stets bei mir trage. Nur habe ich bis jetzt von der Waffe noch keinen Gebrauch machen müssen. Geschossen habe ich immer nur bei den vorgeschriebenen Schießübungen. Meine Frau wird das als Zeugin bestätigen. Und dass ich meine Frau gebeten habe, mich in der Schweiz abzuholen, ist für mich auch nicht so außergewöhnlich: schließlich kenne ich Schubert, der immer wieder völlig überraschende Entscheidungen trifft, wie beispielsweise eine Weiterfahrt nach Italien mit mehrtägigem Aufenthalt dort, ohne dass dies zuvor so abgesprochen oder auch nur andeutungsweise angekündigt worden war. Auch das weiß meine Frau aus früheren Erfahrungen", beeilte sich Feidel zu versichern.

„Ihre Frau wird sicher als Zeugin gehört werden, aber gerade zu diesen möglicherweise entscheidenden Fakten wäre es sicher gut, wenn Sie neutrale Zeugen benennen könnten. Wie steht es damit?", wollte Zübel wissen.

„Nur zu der Waffe könnte ich einen Zeugen nennen: den Waffenprüfer in unserem Sicherheitsservice. Herr Wacker prüft vor jeder Schießübung, ob die Waffe benutzt wurde, ob sie gesäubert wurde, und er prüft auch genau den Munitionsbestand. Von daher werde ich wie jeder vom Sicherheitsdienst überwacht. Herr Wacker könnte als Zeuge aussagen", zeigte sich Feidel sicher.

„Der Staatsanwalt könnte einwenden, dass Sie die Munition auch selbst kaufen können. Diese muss Ihnen der Sicherheitsdienst nicht zur Verfügung stellen. Und bei einem Munitionskauf wird noch nicht einmal die Vorlage des Waffenscheins verlangt. Als Zeuge wird uns daher Herr Wacker nicht sehr viel weiterbringen", gab der Verteidiger zu bedenken.

„Wo ist übrigens die Pistole jetzt? Hat der Staatsanwalt bei Ihnen noch nicht danach gefragt?", wollte Zübel weiter wissen.

„Diese Frage wurde mir noch nicht gestellt. Die Pistole habe ich weggeworfen. Den Platz kann ich mit Worten so nicht genau beschreiben. Wenn ich den Platz sehe, kann ich mich sicher genau an die Stelle erinnern, von wo aus ich die Waffe geworfen habe. Sie liegt jetzt irgendwo im See. Ich habe die Pistole weggeworfen, nachdem ich die beiden Leichen in den See versenkt hatte. Ich meine mich zu erinnern, dass ich schon von dem Landungssteg herunter war, als ich vom Ufer aus die Waffe weggeschleudert habe", meinte Feidel.

„Nach dieser Waffe wird sicher noch gesucht werden müssen", sah der Verteidiger voraus. Im See zu suchen kann auf erhebliche Schwierigkeiten stoßen, vor allem, wenn der See an dieser Stelle weniger Sand als Schlamm hat. Aber das müssen wir der Zukunft überlassen.“

„Ich kann einen neuen Haftprüfungstermin bei Gericht beantragen. Einen Sinn macht das aber nur, wenn ich auch neue Gründe vortragen kann, zum Beispiel neue Tatsachen, neue Zeugen, neue Beweismittel und so. Aber das bringt uns im Augenblick nicht weiter, Herr Feidel. Wenn Sie damit einverstanden sind, werde ich einen Termin bei Herrn Staatsanwalt Tritschel erbitten und ihm in Aussicht stellen, dass Sie ein Geständnis ablegen wollen. Das hat den Vorteil, dass die Ermittlungen wesentlich abgekürzt werden können. Außerdem wird ein Geständnis bei der Strafzumessung in der Regel deutlich berücksichtigt, und die Untersuchungshaft wird beendet. Das bedeutet für Sie eine wesentliche Erleichterung. Besuchsmöglichkeiten sind erweitert. Eine Beschäftigung für Sie ist eher möglich und manches andere. Soll ich so vorgehen?“

„Ihr Rat war mir immer sehr viel wert, Herr Rechtsanwalt. Das wissen Sie. Mit Ihrem Vorgehen werde ich mich einverstanden erklären können. Aber sind Sie sicher, dass mir ein Geständnis auch bei der Strafzumessung eine Erleichterung bringen wird? Sie wissen doch, dass die Staatsanwaltschaft mich wegen der gefundenen Gegenstände bei den Toten, wegen der Gegenüberstellung mit Schuberts Haushälterin und schließlich auch wegen der Rückfragen bei meinen Kunden als überführt ansieht. Das reicht doch womöglich zu einer Verurteilung aus, oder sind Sie anderer Ansicht, Herr Rechtsanwalt?“, fragte Feidel zurück.

„Das Problem, lieber Herr Feidel, ist in Ihrem Fall weniger die Feststellung, dass Sie das Ehepaar Schubert getötet haben, sondern welche Motive, welcher unmittelbare Anlass es für Ihre Entscheidung oder für die Tat gegeben hat. Und da spielt es möglicherweise eine sehr große Rolle, ob man Ihrer Einlassung glaubt oder ob das Gericht Ihren Vortrag nur als Schutzbehauptung wertet. Tötung ist schließlich nicht immer gleich Mord. Das Strafgesetz unterscheidet fünf verschiedene

Tötungsdelikte, und die Strafe kann eine Geldstrafe, eine leichtere Haftstrafe bis zu „lebenslänglich" sein. Sie kennen die Möglichkeiten sicher auch, und ich verrate Ihnen wohl keine Neuigkeit, wenn ich sie Ihnen nenne: Fahrlässige Tötung, Tötung auf Verlangen, Tötung im Raufhandel, Totschlag auch im minderschweren Fall und schließlich Mord. Wenn Sie ein Geständnis ablegen und Ihr etwas spätes Gestehen damit begründen, dass Sie mit der seelischen Belastung keinen anderen Weg finden als eben den des Geständnisses, könnte Ihnen das Gericht die Tötung des Herrn Schubert als Tötung im Affekt und die Tötung von Frau Schubert als fahrlässige Tötung auslegen. Also, wie ist es? Kann ich den Staatsanwalt verständigen?", erläuterte und fragte der Verteidiger.

„Ja! Ich bitte Sie sogar darum, Herr Rechtsanwalt! Und es ist von mir keine leere Floskel, wenn ich mein Geständnis damit untermauere, dass ich seelisch bald krank bin. Es ist tatsächlich so. Ich weiß genau, dass ich meine bisherige Haltung nicht mehr lange beibehalten hätte. Oder soll ich sagen: beibehalten hätte können? Nur die Sorge um meine Frau und meinen Sohn haben mich davon abgehalten, mich schon früher der Staatsanwaltschaft zu stellen. Aber ich habe mich jetzt fest entschlossen. Ich werde alles sagen. Und bei etwaigen weiteren Ermittlungen zeige ich mich kooperativ. Vielleicht wertet das Gericht auch dieses Vorgehen zu meinen Gunsten", zeigte sich Feidel mit dem Vorschlag des Verteidigers ganz einverstanden.

„Gut. Sehr gut. Sie werden Ihre Entscheidung nicht bereuen, Herr Feidel. Bei der gegebenen Situation halte ich dieses Vorgehen für allein richtig. Ich werde Sie jetzt verlassen und gleich mit Staatsanwalt Tritschel sprechen. Sie werden danach sicher bald von ihm hören. Bis bald, Herr Feidel", verabschiedete sich Rechtsanwalt Zübel von seinem Mandanten.

Wenige Minuten später meldete sich Zübel bei der Zentrale der Staatsanwaltschaft und wurde auch sofort zu Staatsanwalt Tritschel vorgelassen. „Ein überraschender, aber erfreulicher Besuch!“, begrüßte der Staatsanwalt den Verteidiger. Die beiden kannten sich schon lange und waren auf privater Basis freundschaftlich verbunden. „Meinerseits, lieber Herr Kollege!“, gab auch Zübel seiner Freude Ausdruck. „Ich habe auch eine Ihnen sicher nicht unangenehme Botschaft zu überbringen. Mein Mandant Feidel möchte ein Geständnis ablegen, und er hat sich mir gegenüber auch kooperativ erklärt, was die weiteren Ermittlungen betrifft. Ich wollte Ihnen dies gleich mitteilen, damit ein vielleicht mühsames Zusammensuchen von weiteren Fakten erspart bleiben kann“, ergänzte Zübel seine Begrüßung.

„Eine schönere Erklärung hätten Sie mir heute gar nicht mehr machen können, lieber Kollege. Ich brüte gerade über dieser Sache und wollte noch ein Gespräch mit der Schweiz führen. Das werde ich aber zunächst unterlassen und gleich das Gespräch mit Ihrem Mandanten suchen. Ich gehe sicher zu Recht davon aus, dass ich diese Entwicklung nicht zuletzt Ihnen zu verdanken habe. Als ‚alter Fuchs' haben Sie ja schon oft zur rechten Zeit die richtigen Anstöße gegeben. Dafür sage ich nur ‚Danke'. So ist allen geholfen“, bemerkte Tritschel.

„Danke für die Blumen“, meinte scherzhaft Zübel. „Aber dieses Mal habe ich sie noch nicht einmal verdient. Feidel ist ganz einfach seelisch fertig. Er ist geknickt, weil er nicht weiter weiß und weil er sich nach einem Geständnis sicher wieder leichter fühlt. Sie werden es vielleicht nicht so richtig glauben: Er ist ein reuiger Sünder. Ich habe ja schon oft Gefangene in der U-Haft besucht, aber so eine seelisch gebrochene Figur habe ich sehr selten erlebt. Ich freue mich, dass Sie sich jetzt gleich für ihn Zeit nehmen. Er wird es auch zu schätzen wissen. Danke also Ihnen, lieber Kollege. Bei der Vernehmung werde ich dabei sein“, ergänzte Zübel seine Erklärung.

„Sie wissen, dass dies Ihr gutes Recht ist, und dass ich selbstredend keine Einwendungen dagegen erheben werde – ganz im Gegenteil! So können Sie Ihrem Mandanten auch sagen, wie weit seine Mitarbeit gehen kann. Vielleicht ist dies der richtige Weg zum baldigen Abschluss dieses Falles. Wir gehen am besten gleich rüber in die Vollzugsanstalt. Einverstanden?", fragte Tritschel schon im Aufstehen und ohne eine Antwort zu erwarten.

Der Anwalt wunderte sich nicht, dass der Staatsanwalt nur eine einzige Akte vom Schreibtisch nahm und sich damit auf den Weg zur nahe gelegenen Vollzugsanstalt machte. Aus früheren Anhörungen von U-Häftlingen wusste der Anwalt, dass im Vernehmungszimmer der Anstalt ein Diktiergerät stand und jedes gesprochene Wort auf Band aufgenommen wurde. Gegenüber der Zeit, als Zübel noch als Referendar gearbeitet hatte, oder später in der Anfangszeit als junger Advokat, hatten sich die Verhältnisse doch wesentlich verbessert, und die Technik ließ manchen früheren Handgriff überflüssig erscheinen. Die Zeiten des Diktates in den Stenogrammblock der Sekretärin waren endgültig vorbei, sinnierte Zübel.

In Begleitung eines Wachmannes wurde Feidel in das Vernehmungszimmer gebracht, wo der Staatsanwalt und der Verteidiger schon kurz gewartet hatten. Feidel, der einen aufmunternden Blick seines Verteidigers auffangen konnte, machte einen zerknirschten Eindruck, fast unsicher kam er auf den Staatsanwalt zu. Mit einer Handbewegung deutete der Staatsanwalt an, dass Feidel auf der anderen Seite des Tisches Platz nehmen konnte. Der Wachmann setzte sich daneben. Zübel nahm als Verteidiger auch neben seinem Mandanten Platz, während der Staatsanwalt dem Häftling gegenüber saß.

„Sie wollten eine Erklärung abgeben, Herr Feidel?", eröffnete Tritschel die Anhörung. „Ich habe das Diktiergerät eingeschaltet und gehe davon aus, dass Sie mit einer Direktaufnahme einverstanden sind. Für den Fall, dass Sie sich versprochen haben, oder eine andere Formulierung wünschen, können Sie das jederzeit tun. Wenn ich das Gerät eingeschaltet habe, nennen Sie zunächst Ihren Namen und Ihre Hausanschrift. Danach sollten Sie mit einer Erklärung beginnen, wie Sie das Ehepaar Schubert kennen gelernt haben, wann Sie sich zu der Fahrt in die Schweiz abgesprochen haben, welches Ziel Sie dort hatten und was auf dieser Fahrt im Einzelnen geschehen ist. Wollen Sie gleich beginnen, dann schalte ich jetzt ein."

„Ich hatte genügend Zeit und werde alles so sagen, wie es war", begann Feidel seine Erklärung und nickte mit dem Kopf, als der Staatsanwalt ihn fragend ansah, ob das Gerät eingeschaltet werden könnte.

„Herrn Schubert kenne ich schon seit einigen Jahren", fuhr Feidel fort, nachdem er seine genaue Anschrift, sein Alter und die Personaldaten genannt hatte. „Die erste Begegnung war anlässlich einer Messe in Frankfurt. Wir kamen ins Gespräch und empfanden als Neu-Schwarzwälder Sympathie zueinander. Frau Schubert habe ich erst einige Monate später kennen gelernt, als meine Frau und ich zu einer Veranstaltung im Kurhaus von Baden-Baden waren. Unsere Frauen haben sich dann wohl häufiger getroffen. Wir Männer kamen nur hin und wieder zusammen. Bei einer dieser Begegnungen kamen wir auch auf Kunst zu sprechen; es könnte sein, dass dieses Thema von mir angeschnitten wurde. Weil Schubert in seinen Gesprächen schon immer versucht hat, sich, sein Geld und sein Vermögen so nach Neureichen-Art herauszustellen, eben ganz einfach richtig anzugeben, habe ich ein Gesprächsthema gesucht, von dem ich annahm, dass Schubert davon keine große Ahnung hatte. Ich hatte richtig getippt! Dabei habe ich aber – zunächst unbewusst – Schubert auf die Idee gebracht, dass er mit entsprechenden Kunstgegenständen noch mehr Einfluss in der besseren Gesellschaft erlangen könnte, als er das auch so schon hatte. Ich erzählte gelegentlich von einem Bekannten, der eine Reihe wertvoller Gemälde besitzt und gelegentlich auch welche verkauft. Schubert wollte wissen, welche Gemälde der Bekannte eventuell abgeben würde. Einfach so, vielleicht auch um ein bisschen anzugeben, habe ich Gaugin, Renoir und Rembrandt erwähnt. Ich spürte, wie Schubert richtig ‚heiß' wurde, als ich von dem Kunstbesitz meines Bekannten sprach. Einige Zeit später habe ich dann Schubert und meinen Bekannten zusammengebracht. Soweit ich weiß, sind in der Folgezeit von Schubert auch ein paar Bilder gekauft worden."

Feidel machte eine kurze Pause und tat so, als ob er etwas nachdenken müsste, und wurde dabei von dem Staatsanwalt unterbrochen mit der Frage: „Dieser Bekannte heißt nicht zufällig Tommy Wrangler und wohnt in Locarno?"

Die nur so dahin geworfene Frage tat bei Feidel die erhoffte Wirkung: Feidel bekam einen knallroten Kopf, sein Unterkiefer begann zu vibrieren, und seine Augen weiteten sich und traten buchstäblich aus den Augenhöhlen. Schon in der nächsten Sekunde verfärbte sich sein Gesicht von Rot in einen fahlen Bleich-Ton. Die Hände fingen an, nervös zu zittern, und jeder Außenstehende konnte unschwer erkennen, dass die Frage des Staatsanwaltes Feidel völlig aus der Fassung gebracht hatte. Mit einem „wie meinen Sie?" versuchte Feidel seine Überraschung zu überbrücken, was ihm allerdings nicht gelingen wollte.

„Sie haben schon richtig gehört, Herr Feidel", antwortete der Staatsanwalt in aller Seelenruhe. „Ich habe nach Tommy Wrangler in Locarno gefragt. Diesen Mann müssten Sie eigentlich kennen. Und um Ihnen die Antwort – vielleicht auch Ihr Gewissen – zu erleichtern, darf ich darauf hinweisen, dass wir eine Fangschaltung zu Ihrem Telefon gelegt haben. Wir haben dabei so unsere Hinweise bekommen. Es wäre sicher auch für Sie gut, wenn diese Geschichte ebenfalls bereinigt werden würde."

Etwas unsicher schaute Feidel nach rechts zu seinem Verteidiger, der seinerseits leicht zustimmend nickte. Feidel war aus dem Konzept geraten. So flüssig Feidel mit seinem Vortrag begonnen hatte, so verwirrt musste er jetzt eine Pause einlegen. Nach einiger Zeit – die anderen Anwesenden warteten geduldig – nickte Feidel mit dem Kopf, so, als wollte er sich selbst einen Anstoß geben zum Weiterreden. „Es war Tommy Wrangler. Bei ihm habe ich mit einem Schlüssel, den ich noch als früheren Hauswart hatte, in seine Wohnung gelangen können. Dort habe ich einige Bilder und Teppiche geholt und diese in Baden-Baden Herrn Schubert übergeben. Das war erst vor vierzehn Tagen. Die Gegenstände sind sicher noch in der Wohnung von Schubert. Transportiert habe ich die Sachen im Kofferraum meines Pkw. An der Grenze hatte ich keine Schwierigkeiten."

„Das können Sie doch unmöglich alles alleine getan haben", resümierte der Staatsanwalt. „Da ist die Fahrt in die Schweiz, der Einstieg in die Wohnung Wrangler, die Abnahme der Bilder, das Verpacken der Bilder in Teppiche, das Verladen der Gegenstände in den Kofferraum und danach die Rückfahrt nach Deutschland. Das kostet doch alles Mühe, Zeit und Arbeit. Also: Wer hat Ihnen geholfen? Sagen Sie es schon!"

„Ein Freund meines Sohnes war mit dabei. Diesem Jungen hatte ich zuvor erzählt, dass ich neben meinem Beruf in der Spionageabwehr tätig bin, und dass in eben der Wohnung in Locarno hinter einem Bild ein Mikrochip mit Plänen eines neuartigen Flugobjektes versteckt sei, und dieser Chip nach Deutschland gebracht werden müsse. Der Junge weiß bis heute nicht, dass es etwas anderes gewesen sein könnte", erklärte Feidel.

„Und Ihre Frau? War sie nicht mit von der Partie?", forschte der Staatsanwalt weiter.

„Ich war mit dem Freund meines Sohnes allein", kam es etwas kleinlaut über die Lippen von Feidel.

„Aus dem Telefonat klang das aber anders. Danach weiß Ihre Frau davon. Sie erzählte am Telefon auch von einem Besuch, den Sie, Herr Feidel, einige Tage zuvor in der Schweiz bei einer Dame namens Evchen gemacht hatten. Also, Herr Feidel, wenn wir Ihnen Glauben schenken wollen in allen Ihren Erklärungen, dann muss schon alles stimmen, zumindest, soweit es von uns nachprüfbar ist. Und deshalb jetzt alle Fakten auf den Tisch, einschließlich des Namens und der vollen Anschrift des jungen Mannes, der Sie bei dem Einbruch begleitet hat", verlangte Staatsanwalt Tritschel.

„Ja. Sie haben Recht: Meine Frau war auch dabei. Sie ist aber nur gefahren. Den Einstieg in die Wohnung, die Wegnahme der Bilder und so weiter, das alles ist ausschließlich von mir gemacht worden. Der Junge heißt Mario Becker. Wo er genau wohnt, weiß ich leider nicht. Er geht in die gleiche Klasse wie mein Sohn. Ich kann nur nochmals versichern, dass Mario nicht wissen kann, warum wir in der Schweiz waren", antwortete Feidel.

„Gut", ließ sich der Staatsanwalt wieder hören. „Fahren Sie jetzt in Ihrer Erklärung mit dem Verhältnis Schubert weiter. Wie war es am Tattag? Wo sind Sie gestartet, was war das Ziel der Reise und vor allem wollte ich noch wissen, weshalb waren Sie überhaupt in der Schweiz? Wollten Sie dort irgendwelche Geschäfte erledigen? Welche? Sie haben Zeit. Wir hören zu."

Nach der überraschenden Frage des Staatsanwaltes wegen Tommy Wrangler war die Konzentration von Feidel immer noch nicht vollständig hergestellt. Leicht stockend fuhr er in seiner Erklärung fort: „Die Bilder, die ich in der Schweiz geholt hatte, habe ich Schubert noch am gleichen Tage gebracht. Ich hatte mir hiervon eine größere Zahlung erwartet, gerade weil Schubert so heiß auf die Ware war. Leider wurde daraus vorerst nichts. Schubert hat mir gar nichts gegeben, nicht einen Euro! Er wollte die Bilder erst einem Sachverständigen zur Echtheitsprüfung vorlegen. Ob er dies schon getan hat, weiß ich nicht. Weil Schubert sich mit der Zahlung total zurückgehalten hat, war ich verärgert. Schubert hat dies gemerkt und wollte mich mit einer Aussicht auf einen großen Coup trösten. Er wollte, dass ich ihn mit einem Kontaktmann zusammenbringe, der angeblich von Schubert geerbte Diamanten und Edelsteine aufkauft. Den Erlös wollte er auf ein Nummernkonto bei einer Schweizer Bank einzahlen. Nach einiger Überlegung habe ich Schubert gesagt, dass ich in Italien, direkt an der Grenze zur Schweiz, einen Händler kenne. Schubert wollte die genaue Anschrift. Diese habe ich ihm aber nicht gegeben. Nach dem Reinfall mit den

Bildern war ich Schubert gegenüber misstrauisch und habe ihm erklärt, dass ich bei der Abwicklung des Geschäftes dabei sein muss, da der Händler ohne meine Anwesenheit sich in keine Diskussion einlässt. Das hat Schubert mir abgenommen. Schubert hat mir als Reisetag in die Schweiz den vergangenen Donnerstag vorgeschlagen. Ich habe zugestimmt. Bei unserer Verabredung ging ich davon aus, dass nur Schubert und ich fahren würden. Ich war daher erstaunt, dass auch Frau Schubert schon reisefertig in Baden-Baden bei dem Pkw Ihres Mannes stand, als ich zum Hause Schubert kam. Wir fuhren gegen zehn Uhr in Baden-Baden ab. Am Anfang hat sich Schubert nur mit seiner Frau unterhalten. Es waren belanglose Gespräche, an die Einzelheiten erinnere ich mich nicht mehr.

Später – wir waren längst auf der Autobahn – hat Schubert mir erstmals gesagt, dass er in der Nähe von Ronco ein Chalet ansehen wollte. Angeblich wollte er in der Schweiz ein Wochenendhaus kaufen, das gegebenenfalls seiner Frau als Dauerwohnung zur Verfügung stehen sollte. In diesem Zusammenhang hat er mich gefragt, ob mir die Örtlichkeiten dort vertraut sind. Ich habe dies bejaht. Im Übrigen verliefen die weiteren Gespräche für mich sehr unangenehm: Schubert hat mir gegenüber wieder den reichen, wohlhabenden und erfolgreichen Unternehmer ‚herausgehängt' und gab mir zu verstehen, dass ich – und wohl auch meine Familie – von seiner Großherzigkeit abhängig sei. Das hat mich zwar geärgert, aber ich konnte mich zurückhalten. Innerlich war ich durch das Verhalten und die Arroganz von Schubert aber doch erregt.

Schubert wurde immer aggressiver, beleidigend und für meine Begriffe einfach frech. Es war alles andere als eine Unterhaltung unter Bekannten oder Freunden. Etwas anderes kam noch hinzu: Schubert wollte partout die ganze Strecke alleine steuern. Ich hatte mich angeboten, ihn abzulösen. Aber Schubert hat das völlig falsch verstanden. Nach diesem Angebot von mir – wir waren zu dieser Zeit schon eine lange Strecke in der Schweiz – hat mich Schubert geradezu angepfiffen: Ich sollte ‚meinen Rand halten', er wäre noch jung und kräftig genug, um so eine Tagestour alleine zu steuern. Ich sollte es gefälligst unterlassen, ihn als einen alten Mann darzustellen. Er betrachte dies als Beleidigung. Ich habe darauf nicht weiter geantwortet.

Frau Schubert hat auf diese Ausfälligkeiten ihres Mannes nur ganz bescheiden gesagt, dass ich das Angebot doch nur gut gemeint haben könnte. Daraufhin hat er auch seine Frau regelrecht angebrüllt, sie solle sich um ihre Sachen kümmern und sich nicht in ‚Männerangelegenheiten' mischen. Die ganze Sache war einfach mehr als peinlich.

Für kurze Zeit war danach Ruhe im Auto. Wir näherten uns allmählich der Ausfahrt Bellinzona-Nord. Die nächste Ausfahrt mussten wir nehmen, um über Locarno nach Ronco zu kommen. Ich wollte hinter Locarno auf einer Bergstraße über Losone und Arcegno nach Ronco fahren, weil mir Schubert gesagt hatte, dass das Chalet auf der Berghöhe von Ronco sein solle. Der Weg über Porto Ronco, also über die Seestraße, wäre weiter gewesen. Dies hatte ich zuvor, während der Fahrt in die Schweiz, im Einzelnen schon Schubert gesagt. Ich erzähle dies deshalb so genau, weil Schubert den von mir vorgeschlagenen Weg zwar kannte, er aber die Geschwindigkeit vor der Ausfahrt nach Locarno überhaupt nicht drosselte. Auch seiner Frau muss dies aufgefallen sein, denn sie hat gesagt: ‚Du musst hier raus'. Dieser kurze Satz hat schon genügt, um Schubert in Rage zu bringen. Ganz schnodderig hat er seiner Frau geantwortet: ‚Das weiß ich auch'. Schubert musste voll auf die Bremse treten und das Steuer regelrecht herumreißen, damit er die Ausfahrt noch schaffte.

Kaum waren wir auf der Straße nach Locarno, fing Schubert an, meine Frau und mich zu beleidigen. Er fing ungefähr so an – zumindest sinngemäß: ‚Haben Sie keine Sorge, dass Sie Ihre hübsche und charmante Frau so lange alleine lassen? Ihre Frau hat doch unheimlich Temperament. An Ihrer Stelle würde ich die ganze Zeit Angst haben, dass die Frau sich an die Schultern eines anderen Mannes legt. Das glauben Sie doch wohl selbst nicht, dass Ihre Frau die Treue halten kann. Man braucht doch nur in ihre Augen zu sehen und natürlich auch in ihre aufgeknöpfte Bluse, um zu wissen, dass sie kein Kind von Traurigkeit ist.'

Darauf habe ich nur bemerkt: ‚Lassen Sie das nur meine Sorge sein. Ich bin mir meiner Frau und meiner langen Ehe sehr sicher.'

Was jetzt kam, hat bei mir die Sicherung durchgeschlagen: Schubert fing nachgerade hysterisch und laut an zu lachen. In dieses Lachen hinein hat er mich angeschrieen: ‚Sie sind ein ahnungsloser Trottel! Ein ganz bemitleidenswerter Träumer sind Sie! Dass Sie es bei einer solchen Realitätsferne zu nichts gebracht haben, nimmt mich nicht wunder! Und mit so etwas ist diese tolle Frau verheiratet! Das ist doch nicht zu fassen! Ihnen muss ich wohl erst noch die Augen öffnen, Sie gutgläubiger Phantast, Sie! Damit Sie es endlich wissen: Ihre Frau ist Ihnen nicht treu! Sie ist es nie gewesen! Schon am ersten Abend, als Ihre Frau mir vorgestellt wurde, ging sie auch schon mit mir ins Bett! Und dazu hat es gar nicht viel Überredung bedurft! Ihre Frau war so etwas von heiß, dass ich mich noch nicht einmal anstrengen musste, um sie in die Horizontale zu bringen! So, jetzt sind Sie endlich belehrt!'

Das Geschwätz ging wohl noch einige Sätze weiter. Aber ich hatte keine Ohren mehr dafür. Ich habe von diesem Augenblick an keine Gewalt mehr über mich gehabt, keine Kontrolle. Ich war völlig machtlos. Sie dürfen dies ganz wörtlich nehmen! Bitte, Herr Staatsanwalt, glauben Sie mir: Ich habe für Sekunden nicht gewusst, was ich tat. Wirklich nicht! Hinterher tat mir das Ganze schrecklich leid. Ich wollte es ungeschehen machen. Aber das war nicht mehr möglich. Ich weiß genau, wenn Schubert nur mit mir so kränkend und beleidigend umgegangen wäre, dann hätte ich das vielleicht noch verkraftet. Aber dass er meine Frau als Hure und Ehebrecherin abstempelte; das war zuviel für mich. Hier habe ich versagt. Heute weiß ich das. Und jetzt bin ich etwas erleichtert, dass ich alles gesagt habe. Klagen Sie mich an, Herr Staatsanwalt. Aber ich bitte Sie schon jetzt um etwas Verständnis für meine Situation."

Für eine längere Zeit trat Schweigen ein. Die letzten Sätze, die Feidel gesprochen hatte, klangen wie ein Schlusswort nach einem Plädoyer. Der Verteidiger beobachtete das Mienenspiel des Staatsanwaltes. Er hatte den Eindruck, dass der Staatsanwalt den Worten seines Mandanten glaubte. Aber noch war die Anklage nicht erhoben – und soviel war auch dem Verteidiger klar, dass die Anklage auf Mord lauten würde und wohl auch musste. Nach dem heute Gehörten konnte wohl bald das gerichtliche Verfahren eingeleitet werden.

Schließlich war es der Staatsanwalt, der sich zuerst äußerte: „Es ist sicher gut, dass Sie sich dazu aufgeschwungen haben, alles darzustellen. Das wird Sie nicht nur erleichtern; es wird auch bei der Strafzumessung berücksichtigt werden können. Damit verspreche ich Ihnen noch nicht allzu viel. Selbstverständlich werden Ihre Angaben im Einzelnen noch geprüft werden müssen. Aber durch Ihr Geständnis kann vielleicht bald das Hauptverfahren eingeleitet werden. Für heute darf die Vernehmung als beendet angesehen werden, wenn Sie, Herr Verteidiger, nicht noch irgendwelche Fragen haben."

„Nein, Danke, Herr Staatsanwalt. Ich habe keine Frage mehr. Bitte halten Sie mich wegen des weiteren Vorgehens auf dem Laufenden. Selbstredend stehe ich für Rückfragen jederzeit zur Verfügung."

„Gut. Dann schließe ich formell die heutige Vernehmung. Sie, Herr Feidel, bleiben selbstverständlich noch in Haft. Nach der Anhörung kann ich Ihnen aber gewisse Hafterleichterungen auch während der noch andauernden U-Haft zusagen. Das gilt beispielsweise für eine Besuchserlaubnis Ihrer Familie. Alles andere müssen Sie abwarten." Nach diesen Worten erhob sich der Staatsanwalt. Der Verteidiger war fast gleichzeitig aufgestanden und verabschiedete sich mit Handschlag von seinem Mandanten. Mit einem „Grüßen Sie mir bitte meine Frau und meinen Sohn, Herr Zübel" ließ sich

Feidel von dem Wachhabenden wieder in seine Zelle zurückführen.

Nachdem Staatsanwalt und Verteidiger die Haftanstalt gemeinsam verlassen hatten, blieben sie zunächst noch einige Zeit vor dem Hauptportal stehen. „Nach diesem Gespräch mit Herrn Feidel werde ich den Schweizer Kollegen verständigen. Ich gehe davon aus, dass die Schweizer auch die Strafverfolgung wegen des Einsteigediebstahls bei Wrangler mitverfolgt haben wollen, und die Tötung des Ehepaares Schubert wird ebenso die Schweizer interessieren, schließlich geschah das Ganze auf Schweizer Terrain. Ich halte Sie auf dem Laufenden, und dass ich für Sie immer zu erreichen bin, lieber Kollege Zübel, brauche ich nicht zu betonen. Also bis bald." Mit diesen Worten verabschiedete sich Tritschel von Zübel. Dieser antwortete mit einem ebenso freundlichen „bis bald".

Auf dem kurzen Weg von der Haftanstalt in sein Büro überlegte Tritschel, ob er seinem Kollegen in der Schweiz anbieten sollte, eine Durchsuchungserlaubnis bei Gericht zu beantragen oder ob ein solcher Antrag von der Schweiz aus sinnvoller gestellt werden sollte. Bei der letzten Alternative hätte die Schweiz von vornherein alle Fäden – und die Verantwortung – in der Hand. Im Büro angelangt, rief Tritschel seinen Kollegen Kürzli in der Schweiz an und verständigte ihn von dem soeben Gehörten. Noch ehe Tritschel seine Überlegungen wegen der Durchsuchung der Schubertschen Wohnung äußern konnte, wurde er von Kürzli höflich unterbrochen mit einem „das ist ja ein Gottesgeschenk, was Sie mir da gerade erzählt haben, lieber Kollege! Das ist einfach wunderbar! Ich werde sofort veranlassen, dass das Gericht in Baden-Baden eine Durchsuchung der Wohnung Schubert gestattet. Vielleicht finden wir noch die gestohlenen Bilder und Teppiche von Wrangler. Dann wäre zumindest dieser Schaden wieder gutgemacht. Danke, lieber Kollege, für all Ihre Mühe." „Nichts zu danken, lieber Herr Kürzli. Ich brauche nicht erst betonen, dass auch wir von Ihren Recherchen profitiert haben und uns doch schon eine ganze Reihe von Arbeiten abgenommen wurde. Ich kann nur sagen: Ich wünsche mir eine weitere gute Zusammenarbeit. Wir hören sicher bald wieder von einander. Adieu!“

Wenige Minuten später kam Rechtsanwalt Zübel in seine Kanzlei zurück und ließ sich sofort mit Frau Feidel verbinden. „Zübel“, meldete sich der Verteidiger, nachdem ihm der Ruf von Frau Feidel durchgestellt worden war. „Frau Feidel, ich hatte ein längeres Gespräch mit Ihrem Gatten. Über die Einzelheiten will ich Sie gerne hier in meinem Büro unterrichten. Es geht jetzt nicht nur um die Tötung Schubert. Es ist noch etwas anderes dazu gekommen, worüber ich aber am Telefon nicht gerne reden möchte. Ich halte es für besser, wenn Sie zu diesem Gespräch Ihren Sohn nicht mitbringen. Ob und wie Sie Ihren Sohn später unterrichten, können wir gerne ebenfalls besprechen. Können Sie gleich kommen?“

„Mein Sohn ist gerade zu seinem Freund gefahren. Ich komme sofort alleine. Kann ich das Gespräch mit irgendwelchen Unterlagen eventuell vorbereiten? – ich meine wegen Ihrer für mich unverständlichen Andeutung, Herr Rechtsanwalt“, kam die etwas zögerliche Reaktion von Frau Feidel.

„Nein, gnädige Frau. Kommen Sie einfach; ich erwarte Sie“, antwortete Zübel und beendete das Gespräch. Bis zur Ankunft von Frau Feidel hielt Zübel die wesentlichen Punkte des in der Haftanstalt geführten Gespräches auf einem Bogen Papier stichwortartig fest. Mit dieser Arbeit war er gerade fertig, als ihm die Ankunft von Frau Feidel gemeldet wurde.

Nach einer kurzen Begrüßung kam der Rechtsanwalt gleich mit der ersten Frage auf Frau Feidel zu: „Kennen Sie Tommy Wrangler, gnädige Frau?“ Etwas verblüfft über diese direkte Frage zögerte Frau Feidel etwas, ehe sie mit der Antwort herausrückte: „Wenn Sie einen Junggesellen in Locarno meinen, muss ich bejahen. Mein Mann war dort in einem Mehrfamilienhaus vor etlichen Jahren Hausmeister. Ein Herr Wrangler hatte in diesem Haus eine größere Eigentumswohnung im Parterre. Ob dieser Mann mit dem Vornamen Tommy heißt, weiß ich nicht, aber es ist der einzige Mann mit dem Namen Wrangler, den ich kenne."

„Ja. Eben den meine ich. Ist es richtig, dass Sie vor wenigen Wochen in dieser Wohnung waren?", forschte Zübel weiter.

„Nein, Herr Rechtsanwalt. Ich war nicht in dieser Wohnung. Aber so wie Sie fragen, meinen Sie sicher etwas anderes. Mein Mann war in dieser Wohnung. Ich selbst war aber draußen geblieben. Ich war noch nicht einmal im Haus, geschweige in der Wohnung. Ist es das, was mein Mann erzählt hat, Herr Rechtsanwalt? Spannen Sie mich doch bitte nicht so auf die Folter. Wenn mein Mann etwas von Bildern erzählt hat, wird er schon die Wahrheit gesagt haben. Was hat er denn über diesen Besuch erzählt?"

„Genau diese Einzelheiten über den ‚Besuch', wie Sie das nennen, hätte ich gerne von Ihnen gehört, Frau Feidel. Ich muss wissen, ob das, was wir in der Haftanstalt gehört haben, auch in allen Einzelheiten sich so abgespielt hat. Bitte, verstehen Sie das richtig. Ich muss die volle Wahrheit kennen, wenn ich Ihren Mann richtig verteidigen soll. Mit Halbwahrheiten baue ich die Verteidigung möglicherweise falsch auf. Wenn sich bei späteren Zeugenaussagen Widersprüche ergeben, dann kann dies zu erheblichen Belastungen bei Ihrem Gatten führen – und zu Fehlern in meiner Verteidigung. Also, wie war es?", wollte Zübel wissen.

„Eugen wird sicher die volle Wahrheit gesagt haben", schoss es Frau Feidel durch den Kopf, „also bleibe ich auch dabei": „Vor einigen Tagen – es war an einem Wochenende – fuhren mein Mann und ich nach Locarno. Mein Mann wollte dort aus der Wohnung von Herrn Wrangler einige Bilder holen. Den Zugang zur Wohnung konnte sich mein Mann leicht verschaffen, da er aus der Zeit seiner Hausmeistertätigkeit noch einen Universalschlüssel für das Haus hatte. Mein Mann hatte zuvor erfahren, dass Wrangler sich für einige Zeit im Ausland aufhielt. Deshalb hatte er diesen Zeitpunkt gewählt." Frau Feidel beobachtete während ihrer Aussage den

Anwalt genau. Sie las eine Spur von Ungläubigkeit aus dem Gesicht des Verteidigers. Deshalb beeilte sie sich nachzuholen, dass auch der Freund ihres Sohnes mit dabei gewesen war, und dass Mario geglaubt hatte, dass aus der Wohnung ein wichtiges Beweisstück für eine Betriebsspionage geholt werden sollte. Nunmehr zeigte der Verteidiger wieder das zufriedene Gesicht eines aufmerksamen Zuhörers.

Frau Feidel schilderte dann die Art, wie die Bilder verpackt in den Kofferraum verfrachtet und über die Grenze gebracht wurden. „Noch am Abend brachte mein Mann die Bilder nach Baden-Baden zu Schubert. Als er von dort zurückkam, war er sehr enttäuscht. Schubert hatte ihm nur eine kleine Anzahlung gegeben und sehr vage eine weitere Zahlung in Aussicht gestellt. – Mario sollte aber ganz aus dem Spiel bleiben. Er wusste wirklich nichts von einem bösen Einbruch oder so etwas. Es wäre mir mehr als schrecklich, wenn Mario hier mit hineingezogen werden würde. Es wäre ungerecht“, schloss Frau Feidel ihre Erzählung.

„Gut“, kommentierte Zübel die ausführliche Schilderung und meinte ergänzend: „Ihr Mann hat den Sachverhalt genau so geschildert und zwar in allen Einzelheiten. Sind Sie damit einverstanden, dass ich dies so dem Staatsanwalt schildere? Das könnte eine doppelte Bedeutung haben: Zum einen wird damit bestätigt, dass mein Mandant die Wahrheit gesagt hat. Zum zweiten heißt dies aber auch, dass die Staatsanwaltschaft Ihnen, Frau Feidel, eine Beihilfe zu diesem Einbruchdiebstahl anlasten wird, und dass Sie sich hierfür zu verantworten haben. Ich selbst darf Sie dabei nicht verteidigen, da ich Ihren Gatten verteidige und in keinem Fall eine Doppelverteidigung zulässig ist. Ich gehe davon aus, dass der Staatsanwalt zunächst die schon aufgeklärte Diebstahlsache anklagen wird und danach – vielleicht erst Monate später – die Mordanklage erhebt. Nach dem, was bis jetzt bekannt ist, gehe ich davon aus, dass in der Mordsache nur Ihr Gatte angeklagt wird. Bei der Beseitigung der Leichen waren Sie zwar in einer gewissen Art beteiligt. Dies wird aber die Staatsanwaltschaft und das Gericht als eine ‚straflose Nachtat' bezeichnen. Damit wären Sie insoweit aus dem Schneider. Aber hier müssen Sie noch die letzte Entscheidung abwarten. So, und nun die für Sie entscheidende Frage: Wie sage ich es meinem Sohn? Überlegen Sie sich dies genau und bedenken Sie, dass Ihr Sohn sicher über kurz oder lang auch von diesem Geschehen erfährt. Ich meine, es ist für sie alle besser, wenn Ihr Sohn alles von Ihnen aus erster Hand erfährt, als später aus irgendwelchen Gossengerüchten. Wenn Ihr Sohn von den finanziellen Nöten Ihrer Familie hört, und davon, dass der Vater diesen Einbruch als einzige Art der Alterssicherung angesehen hat, wird Ihr Sohn nicht unbedingt volles Verständnis aufbringen, wohl aber das Vorgehen halbwegs entschuldigen. Mit dieser Entscheidung muss ich Sie leider alleine lassen. Ich wünsche Ihnen eine gute Entscheidung und die richtigen Worte. Leben Sie wohl."

„Danke, Herr Zübel, für Ihre Offenheit. Sie hat mir gut getan. Wenn Sie wieder mit meinem Mann zusammenkommen, grüßen sie ihn bitte von mir und von Sven. Ich danke Ihnen für alles. Sie haben uns schon jetzt sehr viel geholfen und – gewiss dürfen Sie den Staatsanwalt von diesem Gespräch unterrichten. Ich würde dort dasselbe sagen wie soeben Ihnen. Es mag widersprüchlich klingen, aber es ist so: Obwohl ich mich und meinen Mann belastet habe, fühle ich mich doch erleichtert. Ich hoffe nur, dass die Bilder noch in der Wohnung Schubert liegen und der eigentliche Schaden bei Wrangler wieder gutgemacht werden kann. Es würde mir doch viel bedeuten. Für heute möchte ich Ihnen auch sagen: Leben Sie wohl!"

Kurze Zeit später rief Zübel bei der Staatsanwaltschaft an und verständigte Tritschel von dem mit Frau Feidel geführten Gespräch. „Gut, dass Sie gerade jetzt noch anrufen, Harr Kollege. Ich war gerade dabei eine entsprechende Vernehmung durchzuführen. Und das jetzt über Sie abgegebene Geständnis – so möchte ich es einmal bezeichnen –, ist für eine möglich spätere Verurteilung sicher positiv zu bewerten.

Frau Feidel darf Ihnen dafür dankbar sein. Wissen Sie schon, wen Frau Feidel zu ihrem Verteidiger bestellen wird oder schon beauftragt hat?", fragte Tritschel in der Annahme, dass auch darüber schon gesprochen worden war.

„Ich habe mit Frau Feidel weder über eine mögliche – oder notwendige – Verteidigung gesprochen und schon gar nicht konkret einen Kollegen empfohlen. Das möchte ich auch zukünftig nicht tun. Diese Entscheidung überlasse ich Frau Feidel in vollem Umfang. Ich gehe aber davon aus, dass sie diese Frage gegebenenfalls mit ihrem Ehemann bespricht. Aber auch da werde ich mich nicht einmischen", gab Zübel zur Antwort.

„Bei Ihnen, lieber Kollege Zübel, habe ich etwas anderes gar nicht erwartet. Ich freue mich immer wieder, bei Ihnen die Korrektheit wieder zu finden, die ich bei Ihnen nachgerade erwarte. Das dürfen Sie als Komplement ansehen. Sie haben es verdient, lieber Zübel. Mit der Anhörung von Frau Feidel werde ich mir zwei oder drei Tage Zeit lassen. Ich werde zwar Frau Feidel gleich verständigen, dass ihre Vernehmung erfolgen wird. Aber wegen der Wahl ihres Verteidigers will ich sie nicht überfahren. Immerhin haben wir ja schon die erwartete Erklärung von ihr. Ich werde Sie, lieber Kollege, aber wie immer auf dem Laufenden halten. Bis bald."

Unmittelbar nach dem Telefonat wählte Tritschel die Rufnummer von Frau Feidel und eröffnete ihr, dass eine Vernehmung in den nächsten Tagen anstehe und dass sie sich um einen Verteidiger bemühen sollte. „Aber ich habe doch Herrn Rechtsanwalt Zübel alles gesagt", meinte Frau Feidel zaghaft.

„Dieses Gespräch ist mir bekannt, wie ich schon sagte. Aber Ihre Anhörung muss durch die Staatsanwaltschaft oder direkt durch einen Vernehmungsrichter erfolgen, um bei Gericht auch Stand zu halten. Ich verspreche Ihnen aber gerne, dass wir die Vernehmung nicht über Gebühr hinausziehen werden. Soweit sich Ihre Aussage mit der Einlassung Ihres Gatten deckt, wovon ich ausgehe, wird es eine kurze Anhörung bleiben, aber einen Anwalt Ihres Vertrauens sollten Sie auf alle Fälle beauftragen. Wenn Sie mir dessen Namen nennen, werde ich mit ihm einen Termin vereinbaren können. Das dürfen Sie als Entgegenkommen ansehen", entgegnete der Staatsanwalt.

„Heute Nachmittag kann ich meinen Mann noch besuchen. Ich werde mit ihm beraten, wen ich als Verteidiger wähle. Danach werde ich Ihnen den Anwalt nennen. Ich bin in diesen Dingen etwas unbeholfen, aber das habe ich bisher nicht als Nachteil angesehen", erklärte Frau Feidel.

„Mit der letzten Bemerkung haben Sie sicher Recht, Frau Feidel. Ich werde wieder von Ihnen hören und ich möchte Sie in Ihrem Interesse bitten, mich rasch möglichst zu verständigen. Können wir so verbleiben? Dann warte ich auf Ihren Rückruf. Bis später, Frau Feidel."

Als Frau Feidel am Nachmittag ihren Mann in der Haftanstalt besuchte, stellte sie überrascht fest, dass er nicht mehr so niedergeschlagen wirkte. „Du siehst wirklich viel besser aus als gestern. Fühlst du Dich auch so?", wollte Frau Feidel wissen.

„Ich habe nicht gedacht, dass mich ein Geständnis derart erleichtert. Natürlich leide ich noch ganz stark unter Schuldgefühlen. Das wird sicher auch nicht so schnell anders werden. Ich kann es mir zumindest nicht vorstellen. Den Schuldkomplex werde ich wohl immer haben, solange ich lebe. Aber nach meinem letzten Gespräch mit dem Ankläger fühle ich mich seelisch doch viel besser. Es ist fast so, als ob ich einen Teil meiner Verantwortung abgeben durfte. Das klingt zwar wie ein Widerspruch, aber so empfinde ich eben. Wenn ich jetzt allein in meiner Zelle bin, kann ich auch wieder an etwas anderes denken als nur an den Schweizbesuch mit all seinen Folgen. Ich denke dann natürlich am meisten an dich und an Sven. In Gedanken bin ich dann bei euch in unserer Wohnung, beim Essen oder mit euch im Garten, auf der Terrasse oder sonst wo. Ich habe mich noch nicht in Gedanken mit meiner Arbeit beschäftigt, mit den Besuchen bei Kunden oder so etwas. Da kann ich noch am ehesten abschalten. Nur habe ich schon daran gedacht, dass meine Firma wissen sollte, dass ich wohl nicht so schnell wieder die Kunden besuchen kann. Ruf doch bitte bald die Firma an; mein Revier sollen sich die anderen Vertreter teilen. Kannst du das für mich tun? – Danke!", sprudelte es aus Feidel geradezu heraus.

„Aber natürlich werde ich die Firma benachrichtigen. Soll ich sagen, dass du dich nicht wohl fühlst, oder soll ich schon alles sagen?", wollte Frau Feidel wissen.

„Morgen wird sicher schon einiges in der Zeitung stehen. Und so, wie ich die Presse kenne, wird auch mein voller Name veröffentlicht werden. So wird es das Beste sein, wenn du sagst, wie es wirklich um mich steht. Ich will kein Darum-herum-Reden. Das hat jetzt auch keinen Zweck mehr. Ich mache reinen Tisch mit dem, was ich angerichtet habe. Leidtragende seid ihr, du und Sven. Das tut mir am meisten weh. Ich kann euch nur bitten, mir das nachzusehen und zu verzeihen." Fast weinend, aber ehrlich und überzeugend kamen die Sätze über die trockenen Lippen von Feidel.

„Das sollte und darf nicht deine größte Sorge sein, Schatz. Ich habe dir noch nicht gesagt, dass ich mit Sven über die Sache mit Schubert geredet habe. Sven hat mir zunächst nur ganz still und ohne mich zu unterbrechen zugehört. Ich hatte ihm in meiner Erzählung auch deutlich gesagt, dass ich dich voll verstehe, und dass du nur deshalb ausgerastet bist, weil Schubert mich als seine willige Konkubine – oder besser gesagt: Hure – dargestellt hat. Das sei für dich eine so unverschämte Beleidigung, dass du darüber im wahrsten Sinn des Wortes deine Fassung verloren hast. Sven weiß auch von mir, dass ich dich voll verstehe, und dass auch ich diese Lüge als größte Beschimpfung empfinde. Ich habe Sven auch gesagt, dass ich nicht weiß, wie ich reagiert hätte, wenn man mir etwas Derartiges ins Gesicht geschleudert hätte", versuchte Frau Feidel ihren Mann zu beruhigen.

„Auch wenn Sven mein Verhalten gegenüber Schubert versteht: den Einstieg in die Wohnung von Wrangler und den

Diebstahl der Bilder kann er sicher nicht entschuldigen. Sven glaubte doch immer, dass ich in meinem Beruf gut verdiene und dass unser Vermögen ganz ehrlich durch fleißige Arbeit erworben wurde. Jetzt wird Sven etwas anderes annehmen und vor allem: Was jetzt über mich erzählt werden wird, muss Sven aus allen Träumen reißen. Von Zübel habe ich andeutungsweise gehört, dass der Bilderdiebstahl wohl schon in Kürze zur Anklage führt und hier verhandelt werden wird. Das wird natürlich für die Presse ein gefundenes Fressen sein – und so wie die berichten, kann ich mir nur vorstellen, dass wir uns ein neues Zuhause irgendwo weit weg suchen müssen. Ich sage noch ‚wir', aber wir werden sicher für viele Jahre getrennt sein. Und wer kann schon sagen, was daraus wird? Ich hoffe nur zuversichtlich, dass Sven bei dir bleibt, dich unterstützt und die Schule mit einem guten Abschluss verlässt."

„Du solltest nicht so verzagt sein, Schatz. Ich wäre doch nicht hier bei dir, wenn ich nicht an dich glauben würde. Ich stehe zu dir und ich liebe dich, so, wie ich dich immer geliebt habe. Du musst schon Vertrauen zu uns haben, so wie das früher nie anders war. Am liebsten würde ich dich jetzt einfach an mich pressen wollen, um dir meine Liebe zu zeigen. Aber hier darf ich das nicht tun, leider! Du sollst aber spüren, was ich jetzt am liebsten tun würde. Ganz tief da drinnen musst du einfach überzeugt sein", versicherte Frau Feidel und deutete auf ihre Brust. Fest sah sie dabei in die Augen ihres Mannes, der seinerseits wie durch eine eingetrübte Fensterscheibe schemenhaft seine Frau ansah.

„Ich muss leider den Besuch abbrechen", meldete sich der Wachmann zu Wort. „Die vom Herrn Staatsanwalt vorgegebene Zeit ist schon sehr großzügig von mir ausgelegt worden. Bitte haben Sie Verständnis für mein Vorgehen", fuhr der Wachhabende höflich fort. Mit einer Handbewegung deutete er an, dass Feidel wieder in seine Gefängniszelle verbracht und dass Frau Feidel von einem anderen Beamten zum Ausgang begleitet werden sollte.

In die Umarmung beim Abschied flüsterte Frau Feidel ihrem Mann ins Ohr: „Denke daran: Ich liebe dich sehr!“ Feidel selbst war zu einer Entgegnung nicht in der Lage. Tränen standen ihm in den Augen; seine Frau war sich sicher, dass die verweinten Augen der Sorge um seine Familie entsprangen.

Nachdem Frau Feidel die Haftanstalt verlassen hatte und vor dem großen Tor stand, ließ sie ihrer Empfindung freien Lauf und versuchte mit ihrem Taschentuch die Tränen aufzufangen. Langsam, so als wolle sie sich nicht aus der Nähe ihres Mannes herausstehlen, bewegte sie sich auf den Parkplatz zu und stieg in ihr Auto. Nach einigen Minuten des Wartens im Fahrzeug startete sie den Motor und fuhr in das Murgtal und nach Hause.

Staatsanwalt Kürzli hatte nach dem Telefonat mit seinem Baden-Badener Kollegen Tritschel schnell reagiert und einen Hausdurchsuchungsantrag beim Amtsgericht in Baden-Baden beantragt. Kürzli wollte bei der Durchsuchung zweierlei feststellen lassen: Zum einen wollte er wissen, ob Schubert tatsächlich der Empfänger der gestohlenen Bilder und Teppiche war, zum zweiten waren verschiedene Einbrüche in Schweizer Villen noch ungeklärt, und hier erhoffte sich Kürzli eventuelle Hinweise. In der Hoffnung, dass der Beschluss bald vom Gericht erlassen würde, hatte Kürzli mit Tritschel schon im Vorfeld abgeklärt, dass er, Kürzli, bei einer etwaigen Hausdurchsuchung der Schubertschen Villa mit zugegen sein könne. Dies sagte Tritschel fast mit Begeisterung zu in der selbstverständlichen Annahme, dass auch die Schweiz seine eigene Anwesenheit gestatten würde, wenn es in der Schweiz zu Zeugenvernehmungen und anderen Beweisaufnahmen kommen sollte.

Dem Antrag von Kürzli entsprach das Gericht sofort. Fernmündlich einigten sich die Staatsanwälte in Baden-Baden und Bellinzona, dass die Durchsuchung am nächsten Morgen um acht Uhr durchgeführt werden sollte. Kürzli sagte zu, dass er früh genug in der Schweiz aufbrechen werde, um pünktlich in Baden-Baden zu sein. Tritschel hatte es übernommen, einige Polizeibeamte der Kripo Baden-Baden zum Termin zu stellen.

Als Tritschel am nächsten Morgen kurz vor acht Uhr auf den Hof der Villa Schubert fuhr, sah er dort schon das Auto mit Schweizer Kennzeichen stehen. Aus dem Wagen stieg mit strahlendem Gesicht ein Mann, der sofort auf den nicht uniformierten Begleiter im deutschen Fahrzeug zuging. Fast überflüssigerweise stellten sich die beiden Männer gegenseitig mit „Kürzli“ und „Tritschel“ vor. Es war die erste persönliche Begegnung der beiden Strafverfolger, die sich auch gleich sympathisch fanden und sich sehr freundschaftlich begrüßten. Tritschel stellte seinem Kollegen aus der Schweiz die begleitenden Beamten vor. Mit einigen Worten informierten die beiden Staatsanwälte ihre Helfer über die Bedeutung dieser Hausdurchsuchung und baten die Beamten, im Büro des Herrn Schubert mit der Suche zu beginnen. Schon nach den ersten Minuten stand fest, dass im Büro nichts Auffälliges zu finden war. Im Schlafzimmer des Herrn Schubert wurden die Beamten aber fündig: Während die Teppiche zusammengelegt auf dem Boden lagen, standen die Bilder an einer freien Wand des Zimmers, so als ob Schubert abends vor dem Zu-Bett-Gehen die Bilder noch einmal genüsslich betrachten wollte.

Kürzli, der sich von Wrangler schon einige Zeit vor der Fahrt nach Baden-Baden eine Liste der gestohlenen Gegenstände hatte geben lassen, hatte neben der Liste auch eine Reihe von Photos, die die Bilder und teilweise auch die wertvollen Teppiche zeigten. Damit war leicht und schnell festzustellen, dass das gesamte gestohlene Gut vorhanden war und jetzt über den Schweizer Staatsanwalt dem Eigentümer übergeben werden konnte.

Schon nach weniger als einer Stunde war die Durchsuchung beendet. Außer den gesuchten Bildern und den Teppichen von Wrangler waren – zumindest nicht erkennbar – keine fremden Sachen im Hause. Kürzli bestätigte den Erhalt der Teppiche und Bilder, lud die Gegenstände in sein Auto und wollte sich von seinem Kollegen Tritschel schon verabschieden. „So schnell schießen weder die Preußen noch die Badener", scherzte Tritschel. „Ich denke, Sie sollten sich zunächst etwas stärken. Schließlich haben Sie schon einen halben Arbeitstag hinter sich gebracht, wenn man ihre Fahrt noch rechnet. Ganz herzlich sind Sie von mir zu einem Essen eingeladen. Das Hotel dürfen Sie gerne selbst wählen. Wir haben hier in Baden-Baden eine Reihe sehr schöner Häuser im Stadtkern und auf der Höhe rund um unsere Stadt. Wie wollen Sie sich entscheiden?"

Die Antwort kam prompt: „Ich kann mir ein Essen in einem Höhenhotel sehr gut vorstellen, lieber Kollege. Aber ich denke schon an die Heimfahrt und da wäre mir ein Haus mit kurzem Anschluss an die Autobahn schon sehr willkommen. Und damit nehme ich Ihre Einladung dankend an."

„Dann schlage ich ein Brunch im Kurhaus vor. Könnten Sie sich damit anfreunden?", kam das verlockende Angebot von Tritschel.

„Sie haben schon meine Zustimmung zu diesem Vorhaben; und da Sie mit dem Polizeiauto gekommen sind, könnten wir zusammen in meinem Wagen zum Essen fahren. Das wäre zwar kein gleichwertiges Angebot, aber vielleicht kann ich mich mal in der Schweiz revanchieren", versuchte Kürzli zu scherzen.

Nach einem kurzen Abschied von den begleitenden Polizeibeamten fuhren die beiden Staatsanwälte Richtung Kurhaus. „Ich habe mich noch nicht bedankt für die gute Zusammenarbeit in dieser Sache. Das möchte ich zuerst und ganz schnell nachholen. Ich finde es schön, dass uns dieses Verfahren zusammengebracht hat. Sicher wird es noch die eine oder andere Begegnung in dieser Sache geben – und wenn nicht: Dann freue ich mich, dass wir freundschaftlich zueinander gefunden haben. So empfinde ich es zumindest", begann Kürzli das Gespräch, nachdem das Fahrzeug gestartet worden war.

„Sie nehmen mir fast das Wort aus dem Munde, lieber Kollege. Ich wollte gerade beinahe mit den gleichen Worten genau dasselbe ausdrücken", gab Tritschel zur Antwort und förderte damit die schon bestehende gute Stimmung zwischen den beiden Männern.

Wohl gelaunt verbrachten beide eine gute Stunde im Kurhaus. Nach der Stärkung drängte der Schweizer doch auf einen Aufbruch. Immerhin stand ihm noch eine mehrstündige Fahrt bevor. Kürzli hatte die Absicht, beim nächsten Autobahnparkplatz für einige Minuten die Augen zu schließen und sich etwas auszuruhen vor den anstrengenden Stunden, die noch vor ihm lagen. Tritschel zeigte hierfür großes Verständnis und begleitete seinen Kollegen zum Parkplatz, wo er sich verabschiedete. „Ich habe nur eine kurze Wegstrecke zu meinem Büro und gehe gerne noch ein Stück zu Fuß. Ihnen, lieber Herr Kürzli, wünsche ich eine gute Fahrt und hoffe auf ein baldiges Wiedersehen."

„Danke nochmals für die freundliche Aufnahme in Ihrer Stadt. Ich werde mich wieder melden, sobald ich wieder in meinem Büro bin", versicherte Kürzli mit einem Handschlag beim Abschied.

Schon am nächsten Morgen erhielt Tritschel zwei Anrufe aus der Schweiz. Der erste Anruf kam von Kürzli: „Ich hatte eine überraschend gute Fahrt nach Hause. Die Gastfreundschaft und der Erfolg in der Villa Schubert haben mich die Rückfahrt zu einem schönen Erlebnis werden lassen. Der Tag war für mich wie ein kleines Ferienerlebnis, nicht wie ein Arbeitstag. Das alles verdanke ich nicht zuletzt Ihnen, lieber Kollege Tritschel. Ich fand alles wunderbar. Merci vielmals!"

Der zweite Anruf kam von Wrangler. Auch dieser zeigte sich überglücklich über die rasche Aufklärung und die Übergabe der Bilder und Teppiche, die er noch gestern von Kürzli erhalten hatte. Er, Wrangler, sei der Meinung, dass dies auch ein Erfolg von Tritschel gewesen sei, er bedankte sich entsprechend.

Zwei Wochen gingen ins Land. Aus der Schweiz waren in den zurückliegenden Tagen immer wieder neue Mitteilungen gekommen über Zeugen, die sich zum ‚Mordfall Schubert' gemeldet hatten. Dabei waren auch die beiden jungen Mopedfahrer, die am Monte Verita den am Straßenrand abgestellten Pkw und die Leiche eines Mannes gesehen hatten, sowie einige Männer und Frauen, denen der große Mercedes aufgefallen war. Die einzelnen Meldungen hatte Tritschel jeweils aufgezeichnet und sich auch mit den täglich anfallenden Vorgängen beschäftigt. Nach diesen zwei Wochen aber war die umfangreiche Anklage gegen die Eheleute Feidel fertig gestellt.

In der Anklage an das Schöffengericht warf der Staatsanwalt Feidel vor, dieser habe sich des Diebstahls in einem besonders schweren Fall schuldig gemacht; seine Frau habe sich der Beihilfe hierzu zu verantworten.

Das Schöffengericht nahm die Anklage an und bestimmte einen Termin zur Hauptverhandlung in drei Wochen. Da die Geständnisse beider Angeklagten vorlagen und den Beteiligten an einer raschen Erledigung des Verfahrens gelegen war, erhoben weder die Angeklagten noch deren Verteidiger Einwendungen gegen die Festsetzung des Termins oder gegen fehlende Zeugen.

Langsam, viel zu langsam vergingen für die Eheleute Feidel die nächsten Wochen. Nur durch einige Besuche seiner Frau und von Rechtsanwalt Zübel war das triste Zellenleben bei Feidel unterbrochen. Die Besuche seines Verteidigers waren nicht mehr so zwingend und häufig erforderlich wie in den ersten Wochen nach der Festnahme, da sich – abgesehen von den wenigen neuen, aber nicht so bedeutenden Zeugenaussagen – keine neuen Gesichtspunkte in der Mordsache Schubert ergaben.

Endlich war der Tag der Hauptverhandlung vor dem Schöffengericht gekommen. Die Nacht verlief für Feidel sehr unruhig: ständig wälzte er sich auf der schmalen Pritsche seiner Zelle. Immer wieder war der unruhige Schlaf durch Träume und Alpträume zerrissen. Wirr durcheinander zwängten sich ihm die Bilder von dem Geschehen in der stockdunklen

Nacht in der Schweiz und der Wohnung von Wrangler mit den Visionen der kommenden Verhandlung des Gerichtes. Wie wird sich der Richter zeigen? Einfühlsam, verständig oder hart und unnachgiebig? Wie werden die Zeugen sein? Werden nur Männer als Schöffen fungieren oder Frauen? Vielleicht eine Frau und ein Mann? Kennt mich vielleicht ein Schöffe? Lassen sich die Schöffen von den vielen Berichten in der Presse bei der Beurteilung leiten? Es gingen lauter Fragen in dieser Nacht durch seinen Kopf, auf die Feidel keine Antwort fand und auch keine finden konnte.

Allmählich zeigte sich ein leichter Schimmer hinter dem Gitter des Zellenfensters. Nur langsam, für Feidel viel zu zögerlich, wechselte die Dämmerung zum heller werdenden Tag. Feidel stand auf, ging in der Zelle vier Schritte vor und vier Schritte zurück und machte ein paar Kniebeugen, um wacher und entspannter zu wirken. Aber es wollte bei Feidel nicht die Ermunterung aufkommen, wie er dies früher von seinen morgendlichen Übungen zuhause in der Wohnung gewohnt war. „Vielleicht brauche ich eine Kaltwasser-Massage, um in Schwung zu kommen", kam es Feidel in den Sinn. Mit den Händen schöpfte Feidel unter dem Wasserhahn kaltes Wasser, das er sich in das Gesicht spritzte. Seine Benommenheit wich nur langsam und unvollkommen. Auch nach dieser Prozedur, die ihn sonst hellwach werden ließ, blieb das Gefühl der Unsicherheit, des Unwohlseins und der Niedergeschlagenheit.

Feidel hatte sich für seine Morgentoilette Zeit gelassen, und noch immer wartete er darauf, dass der Wachdienst wie jeden Morgen nach ihm sah. Endlich wurde an die Tür geklopft, das kleine Durchreichefensterchen geöffnet und das Frühstück hereingeschoben. Beinahe freundlich klang der Morgengruß des Wachhabenden, der den Untersuchungshäftling ansprach: „Herr Feidel Sie können heute einen besonderen Anzugswunsch äußern. Wollen Sie die Kombination anziehen, die Sie mitgebracht haben? Ich bringe Sie Ihnen gerne. Haben Sie einen besonderen Krawattenwunsch? Wir haben verschiedene Binder auf Lager."

„Ich möchte gerne den Anzug und die Krawatte haben, die ich bei meiner Verhaftung getragen habe. Hoffentlich passen mir die Klamotten noch. Einige Pfunde habe ich wohl verloren. Aber ich möchte mich für Ihr Angebot bedanken. Ich bin dies hier nicht so gewohnt." Aus Feidels Antwort klang ein leiser Zweifel über die Redlichkeit des Wachhabenden.

„Herr Feidel, Sie gehören zu den Gefangenen, die bis jetzt sehr positiv aufgefallen sind. Sie zeigten sich bescheiden, haben nie gemeutert oder Krach geschlagen. Sie haben noch nie einen Sonderwunsch geäußert, der uns viel Mühe gemacht hätte. Und: Sie haben ständig gegrüßt. Auch so etwas fällt angenehm auf. Und es tut auch uns gut, wenn wir nicht nur als „Schließer" betrachtet werden, sondern als Menschen, die einem Beruf nachgehen. Es kommt immer mal wieder vor, dass wir von einem der Herren Staatsanwälte gefragt werden, wie sich der eine oder andere Gefangene aufführt. Und bei Ihnen könnten wir dann sogar ein gutes Wort einlegen – zumindest was Ihre Führung hier in der Haftanstalt betrifft. Sie sehen: Auch so etwas kann sich auszahlen. Ich wünsche Ihnen für die Verhandlung alles Gute!" Offen und überzeugend ehrlich kam die Reaktion des Wachmannes.

„Danke. Und werden Sie auch bei der Verhandlung dabei sein?", forschte Feidel weiter.

„Ja. Der Fahrer unseres Kleintransporters und ich sind zu diesem Dienst eingeteilt. Während der Verhandlung sind wir in Ihrer unmittelbaren Nähe; nur während der Mittagspause sind wir in der Haftanstalt in Rastatt. Dort müssen wir Sie in einer Zelle unterbringen. Während dieser Zeit sind wir also nicht bei Ihnen; wir sind aber immer erreichbar. Ich werde jetzt die Kleider holen. Bis bald", meinte der Wachmann, als er die Zelle verließ und die Türe hinter sich abschloss.

Schon wenige Minuten später betrat Mühlchen, der Wachmann, die Zelle wieder und legte frische Wäsche, ein ordentlich gebügeltes Hemd, Krawatte, Anzug und Socken auf die Pritsche und Schuhe auf den Boden. „Ihre Frau hat gestern noch die Wäsche, Hemd und Socken gebracht. Eine Sprecherlaubnis war leider nicht gegeben. Aber Ihre Frau wird heute neben Ihnen sitzen. Bitte ziehen Sie sich jetzt an. In etwa einer Viertel Stunde werden wir fahren“, informierte ihn der Wachmann schon im Hinausgehen.

Auch Frau Feidel hatte eine ruhelose Nacht hinter sich gebracht. Zur gleichen Zeit, als Feidel und Mühlchen sich in der Haftanstalt unterhielten, saßen sich Frau Feidel und Sven schweigend beim Frühstück im Esszimmer gegenüber. Appetit wollte sich bei keinem der zwei einstellen. Sven hatte zuerst von seiner Mutter und später durch die Presse und sogar aus dem Fernsehen von dem Einstieg und dem Diebstahl in der Schweiz erfahren. Die Enttäuschung über seine Eltern war fast grenzenlos. Er konnte einfach nicht verstehen, dass seine Eltern so hemmungslos über Vermögen anderer verfügten und sich gewaltsam oder zumindest unerlaubt Eintritt in die Wohnung eines völlig fremden Menschen verschafften. Sven hatte bei dieser Erzählung seiner Mutter zum ersten Mal einen ungefähren Einblick erhalten in die finanzielle Situation seiner Familie. War er bis dahin der Meinung, seine Eltern hätten sich ein beträchtliches Vermögen erarbeitet und angespart, so war er jetzt umso mehr enttäuscht. Eine Welt war für ihn zusammen gebrochen! Alles, was er sich für die Zukunft erträumt hatte, war wie weggeblasen. Die Freundschaft mit Mario hatte einen starken Knacks erhalten, Susanne hatte zuerst aus der Zeitung von den Vorwürfen gegen seine Eltern – vor allem gegen seinen Vater – erfahren und danach aus ihrer Enttäuschung keinen Hehl gemacht. Überall wurde getuschelt und erkennbar schadenfroh hinter ihm hergelacht. Und obwohl seine Lehrer kein Wort im Unterricht über die Sache verloren, hatte Sven doch den Eindruck, dass er auch von seinen Lehrern anders angesehen wurde als früher.

Sven brach den Kontakt zu seinem Vater ab. Weder ließ er ihn noch über seine Mutter grüßen noch erkundigte er sich nach dessen Befinden. Sven tat so, als ob es den Vater gar nicht mehr gäbe.

Auch zwischen Sven und seiner Mutter baute sich eine Art Sprechbarriere auf. Nur noch das Allernötigste wurde gesagt. Mancher Anlauf, den die Mutter unternahm, um wieder mit Sven ins Gespräch zu kommen, wurde von Sven mit einem knappen „Ja“ oder „Nein“ zunichte gemacht. Zu einer ausführlichen Unterhaltung war Sven nicht zu bewegen. Wiederholt hatte ihn seine Mutter auch schon beobachtet, wenn er am Tisch oder im Garten alleine war, dass er einfach den Kopf schüttelte, so als ob er sagen wollte: „Das kann doch alles nicht wahr sein. Ich träume.“

Auch die Anklageschrift der Staatsanwaltschaft hatte Frau Feidel ihrem Sohn in der Hoffnung gegeben, dass die Gesprächsbereitschaft bei Sven wieder aufleben würde – und sei es nur, dass er Fragen zu dem Schuldvorwurf stellte. Die Hoffnung trog. Sven hatte die Anklage gelesen und auf die Frage seiner Mutter, was er dazu meine, nur kurz geantwortet: „Das weiß ich doch schon von Dir, leider. Da gibt es für mich nichts mehr dazu zu sagen.“ Er warf die Seiten der Mutter entgegen und verließ das Zimmer.

Sven war schon an der Türe, als er die Frage seiner Mutter hörte: „ Wirst du wenigstens bei der Verhandlung dabei sein?“ „Nein! Nicht das auch noch!“, platzte es nachgerade aus Sven heraus; und die Tür schlug hinter ihm ins Schloss. Die Enttäuschung für Frau Feidel war groß. Die früher selbstbewusste, große und stets stolz und aufrecht gehende Frau war nach dieser Erklärung ihres Sohnes in ihrem Sessel zusammengesunken und hatte ihren Tränen freien Lauf gelassen.

Jetzt beim Frühstück am Tag der Hauptverhandlung ging ihr die Szene wieder durch den Kopf. Sie fühlte, dass sie und ihr Mann dabei waren, ihren Sohn zu verlieren, und das war viel schlimmer als die Strafe, die das Gericht wohl noch heute über sie verhängen würde. Sven trank seine Kaffeetasse leer, stand auf und verließ grußlos das Esszimmer. Seine Mutter wollte ihm noch etwas hinterher rufen, aber ihr fehlten die Worte. Sie räumte mechanisch den Tisch ab, prüfte im Badezimmer gedankenverloren Frisur und Make-up und machte sich auf den Weg zum Gericht.

Fast zur selben Zeit betraten Frau Feidel in Begleitung ihres Verteidigers und ihr Mann in Begleitung von zwei Polizeibeamten den Sitzungssaal. Feidels Verteidiger hatte schon in der für die Anwälte vorgesehenen zweiten Reihe des etwas erhöht stehenden Podiums Platz genommen. Er erhob sich, um die Eheleute Feidel und seinen Kollegen zu begrüßen. Das Ehepaar umarmte sich bei dem morgendlichen ersten Gruß. Wie aus einem Munde kam die Frage von beiden: „Wie geht es Dir?“ Unbeantwortet blieb die Frage, aber die Blicke aus den tief liegenden Augen der beiden Angeklagten sagten mehr als alle Worte.

Richter Roller, Direktor beim Amtsgericht Rastatt und Vorsitzender des Schöffengerichtes, betrat mit zwei Beisitzern den Sitzungssaal. Die Beisitzer waren Frau Lienhardt, eine in vielen Sitzungen erfahrene Schöffin, und Herr Kreidler, der ebenfalls über eine langjährige Erfahrung als Schöffe verfügte. Im Berufsleben war Frau Lienhardt Pädagogin am Gymnasium, Herr Kreidler war Personalchef eines großen Betriebes.

Rechts in der Höhe des Richtertisches hatte der Staatsanwalt Platz genommen und schaute mit ernstem Gesicht in den voll besetzten Zuschauerraum. Die Sitzplätze des Saales genügten bei weitem nicht, sodass an den Wänden eine Reihe von Zuhörern noch einen Stehplatz suchte.

Mit sonorer und klarer Stimme begann der Vorsitzende die Sitzung: „Ich eröffne die Sitzung des Schöffengerichtes Rastatt in der Sache gegen den Angeklagten Eugen Feidel wegen Einsteigediebstahls in einem besonders schweren Fall und gegen die Angeklagte Ilona Feidel wegen Beihilfe hierzu. Das Gericht hat zunächst keine Zeugen geladen, nachdem von beiden Angeklagten Geständnisse vor der Staatsanwaltschaft abgegeben wurden und darüber hinaus eine Reihe richterlicher Vernehmungsprotokolle von Zeugen des Gerichts in Bellinzona vorliegen. Darf ich davon ausgehen, dass die Angeklagten ihre früheren Geständnisse wiederholen und überhaupt Aussagen machen?" Die letzte Frage war erkennbar durch einen Blick des Richters an die Verteidiger gerichtet.

„Sie dürfen davon ausgehen, Herr Vorsitzender", kam die übereinstimmende Antwort beider Verteidiger.

„Dann bitte ich zunächst den Herrn Staatsanwalt, die Anklage zu verlesen", fuhr der Richter fort.

Staatsanwalt Tritschel hatte sich erhoben und verlas eine mehrseitige Anklageschrift, in der Feidel vorgeworfen wurde, mit einem Zweitschlüssel in die von dem Wohnungseigentümer Wrangler in Locarno verlassene Wohnung eingedrungen zu sein und zusammen mit dem ahnungslosen und minderjährigen Mario Becker mehrere wertvolle Gemälde und einige antike Teppiche von hohem Wert entwendet und am folgenden Tag zu einem Herrn Maximilian Schubert nach Baden-Baden verbracht zu haben. Frau Feidel war in der Anklage beschuldigt, bei diesem Diebstahl Wache geschoben zu haben und die gestohlenen Gegenstände in den Kofferraum eines eigens dafür mitgebrachten Pkw verschafft zu haben.

„Herr Feidel", wandte sich der Richter an den Hauptangeklagten, „Ihr Herr Verteidiger hat auf meine Frage zu verstehen gegeben, dass Sie sich zu dem Vorwurf des Herrn Staatsanwaltes äußern wollen. Bleibt es dabei? Dann können Sie sich jetzt erklären."

Feidel war etwas schwerfällig aufgestanden. Es war ihm anzumerken, dass es ihm schwer fiel, sein damaliges Verhalten vor aller Öffentlichkeit auszubreiten oder zu versuchen, sein Vergehen zu rechtfertigen. Langsam zuerst und fast leise, dann etwas flüssiger und klarer kamen die Worte über seine Lippen: „Ja, alles was mir von dem Herrn Staatsanwalt vorgeworfen wird, ist richtig. Es tut mir sehr leid, was ich getan habe. Und ich bereue es sehr. Ich bitte jeden, den ich geschädigt habe, um Verzeihung. Vor allem meine Frau und meinen Sohn bitte ich, mich nicht zu verdammen. In den zurückliegenden Monaten habe ich in der engen Gefängniszelle nur darüber nachgedacht, ob und wie ich das wieder gutmachen könnte.“

Eine längere Pause entstand nach dieser ersten Aussage von Feidel. Im Sitzungssaal herrschte eisige Stille. Keiner der Zuhörer wollte sich auch nur eine Silbe entgehen lassen von dem, was der Mann sagte, über den in der Presse schon seitenlang geschrieben worden war.

Nach einer angemessenen Wartefrist mahnte der Richter: „Schildern Sie uns bitte im Einzelnen, wie es zu diesem Plan Ihrerseits gekommen ist, welche Überlegungen und Vorbereitungen Sie getroffen haben, und wie es schließlich zur Tatausführung kam. Ohne diese Einzelheiten wird das Gericht vielleicht kein klares Bild von Ihnen haben und ihr Vorgehen wohl auch nicht ganz zutreffend würdigen können. Es liegt ganz allein bei Ihnen, uns in Ihre Gedankenwelt einzulassen. Also, bitte!“

Leicht gebückt stand Feidel vor seiner Bank, beide Hände gestützt auf die vor ihm stehende Absperrung. Der Blick war starr auf den Richtertisch gerichtet, aber fast so, als würde er die dahinter sitzenden Richter gar nicht richtig wahrnehmen. Es schien, als ob Feidel seine Erinnerung tief aus einer Versenkung herausholen müsste, eh er sie in Worte fassen konnte: „Ich habe lange im Ausland gearbeitet, zuletzt als Hausdiener in dem Mehrfamilienwohnblock in Locarno, ehe ich in den letzten drei Jahren hier als Handelsvertreter für einen Verlag gearbeitet habe. Erst in dieser Zeit, also in den letzten drei Jahren, habe ich für meine Alterssicherung etwas tun können. Meine ganze Sorge für später galt meiner Frau und meinem Sohn. Er sollte einen ordentlichen Beruf erlernen dürfen. Nach dem vorgesehenen Schulabschluss mit dem Abitur wollte ich ihm ein Studium ermöglichen. Das alles war ohne eine kräftige Finanzspritze nicht zu schaffen.

Vor etwa einem Jahr habe ich Herrn Schubert auf einer Messe kennen gelernt. Er fing sofort an, mir von seinem großen Vermögen zu erzählen. Ich fühlte mich durch ihn richtig beschämt. Um diese Scham zu überbrücken, habe ich ihm von angeblichen Freunden erzählt und von deren Reichtum. Ganz konkret habe ich, natürlich ohne Namensnennung, die Vermögenssituation von Herrn Wrangler in Locarno geschildert. Die Wohnung von Herrn Wrangler hatte ich als Hausmeister wiederholt betreten; den dortigen Luxus hatte ich mir früher nie vorstellen können.

Als ich Herrn Schubert von dem Reichtum ‚meines Freundes' erzählt hatte, war dieser ganz erpicht darauf, auch ein paar Bilder von großen Künstlern in seiner Wohnung zu haben. Er wollte zuerst, dass ich ihn meinem Freund vorstelle. Das konnte ich abbiegen, indem ich Herrn Wrangler als einen sehr zurückgezogenen Junggesellen geschildert habe, der keinen Kontakt zu seinem Umfeld sucht. Ich hatte ihm aber zugesagt, dass ich mich mit ‚meinem Freund' einmal darüber unterhalten könnte, ob er sich gegen gute Bezahlung von dem einen oder anderen Bild trennen könnte. Das hat Herr Schubert so akzeptiert. Bei diesem Gespräch mit Schubert ist mir die Idee gekommen, dass ich auf diese Weise mein Alter und vor allem meine Familie finanziell absichern könnte. Natürlich wusste ich, dass dieser Plan nicht richtig und nicht legal war; aber ich wusste damals keinen anderen Ausweg.

Es hat dann einige Zeit gedauert, bis sich für mich die Gelegenheit ergab, in Abwesenheit von Herrn Wrangler in dessen Wohnung zu gelangen. Diese Möglichkeit habe ich dann genützt."

„Was verstehen Sie unter ‚Gelegenheit', und wie haben Sie von der Abwesenheit des Herrn Wrangler erfahren? Sie sind doch mit Ihrer Frau und dem Jungen Mario von hier in die Schweiz gefahren. Das muss doch für Sie eine klare Sache gewesen sein", forschte der Richter nach, und Zweifel lagen in dieser Frage, ob das alles so gewesen sein könnte, wie der Angeklagte dies vortrug.

Wieder einmal schwieg Feidel einige Sekunden, ehe er mit der Wahrheit herausrückte: „Aus meiner Zeit als Hausmeister kenne ich eine Mitbewohnerin des Hauses. Diese Frau habe ich etwa acht Tage vor meinem Einstieg in die Wohnung Wrangler besucht. Ich tat so, als ob ich gerade zufällig beruflich in der Nähe zu tun hatte. Wir unterhielten uns über die früheren Eigentümer und Mieter. Dabei hat mir die Frau erzählt, dass in den meisten Wohnungen ein Wechsel stattgefunden habe und dass nur der ‚Junggeselle im Erdgeschoss', wie sich die Dame ausdrückte, noch hier wohnen würde, aber zur Zeit mehrere Wochen in Amerika sei. Ich habe also gar nicht nach Wrangler gefragt. Es ergab sich einfach so. Und dann stand mein Zeitplan auch fest."

„Sie sprechen etwas nebulös von ‚der Frau', die Sie besucht haben. Wer ist diese Unbekannte genau? Und war das Ihr erster oder gar einziger Besuch seit Ihrem Weggang als Hausmeister?", wollte der Vorsitzende wissen.

„Nein. Ich war früher schon bei anderen Besuchen in der Schweiz an meinem früheren Arbeitsplatz, das heißt: in dem Appartementhaus: Zum Teil waren auch meine Frau und mein Sohn dabei", versuchte Feidel den Besuch als eine familiäre Übung darzustellen. „Bei der Dame handelt es sich um Frau Eva Sterni. Sie ist die Witwe eines früheren Bankdirektors aus Zürich. Nach dem Tode ihres Gatten ist sie nach Locarno gezogen und bewohnte in dem Appartementhaus eine Penthouse-Wohnung. Meine Frau und mein Sohn hatten eine besonders innige Beziehung zu ihr. Im Übrigen lebte Frau Sterni etwas zurückgezogen."

„Gut. Fahren Sie jetzt bitte fort", bat der Richter den Angeklagten, als dieser wieder in sein Schweigen verfallen war.

„Danach hat sich alles so abgespielt, wie es von dem Herrn Staatsanwalt vorgelesen wurde", versuchte Feidel seine Vernehmung abzukürzen und dem Ganzen ein baldiges Ende zu machen.

„Diese Kurzdarstellung genügt uns nicht, Herr Feidel. Sie müssen sich schon die Mühe machen, jetzt die Vorbereitungen Ihrer Fahrt in die Schweiz, den Einstieg in die Wohnung des Herrn Wrangler, die Wegnahme der Bilder und Teppiche, den Transport der Gegenstände bis zu der Übergabe an Schubert zu schildern", rügte der Richter.

Feidel sah den Richter an, als ob ihm von dem Vorsitzenden eine besonders schwere Strafe auferlegt worden sei, indem er aufgefordert wurde, einen Vorgang in aller epischer Breite zu schildern, den er am liebsten schon ganz vergessen hätte. Es machte ihm erkennbar Mühe, weiter zu sprechen und all das in aller Öffentlichkeit darzustellen, was er schon mühe- und reuevoll dem Staatsanwalt und dem Untersuchungsrichter dargestellt hatte.

Den Kopf nach unten und den Blick wie nach innen gekehrt, begann Feidel zu erzählen: „Dem Freund meines Sohnes, Mario Becker, hatte ich erzählt, dass ich nebenberuflich bei einer Betriebs-Spionage-Abwehr beschäftigt bin. Ich hatte ihm vorgegaukelt, dass ich in nächster Zeit in der Schweiz einen dort versteckten Plan eines noch nie gebauten geheimen Flugobjektes aus einer nicht bewohnten Wohnung holen müsste. Mario wollte einmal so etwas mitmachen. Dies war mir gerade willkommen, da ich für mein Vorhaben einen Helfer gut gebrauchen konnte. An einem Wochenende fuhren meine Frau, Mario und ich nach Locarno. Mit einem Universalschlüssel, den ich noch seit meiner Hausmeistertätigkeit hatte, bin ich über die Terrasse in die Wohnung eingestiegen. Mario war mit dabei.

Im Wohnzimmer des Herrn Wrangler habe ich so getan, als wüsste ich zunächst nicht, wo dieser angebliche Plan versteckt war. Da ich einige Bilder aus der Wohnung mitnehmen wollte, habe ich Mario gegenüber so getan, als müsse der Plan auf einem Mikrochip hinter einem der Bilder sein. Als ich die wertvollen antiken Teppiche gesehen habe, kam ich auf die Idee, auch davon einige mitzunehmen. Mario hatte ich glauben gemacht, dass ich die Teppiche als Ersatz für Einpackpapier benötige. Insgesamt haben wir dann fünf Bilder in drei Teppiche eingeschlagen und sie in die Kellergarage gebracht. Dort hatten Mario und ich die Sachen an der Innenseite direkt bei dem Garagentor abgestellt, die Lichter in der Garage gelöscht und danach das Garagentor geöffnet.

Auf dieses Zeichen hin hat meine Frau die Gegenstände in den Kofferraum meines Wagens, den ich zuvor auf der Garagenauffahrt rückwärts geparkt hatte, eingeladen. Wir haben danach die Lichter auch in der Wohnung gelöscht und gingen über die Terrasse zurück zum Auto. Es war alles völlig dunkel."

Der Vorsitzende Richter unterbrach den Angeklagten an dieser Stelle mit der Bemerkung: „Mario Becker hat uns bei seiner Anhörung geschildert, dass es beim Beladen des Fahrzeuges noch zu einer besonderen Überraschung kam. Wollten Sie uns dies verschweigen?"

„Da ist mir ein kleines Malheur passiert: Als meine Frau und ich vor der Garage standen – es war stockdunkle Nacht –, habe ich meiner Frau gesagt, dass ich die Bilder rechts in der Garage an die Wand neben dem Tor abstelle, und dass sie die Bilder an der Form, eben an den Bilderrahmen, ertasten könnte. Abgestellt habe ich die in Teppiche eingeschlagenen Bilder rechts in der Garage von meinem Standpunkt aus gesehen. Aus der Sicht meiner Frau, die vor der Garage wartete, war dies aber die linke Seite. Zufällig waren auf dieser Seite der Garage einige schwere und breite, aber relativ kurze Regalbretter abgestellt. Diese hatten zur Verstärkung Profilleisten an allen Seiten aufgeklebt. Diese Regalbretter fühlten sich daher wie Bilder in Rahmen an. Meine Frau hat diese Bretter in den Kofferraum gelegt; sie passten dort gerade rein. Erst als wir uns der Autobahnauffahrt nach Bellinzona näherten, habe ich eigentlich mehr zur Unterhaltung als aus Neugier meine Frau gefragt, ob sie auch die Umhüllungen, ich meinte damit die Teppiche, mitgenommen habe. Sie hat eine sehr scharfe Vollbremsung durchgeführt und den Wagen an den Straßenrand gesteuert. Erst als der Wagen stand, drehte sich meine Frau zu mir um und hat ganz bestürzt gefragt: „Was für Teppiche?" Da war mir klar, dass irgendetwas schief gelaufen sein musste. Ich bin sofort ausgestiegen und habe im schwachen Licht einer weiter weg stehenden Straßenlampe den Inhalt des Kofferraumes erkennen können. Es waren Bretter!"

Während dieser Erzählung des Angeklagten brachen die Zuhörer im Sitzungssaal in ein schallendes Gelächter aus. Auch der Richter, die Schöffen und der Staatsanwalt konnten ein leichtes Lächeln nicht unterdrücken. Die Schadenfreude im Saal war nicht zu überhören, und es dauerte einige Zeit, bis der Richter wieder die frühere Stille im Raum hergestellt hatte.

„Bitte fahren Sie in der Schilderung fort, Angeklagter. Was haben Sie getan, als Sie den Irrtum bemerkten?“ versuchte der Richter die unterbrochene Schilderung wieder in Gang zu bringen.

Noch leicht verwirrt durch das Gelächter im Saal nahm Feidel den Gesprächsfaden wieder auf: „Wir sind sofort zurückgefahren. Dieses Mal stellte meine Frau das Fahrzeug aber nicht mehr auf der Garagenauffahrt ab, sondern direkt vor der Auffahrt auf der leicht abschüssigen Straße. Ich bin danach alleine, also ohne Mario wie beim ersten Mal, wieder auf dem gleichen Wege wie zuvor in die Wohnung gelangt, von da in die Garage und habe das Garagentor von innen geöffnet. In der Wohnung und im Keller hatte ich kein Licht gemacht, ich kannte mich genügend aus. Draußen war es zu dieser Zeit noch ganz finster. Meine Frau hatte einen Teil der Bretter aus dem Kofferraum schon bis vor die Garage gebracht. Der Wechsel von Bretter und Bilder mit Teppichen war dann bald geschehen. Bei der Abfahrt mussten wir nicht erst laut starten. Meine Frau hat den zweiten Gang eingelegt und ließ den Wagen einfach rollen. In der Dunkelheit sind wir bis wenige Kilometer vor den Gotthardtunnel gekommen. Hinter dem Tunnel war es schon heller Tag. Noch am Abend habe ich Schubert in Baden-Baden besucht und Bilder und Teppiche übergeben. Mehr kann ich dazu nicht sagen“, schloss Feidel seine Erklärung.

„Wusste Herr Schubert, woher die Bilder waren?“, wollte der Richter noch wissen.

„Schubert hat nie danach gefragt. Allerdings habe ich ihm auch nie gesagt, wie ich zu den Sachen kam. Ich denke nur, dass er vermuten konnte, dass ich die Bilder nicht bei meinem ‚Bekannten' gekauft hatte. Schließlich wollte Schubert den Preis auch selbst bestimmen. Er muss also geahnt haben, um was es sich handelte", gab Feidel zur Antwort.

„Haben Sie noch Fragen?", wandte sich der Richter zunächst an die Schöffen, dann an den Staatsanwalt. Von allen Seiten wurde dankend verneint.

„Dann kommen wir zur Anhörung von Frau Feidel. Bitte, Frau Feidel, Sie haben jetzt die Möglichkeit, sich zur Anklage zu äußern. Wollen Sie Angaben machen?"

„Was mein Mann gesagt hat, ist in allen Punkten richtig. Mehr kann ich nicht dazu sagen", gab Frau Feidel als kurze Antwort.

"Das ist ein bisschen wenig, Frau Feidel. Wir wollten schon gerne etwas erfahren, inwieweit Sie selbst bei der Tat beteiligt waren. Wir wollen auch von Ihnen hören, wie es zu dem Plan kam; wer hatte diesen gehabt? Wie hat sich das Ganze entwickelt? Dazu möchten wir etwas von Ihnen hören", schaltete sich der Richter ein.

Frau Feidel versuchte zumindest Blickkontakt zu ihrem Mann aufzunehmen. Dies misslang. Feidel war nach seiner Vernehmung in sich zusammengesackt, seinen Kopf hatte er gesenkt, den Blick wie nach innen gerichtet. Da Frau Feidel nicht wusste, was ihr Mann bei seiner früheren Vernehmung vor dem Staatsanwalt zu diesem Punkt gesagt hat, war ihre Antwort zunächst ausweichend: „Wer zuerst die Idee hatte – mein Mann oder ich – kann ich noch nicht einmal genau sagen. Wir hatten früher schon oft über eine Altersversicherung oder Ähnliches gesprochen. Es war doch so, dass mein Mann als Hausmeister in der Schweiz keine Rücklage für das Alter schaffen konnte. Die Jahre als Handelsvertreter waren nicht ausreichend, um einen vollen Rentenanspruch geltend machen zu können. Deshalb war für unser Alter, oder eben für die Zeit, wenn mein Mann nicht mehr arbeiten könnte, nicht vorgesorgt. Irgendwann einmal hat mein Mann dann von Schubert erzählt und dass er an echten Bildern interessiert sei. Es kann sein, dass mein Mann in diesem Zusammenhang die Idee hatte, bei Wrangler einzusteigen und einige Bilder zu holen. Wenn es so war, dann war ich sofort damit einverstanden. Es kann aber auch so gewesen sein, dass ich zuerst die Idee hatte und danach meinem Mann eine entsprechende Andeutung machte. Beim besten Willen: Ich kann es nicht mehr sagen, wie es genau war." Die letzten Sätze waren sehr schnell, fast hastig gesprochen.

„Schön", meinte der Richter. „Dann habe ich jetzt zunächst noch eine Frage an Sie, Herr Feidel. Sie haben gehört, was Ihre Frau gesagt hat. Wollen Sie dazu etwas sagen, vielleicht etwas richtig stellen?"

„Es war meine Idee, bei Wrangler einzusteigen und die Bilder zu holen. Ich kannte die Wohnung genau. Meine Frau war früher nicht in den einzelnen Wohnungen, und ich meine, schon gar nicht bei Wrangler. Nur bei Frau Sterni waren meine Frau und mein Sohn häufiger; die anderen Wohnungen waren meiner Frau fremd. Was bei dem Bilderdiebstahl geschehen ist, habe ich allein zu verantworten", bekannte Feidel.

„Sehen Sie das auch so, Frau Feidel", wollte der Richter wissen, „oder wollen Sie etwas ergänzen?"

„Es stimmt, was mein Mann gesagt hat", bestätigte Frau Feidel. „Ich hatte mit der Hausmeistertätigkeit nichts zu tun. Das war tatsächlich ausschließlich Sache meines Mannes. Ich war auch nicht in den einzelnen Wohnungen. Die Wohnung von Wrangler kenne ich nur aus den Erzählungen meines Mannes. Die Parterrewohnung war sicher die größte Wohneinheit im Hause, und die Ausstattung war, wie ich von meinem Mann weiß, sehr aufwendig und wertvoll."

„Fragen hierzu?" erkundigte sich der Richter, indem er sich den Schöffen und dem Staatsanwalt sowie den Verteidigern zuwandte. Von allen Seiten wurde dem Richter bedeutet, dass nach den Aussagen alles geklärt sei.

„Soweit ich sehe, werden keine weiteren Fragen gestellt. Ich werde daher die richterlichen Protokolle von den Zeugenaussagen in Bellinzona verlesen, soweit sie dieses Verfahren betreffen. Die zum Teil recht ausführlichen Darstellungen der Zeugen können von mir in gekürzter Form dargestellt werden, soweit alle Prozessbeteiligten zustimmen. Dies ist denkbar, da von beiden Angeklagten umfassende Geständnisse vorliegen. Sind Sie mit der gekürzten Fassung einverstanden?“ Fragend schaute der Richter in die Runde und erkannte das zustimmende Nicken des Staatsanwaltes und der Verteidiger.

„Ich stelle ein übereinstimmendes ‚Ja’ zu meiner letzten Frage fest und darf daher zusammenfassen, dass die Zeugin Sterni einen Besuch des Angeklagten bei ihr etwa drei Wochen vor der Rückkehr des Herrn Wrangler bestätigt hat. Die Zeugin hat weiter erklärt, dass sie von einer Amerikareise des Herrn Wrangler dem Angeklagten erzählt hat, ohne dass der Angeklagte danach gefragt habe. Der Zeuge Wrangler hat angegeben, dass aus seiner Wohnung fünf Gemälde, drei Teppiche und ein Läufer entwendet worden waren. Alle Gegenstände seien ihm schon kurze Zeit nach seiner Rückkehr von Herrn Staatsanwalt Kürzli zurückgegeben worden. Die Wohnung habe keinerlei Einbruchspuren gezeigt. Er habe keinen Schaden mehr. Die wenigen übrigen Zeugenaussagen haben für das Verfahren keine besondere Bedeutung. Darf ich auch hier Übereinstimmung festhalten?“

„Ja, Herr Vorsitzender, ich sehe die Sache genauso.“ In diesem Sinn kam übereinstimmend die Reaktion des Staatsanwaltes und der Verteidiger.

„Werden noch weitere Beweisanträge gestellt?“, fragte der Richter in die Runde. Auch diese Frage wurde allseits verneint.

„Damit schließe ich die Beweisaufnahme und erteile dem Herrn Staatsanwalt das Wort“, leitete der Vorsitzende zu den Plädoyers über.

„Hohes Schöffengericht!“, begann der Staatsanwalt selbstsicher und bestimmt. „In dieser Sache kann ich mich erfreulicherweise sehr kurz fassen. Beide Angeklagte haben ein umfassendes Geständnis abgelegt. Beide Geständnisse decken sich auch mit den Aussagen der übrigen Zeugen und mit den polizeilichen Feststellungen sowohl in der Schweiz am Tatort, nämlich der Wohnung des Herrn Wrangler, als auch in Baden-Baden in der Wohnung der Eheleute Schubert. Beide Geständnisse dürfen daher als richtig bewertet werden. Danach haben sich der Angeklagte Eugen Feidel eines schweren Diebstahls schuldig gemacht im Sinne des § 243 Abs. 1, Ziffer 1 StGB und die Angeklagte Ilona Feidel einer Beihilfe hierzu. Gegen beide Angeklagten beantrage ich Haftstrafen auszusprechen und zwar gegen Eugen Feidel eine Haftstrafe von drei Jahren und sechs Monaten, gegen Ilona Feidel eine solche von einem Jahr." Mit einer knappen Verbeugung gegenüber dem Gericht zeigte der Staatsanwalt an, dass sein Plädoyer beendet sei.

Der Vorsitzende blickte danach auf Rechtsanwalt Zübel, der sich hierdurch zu seinem Plädoyer aufgefordert sah. In einem einleitenden Satz wies auch der Verteidiger darauf hin, dass er sich nach dem Geständnis seines Mandanten kurz fassen könne. Er fuhr dann fort: „Meine eigentliche Aufgabe als Verteidiger habe ich in der Vorarbeit gesehen. In den zahlreichen Gesprächen, die ich mit meinem Mandanten in der Haftanstalt führen konnte, habe ich die feste Überzeugung gewonnen, dass mein Mandant sich durch sein Verhalten selbst psychisch so stark belastet hat, dass er sich durch seine Geständnisse und durch seine freiwillige Mitarbeit an der Aufklärung der verschiedenen Delikte – ich meine auch die vorliegende Sache – seelisch etwas erleichtert hat. Zurück bleibt natürlich für ihn ein starkes Schuldgefühl. Dieses wird auch immer bleiben. Ihm aber hier behilflich gewesen zu sein, betrachte ich als meine Hauptaufgabe meinem Mandanten gegenüber. Bei der Urteilsfindung, hohes Gericht, bitte ich zu berücksichtigen, dass mein Mandant nicht vorbestraft ist und dass dieser Einstieg in die Wohnung Wrangler das erste – und sicher einzige – Eigentumsdelikt ist und war. Auch das umfassende Geständnis darf als schuldmindernd gewertet werden. Insbesondere auch die Tatsache, dass ohne die Mitarbeit meines Mandanten die Rückgabe des gestohlenen Gutes an den Geschädigten nicht möglich gewesen wäre. Ich bitte daher, bei dem Strafmaß unter dem Antrag des Herrn Staatsanwaltes zu bleiben.“

Mit einer angedeuteten Verbeugung gegenüber dem Gericht zeigte der Anwalt an, dass er seine Verteidigerrede als beendet ansah.

Der Richter nickte dem Verteidiger zu und wandte sich nunmehr an den Anwalt von Frau Feidel mit den Worten „Herr Rechtsanwalt Schürer, Sie haben das Wort“.

„Auch meine Erklärungen werden kürzer ausfallen, als ich dies vorgesehen hatte“, leitete der Verteidiger von Frau Feidel seine Ausführungen ein. „Nach dem Geständnis meiner Mandantin ist deren Verhalten tatsächlich so zu werten, wie der Herr Staatsanwalt vorgetragen hat: als Beihilfe zu einem Diebstahl in besonders schwerem Fall. Daran kann und will ich als Verteidiger von Frau Feidel nichts ändern. Ähnlich wie mein verehrter Kollege sehe ich meine Hauptaufgabe darin, meine Mandantin in diesem Prozess zu begleiten und ihr die von ihr gewünschten Geständnisse zu erleichtern. Wenn Sie nunmehr das Urteil fällen, dürfen Sie zunächst von der Unbescholtenheit meiner Frau Mandantin ausgehen. Bitte haben Sie aber auch etwas Verständnis für die Zukunftsängste meiner Mandantin, die in ein völlig ungesichertes Alter sehen musste, wie sie uns schon früher dargestellt hat. Bitte bedenken Sie auch, dass der Schaden bei Herrn Wrangler wieder gutgemacht ist. Einen eigentlich Geschädigten gibt es nicht mehr. Dennoch bleibt das geschehene Unrecht ein Unrecht. Aber dafür bitte ich um ein mildes Urteil. Sollten Sie dem Strafantrag des Herrn Staatsanwaltes folgen, bitte ich eine Bewährung zu bewilligen.“ Mit einem angedeuteten Nicken gegenüber dem Gericht zeigte Schürer das Ende seiner Verteidigungsrede an.

„Ich danke für alle Plädoyers und möchte nun den Angeklagten die Möglichkeit geben, ein letztes Wort vor der Urteilsberatung zu sprechen.“ Fragend schaute der Richter zur

Anklagebank. Frau Feidel zeigte mit einer Kopfbewegung an, dass sie sich nicht äußern wolle. Herr Feidel raffte noch einmal erkennbar allen Mut zusammen, ehe er sich andeutungsweise erhob und ohne jemanden anzusehen sagte: „Es tut mir alles so leid, auch meiner Familie wegen." Im Saal war förmlich zu spüren, dass diese Worte seiner Frau mehr galten als dem Gericht, aber dass dies ehrlich gemeint war, war ebenfalls nicht zu überhören .

„Das Gericht wird sich zur Beratung zurückziehen. Mit einem Urteil ist nicht vor einer Stunde zu rechnen. Bis dahin wird die Sitzung unterbrochen", gab der Vorsitzende seine kurze Anweisung.

In wenigen Minuten waren die Zuhörer aus dem Saal geströmt. In vielen Gesichtern der Menschen war Enttäuschung zu erkennen. Offenbar waren die meisten Zuhörer der Meinung gewesen, dass nach den ausführlichen Medienberichten über den Mord an den Eheleuten Schubert und dem Einbruch in die Wohnung des reichen Schweizer Junggesellen alles in einem groß angelegten Schauprozess aufgerollt werden würde. Nur wenigen Zuschauern war bekannt, dass die verschiedenen Vorwürfe auch verschiedenen Gerichten zur Beurteilung übertragen wurden. Als aber nach einer Stunde mit der Verkündung des Urteils gerechnet werden konnte, war der Saal wieder bis auf den letzten Platz gefüllt.

Staatsanwalt und Verteidiger hatten rechtzeitig ihre Plätze wieder eingenommen. Auch die Angeklagten waren mit ihren Aufsichtsbeamten im Saal erschienen, ehe das Gericht mit einem Läutzeichen seine Rückkehr in den Sitzungssaal ankündigen ließ.

Als kurze Zeit später der Richter mit den Schöffen erschien, standen alle im Saal Anwesenden auf. Es herrschte atemlose Stille, als der Richter mit lauter und klarer Stimme sprach: „Im Namen des Volkes verkünde ich folgendes Urteil: Der Angeklagte Eugen Feidel wird wegen eines Diebstahls in einem besonders schweren Fall zu einer Haftstrafe von drei Jahren und sechs Monaten und die Angeklagte Ilona

Feidel zu einer Haftstrafe von einem Jahr und zwei Monaten verurteilt. Die Angeklagten tragen die Kosten des Verfahrens."

„Bitte nehmen Sie Platz, meine Damen und Herren", fuhr der Richter fort. „Zur Begründung dieser Entscheidung darf hier in wenigen Sätzen gesagt werden, dass beide Angeklagte die ihnen zur Last gelegten Taten voll eingeräumt haben und dass die Erklärungen der Angeklagten sich mit den Zeugenaussagen und den Beweisergebnissen im Übrigen voll decken. An der Richtigkeit der Geständnisse hat daher das Gericht keine Zweifel. Bei dieser Situation waren Haftstrafen auszusprechen wie verkündet. Die von dem Herren Verteidiger von Frau Ilona Feidel angeregte Aussetzung der Haftstrafe zur Bewährung hat das Gericht nach sehr eingehender Beratung abgelehnt, da die Art und Weise der Beihilfe eine solche Intensität hatte, dass beinahe von einer direkt begangenen Haupttat gesprochen werden könnte. Dies hätte das Gericht auch angenommen, wenn die Angeklagte sich ebenfalls Eintritt in das Gebäude verschafft hätte. Alles Übrige bitte ich dem schriftlichen Urteil zu entnehmen. Ich gehe davon aus, dass jetzt noch keine weiteren Erklärungen abgegeben werden?" Fragend schaute der Richter zuerst zum Staatsanwalt, danach zu den Verteidigern.

Noch vor der Urteilsverkündung hatten beide Verteidiger sich mit ihren Mandanten unterhalten und es als wahrscheinlich bezeichnet, dass den Anträgen der Staatsanwaltschaft gefolgt werde. Beide Mandanten hatten ihre Verteidiger für diesen Fall gebeten, auf eine Berufung oder Revision zu verzichten. Mit Rücksicht auf dieses Vorgespräch waren jetzt beide Verteidiger aufgestanden und erklärten übereinstimmend: „Wir verzichten auf Rechtsmittel."

Auch der Staatsanwalt gab dieselbe Erklärung ab, worauf der Richter zusammenfasste: „Das Verfahren ist damit beendet."

Nun wandte sich der Richter an die inzwischen rechtskräftig verurteilte Frau Feidel und eröffnete ihr, dass mit der Frauenhaftanstalt in Bühl eine sofortige Unterbringung vereinbart sei. „Eine Vollzugsbeamtin wird sie nach Hause begleiten. Sie können sich dort die notwendigen Wäschestücke und den Kulturbeutel besorgen und in einem Koffer mitnehmen. Die Einzelheiten können sie am ehesten mit der Beamtin besprechen, die sich jetzt mit Ihnen in Verbindung setzt. – Für Sie, Herr Feidel“, fuhr der Richter nach einer kurzen Pause fort, „beginnt ab sofort die Strafhaft. Sie sind jetzt nicht mehr in Untersuchungshaft. Alle übrigen Einzelheiten werden Ihnen von dem Direktor der Haftanstalt erklärt werden.“

Die Verurteilten hatten noch Gelegenheit, sich voneinander zu verabschieden. Für Minuten lagen sie sich in den Armen, ohne dass die Vollzugsbeamten die Eheleute trennten. Aber allen war klar, dass dieser Abschied ein ‚Adieu’ für lange Zeit war.

VII.

Einige Wochen vergingen. Vieles hatte sich in dieser Zeit getan: In der Schweiz wurden Zeugen gehört, die sich zum Teil freiwillig bei der Polizei gemeldet hatten, zum Teil auch durch die Angaben anderer ausfindig gemacht wurden. An den verschiedenen Tatorten waren Spuren gesichert und ausgewertet worden. Von all diesen Ergebnissen der Schweizer Staatsanwaltschaft wurde die Staatsanwaltschaft in Baden-Baden verständigt.

Nachdem alle Einzelheiten zusammengetragen worden waren, stellte Staatsanwalt Tritschel Anklage wegen Doppelmordes der Eheleute Schubert beim Schwurgericht in Baden-Baden. Die Anklage war sehr umfangreich. Sie enthielt zunächst eine nüchterne Darstellung der Tötung der Eheleute Schubert durch den Angeklagten Feidel und einen Hinweis darauf, dass Frau Feidel von dieser Tat wohl gewusst haben musste, da sie ihrem Mann in die Schweiz nachgefahren war und Gegenstände im Auto mitgenommen habe, die bei der späteren Beseitigung der Leichen verwendet wurden. Herr Feidel sei daher wegen zweifachen Mordes und Frau Feidel der Beihilfe hierzu zu verurteilen. Zur Erhärtung der Anklage bot der Staatsanwalt eine Vielzahl von Zeugen und Beweismitteln an.

Der Vorsitzende des Schwurgerichtes nahm die Anklage an und leitete sie den Verteidigern mit der Bitte zu, etwaige Beweisanträge innerhalb einer Frist von vierzehn Tagen zu stellen, damit die Hauptverhandlung bald angesetzt werden könne. Beide Verteidiger setzten sich sofort mit ihren Mandanten in den Haftanstalten in Verbindung, um die Anklage in allen Einzelheiten durchzusprechen. Alle Beteiligten waren der Auffassung, dass die Anklageschrift alle notwendigen Einzelheiten, Beweismittel und Zeugenbenennungen enthielt und weitere Maßnahmen im Augenblick nicht erforderlich seien. Die Beschuldigten baten ihre Verteidiger, auf ein rasches Urteil hinzuwirken.

Nachdem die Verteidiger gegenüber dem Vorsitzenden des Schwurgerichtes erklärt hatten, dass von ihrer Seite keine weiteren Ermittlungen beantragt würden, setzte sich der Vorsitzende mit dem Staatsanwalt in Verbindung: „Hallo, Herr Kollege, ich bin gerade dabei, das weitere Vorgehen in der Sache Feidel zu überdenken. Um in der Hauptverhandlung nicht wegen irgendeiner Beweisschwierigkeit ins Stocken zu geraten und den ganzen Prozess dann gar noch platzen zu lassen, habe ich die Absicht, die Zeugen aus der Schweiz dort zu vernehmen. Dies könnte im Gerichtsgebäude von Bellinzona geschehen. Mit dem Gerichtspräsidenten habe ich schon Kontakt aufgenommen. Die Schweizer haben mir großzügige Unterstützung zugesagt. Bei dieser Gelegenheit sollten wir uns auch die übrigen Örtlichkeiten ansehen. Ich denke da an den Weg von Locarno nach Ronco, für mich ist das die ‚Todesstrecke'. Interessant – vielleicht sogar von Wichtigkeit – ist der Platz und der Bootssteg, wo Feidel die Leichen in den See geworfen hat. Vielleicht kann uns Feidel auch konkret zeigen, wo er die Pistole in den See geschleudert hat und manches andere mehr. Dazu sollten wir zunächst eine volle Woche in der Schweiz vorsehen. Was halten Sie davon?"

„Sie finden meine volle Unterstützung, Herr Kollege", erwiderte der so angesprochene Staatsanwalt. „Als der Schweizer Kollege Kürzli vor etlichen Wochen hier in Baden-Baden war, hatte er mir schon sehr weitgehende Mithilfe von sich aus angeboten. Ich hatte den Eindruck, dass die Schweizer Wert darauf legen, dass die in ihrem Land verübte Tat auch dort genau untersucht wird. Kürzli hat angeboten, dass die Tötungsszene im Mercedes nachgestellt werden könnte. Die Schweizer würden dazu eine große Reithalle zur Verfügung stellen. Dabei könnte bei jedem Wetter durchgehend gearbeitet werden. Ich bin sicher, dass wir ein solches Hilfe-Angebot nicht ablehnen sollten. Übrigens hatte ich schon vor längerer Zeit mit dem Kollegen Zübel in dieser Sache gesprochen. Im Grundsatz war er derselben Meinung. Ich hatte lediglich den Eindruck, dass er für seinen Mandanten die Kosten des

Verfahrens nicht hochtreiben möchte. Das finde ich zwar ein sehr anständiges Verhalten. Wenn aber sein Mandant oder Frau Feidel in der Hauptverhandlung eine andere Erklärung abgeben als bisher, dann müsste möglicherweise das ganze Hauptverfahren abgebrochen und später neu aufgerollt werden – mit weit höheren Kosten vermutlich. Ich stimme daher Ihrem Vorschlag zu."

„Gut, Herr Kollege. Dann werde ich so mit den Verteidigern das Vorgehen erörtern. Danke für Ihre Gespräche mit Kürzli. Wenn ich mit dem Präsidenten in Bellinzona spreche, darf ich mich sicher auf Ihre Unterhaltung mit Kürzli beziehen?" Fragend klang der letzte Satz und Tritschel bestätigte diese Anfrage mit einem klaren „aber selbstverständlich, gerne!"

In den nächsten Minuten klärte der Vorsitzende auch mit den Verteidigern das weitere Verfahren in dem Sinn ab, wie es zwischen ihm und Staatsanwalt Tritschel abgesprochen worden war. Auch beide Rechtsanwälte stimmten zu, denn allen Beteiligten war klar, dass ein abgebrochenes Verfahren nicht nur anschließend mehr Zeit und Aufwand erfordern werde, sondern auch in den Medien der – vielleicht berechtigte - Vorwurf laut würde, das Verfahren sei nicht genügend vorbereitet worden und Steuergelder seien unnütz ausgegeben worden. Entscheidend für alle Prozessbeteiligte war aber die Rechtssicherheit.

VIII.

Sven hatte wahr gemacht, was er seiner Mutter ins Gesicht geschleudert hatte: Er war zur Hauptverhandlung nicht erschienen. In der Schule wurde in seiner Anwesenheit zwar nicht über seinen Vater oder seine Eltern gesprochen, aber er spürte deutlich, dass der eine oder andere seiner Klassenkameraden Distanz zu ihm wahrte und dass er sich häufig allein fand. Selbst Mario suchte nicht mehr seine Nähe, wie dies früher selbstverständlich gewesen war. Er konnte es Mario beinahe nachfühlen, dass dieser sich so verhielt. Schließlich war er, Mario, durch das Verhalten seiner Eltern ins Gerede gekommen, auch wenn ihm wegen des Einbruchs in der Schweiz niemand einen Schuldvorwurf machen konnte. In der Presse war der Name von Mario nicht erschienen, wohl aber erwähnt worden, dass bei dem Gemäldediebstahl ein Freund des Sohnes dabei gewesen war. Es hatte sich bald herumgesprochen, dass es sich um Mario handelte.

Sven fand es auch nicht weiter verwunderlich, dass Susanne sich ebenfalls von ihm fernhielt. Einmal war er ihr begegnet, als diese mit ihrer Mutter spazieren ging. Die Mutter hatte auf die andere Seite geschaut, während seine Freundin nur einen kurzen Blick zu ihm riskierte. Selbst den morgendlichen Weg zur Schule musste er jetzt alleine gehen, denn Susanne verließ nun immer einige Minuten eher das Wohnhaus ihrer Eltern, um nicht mit Sven zusammenzutreffen.

Bei diesem Verhalten seiner engsten Freunde empfand es Sven als beinahe wohltuend, dass ihn seine Lehrer nicht ein einziges Mal auf die Verfehlungen seiner Eltern ansprachen. Für Sven lief der Unterricht so weiter, wie er dies all die Jahre gewohnt war. Dennoch konnte er das Gefühl nicht loswerden, dass hinter seinem Rücken getuschelt und getratscht wurde. Er hätte es niemandem übel genommen, wenn es so wäre. Grund dafür hatten seine Eltern, vor allem sein Vater, genug gegeben.

In den Pausen wechselte Sven häufig von einer Gruppe von Klassenkameraden zur nächsten. Ihm lag einfach daran zu wissen, ob und wie über seine Eltern gesprochen wurde. Dabei hatte Sven zwar das Gefühl, dass bei seinem Erscheinen oft das Thema gewechselt wurde, aber konkret belegen konnte er seinen Verdacht nicht. Umso mehr erschütterte ihn ein Vorfall auf dem Pausenhof. Als er an einigen jüngeren Mitschüler vorbeiging, rief einer aus dieser Gruppe plötzlich halblaut „Killerbaby". Dass dieser Zuruf nur ihm gelten konnte, dafür gab es keine Zweifel. Beschimpft und gedemütigt schlich sich Sven in das Klassenzimmer und an seinen Platz.

Mario sah erstaunt in das völlig bleich gewordene Gesicht von Sven. „Bist du krank?", fragte Mario besorgt, als er die ins Nichts starrenden Augen seines Freundes sah. „Ich werde die Schule verlassen", kam ganz gepresst und verzweifelt die Antwort von Sven. „Und ich werde es sofort tun", ergänzte Sven den gerade angefangenen Satz.

„Aber, Sven, überlege dir das noch einmal! Du stehst wenige Monate vor dem Abitur. Das ist doch ein echter Lebensabschnitt, vielleicht der Wendepunkt in deinem Leben überhaupt. Danach entscheidest du, welchen Beruf oder welches Studium du beginnen wirst. Aber jetzt aufhören, jetzt die Flinte ins Korn werfen? Sven, bitte, ich will dir helfen! Ich bin doch dein Freund. Du kannst doch wenige Meter vor dem Ziel einen Marathonlauf nicht einfach beenden, obwohl du noch genügend Reserven – und noch viele ‚Mitläufer' - hast. Bleibe hier! Ich bitte dich um unserer Freundschaft willen! Mach jetzt nicht den Fehler deines Lebens! Wenn du nur für heute den weiteren Unterricht versäumst – gut, das könnte ich noch verstehen. Aber schmeiß jetzt nicht den ganzen Bettel hin. Gehe in keinem Fall zum Direktor und melde dich ab. Wir überlegen uns das ganze noch sehr genau. Einverstanden? Ich werde dann heute Nachmittag zu dir kommen und wir besprechen alles zusammen. Und ich bin sicher: Wir finden einen Ausweg. Verlass dich drauf!" Mario hatte den

Eindruck, dass er nicht vergebens so eindringlich auf seinen Freund eingeredet hatte.

Sven blieb noch kurze Zeit auf seinem Stuhl sitzen. War es wirklich so, dass Mario sich noch als sein Freund ansah? Deutlich genug hatte er es wohl gesagt, aber es war lange her, seitdem Sven von Mario zuletzt bestätigt bekommen hatte, dass sie Freunde waren. Er schaute Mario ins Gesicht: Doch, das war ernst gemeint, das mit dem „Freund". So konnte sich niemand verstellen. Und dass Mario ihn heute besuchen wollte, das erfüllte ihn mit fast grenzenloser Freude. „Gut, Mario. Ich überlege es mir, und ich freue mich, wenn du heute Nachmittag zu mir kommst. Ich freue mich wirklich sehr!"

Grüßend betrat der Lehrer das Klassenzimmer. Sven, der in der Zwischenzeit seine Tasche gepackt hatte, trat an das Lehrerpult und bat darum, nach Hause gehen zu dürfen. „Ja, Feidel, Sie dürfen gehen. Man sieht Ihnen an, dass Sie nicht gesund sind. Soll Sie jemand begleiten? Sie sehen wirklich sehr angegriffen aus." „Danke. Es wird schon gehen. Ich werde morgen auch wieder in der Schule sein können", versuchte Sven sein Unwohlsein etwas herunterzuspielen.

Sven ging an seinen Platz zurück, nahm seine Mappe und nickte Mario zu mit den Worten: „Danke nochmals. Bis zum Nachmittag."

Das Schulgebäude wirkte völlig verwaist, als Sven sich auf den Heimweg machte. Nur vor dem Gebäude traf er den Hausmeister, als dieser gerade seinen Wagen aus der Garage holen wollte, um einige Besorgungen für die Schule zu machen: „Soll ich dich nach Hause bringen, Sven? Du siehst krank aus." Der Hausmeister kannte alle Schüler schon als Sextaner; er konnte es sich nicht angewöhnen, die älteren Schüler zu siezen. Die Schüler hatten sich daran gewöhnt, und die Schüler der oberen Klassen durften auch ihren Hausmeister einfach „Robert" nennen. Daher antwortete Sven nur knapp: „Das ist ganz lieb von dir, Robert. Aber etwas frische Luft tut mir sicher ganz gut. Ich gehe gerne zu Fuß nach Hause. Aber ich danke dir für das Angebot."

Im Weitergehen überdachte Sven die Situation: Von Mario, von seinem Lehrer und jetzt auch noch von Robert wurde ihm wohlwollend geholfen. Er registrierte dies dankbar. Es war also nicht so, dass sich die ganze Welt gegen ihn verschworen hatte oder dass er seiner Eltern wegen von allen verachtet wurde. „Es gibt auch hier ‚an meiner Schule' Menschen, die Unterscheidungen treffen zwischen mir und dem, was meine Eltern getan haben", sinnierte Sven halblaut. Ob ich vielleicht doch noch bis zum Abitur an der Schule bleibe? Die Gedanken ließen ihn nicht los; sie beschäftigten ihn auf dem langen Weg nach Hause, wo er in den völlig verlassenen Hof und das Haus kam.

Die Stunden vergingen. Für Sven waren es Zeiten zwischen Hoffen und Bangen: Die freundschaftliche Zuwendung mancher Menschen kam ihm in den Sinn – aber immer wieder auch das hässliche Wort „Killerbaby". Sven war sich sicher, dass „Killerbaby" nur ein Begriff war für manche andere Beschimpfung, und er glaubte, dass der Mitschüler, der ihn so genannt hatte, nur einer von vielen war, die ähnlich dachten.

Wie elektrisiert sprang Sven auf, als die Hausglocke einen Besuch ankündigte. Mario war gekommen. Endlich! „Gut, dass du da bist. Ich habe so sehr auf dich gewartet, Mario. Du kannst ja nicht wissen, was ich in den letzten Stunden durchgemacht habe. Aber ich muss dir erst einmal sagen warum. In der Klasse sind die Kameraden nach außen hin recht nett. Keiner hat mich wegen meiner Eltern oder besser: wegen dem, was die Presse alles berichtet, angegriffen oder beleidigt. Heute habe ich aber in der großen Pause eine andere Erfahrung gemacht. Einer aus der Unterstufe hat mir ‚Killerbaby' hinterher gerufen. Nur dieses eine Wort, mehr nicht. Aber das reichte mir. Da steckt doch schon alles drin: dass meine Eltern Mörder sind und ich das Produkt dieser Killer! So kann ich nicht leben, Mario, nicht hier in einer Umgebung, wo mich jeder kennt oder jeder bald kennen wird. Wenn vielleicht bald die Mord-Verhandlung beginnt, wird der Teufelstanz erst richtig losgehen. Dann traue ich mich nicht mehr auf die Straße. Wie soll das Ganze denn noch weitergehen? Versetzte dich mal in meine Rolle. Was würdest du tun, was würdest du tun können? In der Schule weiterarbeiten? Kann ich nicht! Mir fehlt jede Konzentration. Kennst du das? Nicht mehr nachvollziehen können, was der Lehrer sagt? Nicht mehr mitdenken können, wenn nach algebraischen Formeln gesucht wird oder eine Lateinübersetzung ansteht?“

Mario versuchte einige Male, den Redefluss zu bremsen, endlich gelang es ihm: „Sven“, versuchte Mario beruhigend auf seinen Freund einzureden. „Sven, in einem gewissen Sinn kann ich dich verstehen. Aber du musst wissen, dass nicht alle so denken wie der Schüler, von dem du gesprochen hast. Nachdem du heute Morgen nach der Pause die Schule verlassen hast, hat der Lehrer etwas gesagt, was du wissen solltest: Er hat sinngemäß zuerst gemeint, dass dich persönlich auch nicht der Funke eines Vorwurfs treffen kann. Du hattest, wie die Zeitungen auch berichten, von dem Vorhaben deiner Eltern wegen des Bilderdiebstahls gar keine Ahnung. Und das weiß auch keiner besser als ich selbst. Der Lehrer hat auch darauf hingewiesen, dass nur durch das Geständnis deiner Eltern der dort entstandene Schaden wieder gut gemacht wurde und die Bilder an den Eigentümer zurückgegeben werden konnten. Und wie der Lehrer das gesagt hat! Du hättest ihn hören sollen: Diese Rede hätte jedem Strafverteidiger zur großen Ehre gereicht. Das ist wirklich wahr!

Auch die Sache mit dem Ehepaar Schubert hat der Lehrer angesprochen. Er sei zwar nicht der Richter, meinte er, aber ehe jemand deshalb den Stab über deinen Vater breche, müsste er erst einmal wissen, was zuvor genau passiert sei. Eines dürfe man aber in keinem Fall: Dir, Sven, auch nur im Geringsten deswegen einen Vorwurf machen! Schade, dass du dieses Plädoyer deines Lehrers nicht gehört hast. In der Klasse war es danach für ein paar Minuten ganz still. Uwe hat dann begonnen, in die Hände zu klatschen, und schließlich hat die ganze Klasse Beifall geklatscht. Du hättest das erleben sollen, Sven! Der Beifall galt sicher dem Lehrer, das ist klar: Er galt aber auch dir, da bin ich mir sehr sicher.

Und warum ich dir das alles sage? Damit du endlich von deinem überflüssigen Sorgenstuhl runter kommst. Komm runter auf den Boden der Realität. In unserer Klasse bist du anerkannt. Du bist einer von uns. Und du gehörst zu uns – und nicht irgendwo in das Abseits. – Sehen wir dich morgen wieder in der Klasse? Sag schon Ja!"

„Es fällt mir immer noch nicht leicht, jetzt ‚Ja' zu sagen", antwortete Sven nach einer Weile. „Aber wenn der Lehrer die Dinge so dargelegt hat, dann – ja dann sage ich auch nie mehr ‚Mungo' zu ihm. Gut, Mario, morgen bin ich wieder in der Schule. Danke für dein Vertrauen und das Gespräch. Es hat mir sehr viel gebracht. – Und jetzt trinken wir erst einen Kaffee."

Sven fühlte sich nach diesem Gespräch mit Mario etwas besser. Er hatte jetzt das Gefühl, dass Mario doch als Freund zu ihm stand. Warum sonst hätte Mario ihm wohl über das ‚Plädoyer' seines Lehrers berichtet? Einen Auftrag dazu hatte er ja nicht. Der Aufruf seines Lehrers galt wohl mehr den anderen Schülern, nicht ihm. Aber für Sven war die Meinung seines Lehrers Balsam auf seine verletzte Seele. „Doch, ich werde morgen wieder in der Schule sein", kam für Mario unvermittelt noch einmal die Versicherung von Sven. Mit diesen Worten war Sven aufgestanden und in die Küche gegangen, um Kaffe aufzugießen.

Wenig später saßen die beiden Freunde am Kaffeetisch, den Sven routiniert und schnell gedeckt hatte. „Du kannst ruhig auch Kuchenteller auflegen", meinte Mario. „Daran habe ich nicht gedacht", gestand Sven leicht verlegen. „Das habe ich auch nicht erwartet. Deshalb habe ich zwei Stücke Bienenstich mitgebracht. Die hat mir übrigens meine Mutter für uns mitgegeben. Ich hatte ihr von Mungos – ach nein: den Namen wollen wir ja nicht mehr nennen –, also ich habe ihr von unserem Lehrer erzählt und von seiner Verteidigungsrede für dich. Das hat meine Mutter sehr beeindruckt. Und ich soll dich von ihr grüßen. Sie hat mich gefragt, ob ich den Lieblingskuchen von dir kenne; ich habe den Bienenstich genannt, und während ich die Schulaufgaben gemacht habe, ging sie selbst zum Konditor und hat den Kuchen besorgt. Also: Guten Appetit!"

Sven verschlug es beinahe die Sprache: Marios Mutter machte sich auf den Weg zum Konditor, nur um ihm eine Freude zu machen? „Mungo sei Dank!" sinnierte Sven halblaut vor sich hin, und Mario verstand sehr gut, was sein Freund damit sagen wollte.

Bei der Kaffeetafel der beiden Freunde ging es jetzt ausgesprochen fröhlich zu. Doch die gute Stimmung dauerte nur kurze Zeit. Das Telefon schrillte, und als Sven sich mit „Feidel" meldete, hörte er eine ihm unbekannte Stimme: „Frauengefängnis Bühl. Guten Tag, Herr Feidel. Ich rufe an im Auftrage Ihrer Mutter und soll Sie bitten, bei der Verhandlung am Dienstag der kommenden Woche auch bei Gericht zu sein. Ihre Mutter bittet darum."

Der Anruf riss Sven wieder in die Vergangenheit zurück. „Ich hatte meiner Mutter früher schon gesagt, dass ich bei der Verhandlung nicht zugegen sein werde. Meine Meinung habe ich nicht geändert. Würden Sie dies meiner Mutter bitte bestellen?" Sven wartete eine Antwort nicht ab und legte den Hörer ohne Gruß wieder auf die Gabel.

Mario, der das Telefonat verfolgt hatte, ging auf Sven zu, nahm ihn in die Arme und bekräftigte seine Haltung mit den Worten: „Wir bleiben Freunde, Sven! Für immer! Und jetzt erst recht!" Sven bekam Tränen in die Augen, als er meinte: „Was würde ich ohne dich tun? Ohne dich, unsere Klasse und ohne unseren Lehrer? Gut, dass es Euch alle gibt!"

Am nächsten Tag ging Sven wieder in die Schule. Schon auf dem Weg ins Gymnasium traf er seinen Klassenlehrer. „Herr Doktor Krieger", begann Sven das Gespräch, „von Mario Becker habe ich gehört, dass Sie sich vor der versammelten Klasse so sehr für mich eingesetzt haben, dass ich mich von Herzen bei Ihnen bedanken möchte. In der großen

Pause hat mich die Bemerkung eines Jungen völlig aus der Bahn geworfen. Der Mitschüler hat nur „Killerbaby“ gerufen. Aber mir war klar, dass ich damit gemeint war. Ich kann Ihnen daher nicht genug danken, dass Sie sich so sehr für mich verwendet haben.“

„Feidel, was ich gestern getan habe, würde ich jederzeit wieder tun. Ich habe in den Medien verfolgt, was über Ihre Eltern geschrieben und berichtet wurde. Ich weiß auch von Becker, dass Sie mit ihm befreundet sind; ich weiß auch, dass er von Ihrem Vater überredet wurde, bei dem Einbruch in der Schweiz zu helfen. Die Einzelheiten kenne ich auch. Ihr Freund Becker war es, der mir anvertraut hat, dass Sie von all dem nichts wussten oder wissen konnten. Da fiel es mir nicht schwer, eine Lanze für Sie zu brechen. Nehmen Sie es als eine Selbstverständlichkeit von mir hin. Und jetzt wünsche ich Ihnen einen schönen Schultag, Feidel“, gab Dr. Krieger zur Antwort.

Als Sven das Klassenzimmer betrat, spürte er eine Welle von Sympathie, die ihm von seinen Mitschülern entgegenschlug – eine Nachwirkung der gestrigen Ansprache des Klassenlehrers. Die Atmosphäre war entspannt, zumindest hier im Raum. Die meisten begrüßten Sven mit einem ‚Hi’ oder einem freundschaftlichen Schlag auf die Schulter. „So gut kann der Tag beginnen“, dachte Sven und versuchte sich auf den kommenden Unterricht zu konzentrieren.

IX.

Seit der Verkündung des Urteils in der Einbruchssache war Sven alleine in der großen Wohnung, die er jetzt auch selbst zu versorgen hatte. Langeweile war bei ihm noch nicht aufgekommen: Frühstück, Mittag- und Abendessen bereitet er selbst zu, wenn auch anders als dies früher seine Mutter gemacht hatte. Inzwischen besuchte ihn Mario häufig; aber auch andere Klassenkameraden kamen hin und wieder, was zuvor nicht der Fall gewesen war. So waren die Tage mit Schulbesuch, Tätigkeiten im Haushalt und mit Schularbeiten ausgefüllt.

Aus der Haft schrieb ihm seine Mutter mehrfach Briefe. Darin bat sie Sven jedes Mal um Entschuldigung für alle Probleme, die seine Eltern ihm durch ihr Verhalten bereitet hatten. Und immer wieder flehte sie ihn an, dass er sie in der Bühler Haftanstalt besuchen kommen solle.

Sven reagierte nicht auf diese Briefe. Seinem Freund Mario erklärt er, dass er nicht daran denke, seine Mutter oder gar seinen Vater zu besuchen. Er schäme sich für das, was seine Eltern getan hätten, so sehr, dass er mit seinem Leben alleine fertig werden müsse – ohne seine Eltern. „Sie existieren nicht mehr für mich! Ich weiß, dass das sehr hart klingt; aber haben meine Eltern etwas darum gegeben, was sie mir antun und angetan haben? Sie haben nur an sich gedacht! An sich, an ihren Profit und an ein besseres Leben mit viel Geld! Ich werde mir meinen Unterhalt erarbeiten, nicht ergaunern oder erschwindeln! Das habe ich jedenfalls daraus gelernt."

Immer noch wurde Sven durch die Presse fast täglich daran erinnert, was seine Eltern getan hatten. Zwar wurden die Meldungen immer kürzer, aber sie waren deswegen nicht weniger schmerzhaft für ihn. Eines Morgens, als Sven wieder wie gewohnt zum Frühstück die Zeitung überflog, verkündete eine Blocküberschrift „Hauptverhandlung wegen Doppelmord wird eröffnet".

Ein großformatiges Bild zeigte unverkennbar seine Eltern, und beim Lesen dieses Berichtes stieß Sven immer wieder auf die Namen von Vater und Mutter. Es war kein guter Start an diesem Morgen. Und der Artikel brachte Sven die Gewissheit, dass in zwei Wochen schon der erste Termin vor dem Schwurgericht stattfinden sollte. „Zwei Wochen“, dachte Sven, „und in drei Wochen beginnen wir mit den schriftlichen Arbeiten für das Abitur. Ob ich das durchstehe?“

An diesem Tag kam Sven leicht verspätet in die Schule. Die letzte Strecke hatte er im Dauerlauf zurückgelegt und war fast außer Atem, als er auf dem Schulhof eintraf. Eine kleinere Gruppe jüngerer Mitschüler stand in der Nähe des Haupteinganges herum; sie hatten auf Sven gewartet. Als er über den Pausenhof in die Schule und in sein Klassenzimmer eilen wollte, fing die Gruppe wie auf Kommando an zu singen: „Jetzt geht's los! Jetzt geht's los!“ Wie angewurzelt blieb Sven stehen, schaute zu der Clique und hoffte, dass diese verstumme. Weit gefehlt! Der Gesang wurde eher lauter, und er verfehlte nicht seine Wirkung: Sven wurde aschfahl, suchte Halt und stützte sich an der Hauswand ab. Ein Klassenkamerad, der gerade vorbeikam, ergriff spontan für Sven Partei und schrie den Sängern zu: „Seid ihr total verrückt geworden? Was soll das Gegröle? Was hat Sven euch getan? Ich erwarte eine Entschuldigung von euch – und zwar auf der Stelle! Los, wird's bald?“ Er stellte sich direkt neben Sven und nahm ihn unterstützend in den Arm. „Ich warte nicht lange. Wer ist der Anführer oder der Vorsänger? Keiner? Der Feigling soll sich noch melden! Oder soll der Direx die Sache überprüfen? Wenn eine Gruppe von so einem Feigling angeführt wird, würde ich den Verein schnellstmöglich verlassen! Und soviel kann ich euch auch versichern: Sven hat sich seine Eltern sowenig ausgesucht wie ihr euch eure Eltern. Aber euren Anführer, den Schlappschwanz, den habt ihr euch ausgesucht! Dafür solltet ihr euch schämen und dem Kerl den Rücken zeigen – und zwar ganz schnell!“

Die Worte zeigten sofort Wirkung: Die Gruppe zerstreute sich und verschwand in verschiedene Klassezimmer. Eine Schülerin ging auf Sven zu und entschuldigte sich: „Ich habe es nicht so gemeint. Und es tut mir aufrichtig leid. Sicher werde ich jetzt von der Gruppe geschnitten, nachdem ich mich entschuldigt habe. Aber das nehme ich in Kauf, weil ich dich persönlich sehr schätze. O.k.?"

Wie um Frieden zu erbitten streckte das Mädchen Sven die Hand entgegen. Sven nahm die Hand und meinte: „Alles o.k. und – danke!"

Sven und sein Klassenkamerad kamen zu spät in das Klassenzimmer. Sie gingen auf den Lehrer zu, um sich für die Verspätung zu entschuldigen. Dazu kam es aber gar nicht: Der Lehrer sah die beiden an, legte Sven die Hand auf die Schulter und meinte fast väterlich: „Schon gut. Nehmt nur Platz. Ich habe gerade erst begonnen."

So sehr Sven versuchte, dem Unterricht zu folgen: Es wollte und konnte ihm nicht gelingen. Seine Gedanken schweiften ständig ab, und wie im Traum sah er einen großen Gerichtssaal, an dessen Front in Übergröße und fast riesig die Richter saßen und auf der Anklagebank zwei winzig kleine Menschen: seine Eltern! Kräftig dröhnten in seinen Ohren die Donnerstimmen der Richter und das wehmütige Jammern seiner geschrumpften Eltern. Sven bemühte sich, dieses schreckliche Bild zu zerstören. Es gelang ihm immer nur für kurze Zeit; danach tauchte das Bild wieder auf. Immer wieder in anderen Farben. Zuletzt hatte sein Vater, so klein wie er im Traum war, einen blutigroten Kopf, seine Mutter war ganz bleich im Gesicht. Für Sven wollte diese Unterrichtsstunde kein Ende nehmen. Als dann doch endlich das ersehnte Pausenzeichen zu hören war, standen die Klassenkameraden auf und gingen auf den Flur. Sven war der Letzte, der seinen Platz verließ und von Mario auf den Flur gezogen wurde: „Was ist nur mit dir heute los, Sven? Ich habe dich während der ganzen Stunde beobachtet. du warst gar nicht da; manchmal hatte ich den Eindruck, dass du träumst. Kann ich dir helfen? Ich tu es gerne. Das musst du einfach wissen."

„Hast du das Gegröle vorhin gehört? Auf dem Hof haben mich ein paar Mitschüler aus den unteren Klassen gehänselt.

Sie haben zwar nicht meinen Namen genannt; aber sie haben eindeutig mich gemeint. Horst kam gerade dazu und hat sich sofort auf meine Seite geschlagen und die anderen regelrecht angepfiffen. Ich habe das von Horst ganz toll gefunden; aber trotzdem bin ich heute nicht bei der Sache. Die Meldung in der Zeitung, dass der Mordprozess gegen meine Eltern bald beginnt, hat mich etwas ganz Schreckliches träumen lassen: Immer wieder tauchten in den Traumbildern meine Eltern als Zwerge auf – und die Richter waren alle riesig. Meine Eltern waren völlig verloren und hilflos. Das alles hat mir richtig wehgetan. Auch wenn ich nicht gut auf meine Eltern zu sprechen bin: So, wie in meinen Träumen, soll es meinen Eltern doch nicht gehen. Das will ich ihnen nicht wünschen. Nein, weiß Gott nicht. Schließlich sind es doch meine Eltern! Ich bin im Augenblick einfach hin und her gerissen. Ein klarer Gedanke kommt bei mir nicht auf. Ich sehe nur Nebelfetzen und Dunkelheit. – Du glaubst gar nicht, wie ich auf Licht und Erleuchtung warte! Eines ist für mich nur sicher: In der jetzigen Verfassung kann ich kein Abitur machen. Das ist ausgeschlossen! Garantiert!"

Verzweifelt kam die spontane Antwort von Sven, und Mario versuchte nicht, seinen Freund zu unterbrechen. Kurzerhand stellte sich Mario vor Sven, legte ihm seine Hände auf die Schultern, schaute ihm tief in die Augen und meinte beruhigend: „Ich kann mir sogar sehr gut vorstellen, wie es in dir aussieht, Sven. Als Freund empfinde ich mit dir. Und wir haben schon so viele Gespräche miteinander geführt, dass ich sehr gut nachempfinden kann, wie es um dich steht. Wir haben heute nur noch eine Unterrichtstunde und danach Sport. Ich bin sicher, dass dir nach dem Sport wieder leichter ist und du ‚gelockert' wieder an die Arbeit gehen kannst. Das ist ganz ehrlich gemeint und nicht nur so daher gesagt. Sven, Junge wach auf! Du hast noch Großes vor dir. Und du schaffst es, – wenn du willst!" Mario hatte Sven bei diesem Gespräch fest in die Augen geschaut und konnte erkennen, dass Sven etwas entspannter wirkte als zuvor.

„Danke, Mario! Ich werde heute noch hier bleiben. Was danach geschieht, weiß ich jetzt noch nicht. Sicher ist für mich eines: Noch so ein paar Träume, wie ich sie heute erlebt habe, stehe ich nicht ohne Schaden durch. Da bin ich mir sehr sicher!“

Die Schulglocke läutete das Ende der Pause ein, und die beiden Freunde gingen mit den anderen Schülern wieder in ihre Klasse zurück. Mathematik war für die kommende Stunde angesagt, Svens Lieblingsfach. Kaum hatte der Unterricht begonnen, kamen bei Sven die bösen, schrecklichen Gedanken aus der Vorstunde wieder. Sven gelang es nicht, die Träume los zu werden und sie zu verscheuchen. Immer hartnäckiger bohrten sich die ungeliebten Bilder in seine Vorstellung ein, so dass er dem Unterricht nicht folgen konnte. Dr. Krieger, der Mathematiklehrer, hatte Sven beobachtet; er merkte, dass dieser mit seinen Gedanken nicht bei der Sache war. Er hatte Verständnis für dessen Situation und verschonte ihn mit Aufrufen.

Mario sah während der Stunde hin und wieder zu Sven. Er konnte dabei beobachten, dass sein Freund manchmal mit dem Kopf schüttelte, so, als ob er Gedanken verjagen wollte oder als ob er jemandem sagen wollte, dass er dies nicht will. Mario erkannte, dass Sven seine drückende Last nicht abschütteln konnte und nicht in der Lage war, sich auf das ‚Jetzt' zu konzentrieren. Mit Sven wartete auch Mario auf das ersehnte Pausenzeichen und damit auf das Ende dieser Stunde. Die lockernde Turnstunde sollte die Wende bringen, hoffte Mario für Sven.

Weil die Sonne am wolkenlosen Himmel stand, verlegte der Turnlehrer die Stunde ins Freie auf den neben der Schule liegenden Sportplatz. Leichtathletik war angesagt. Mit Atem- und Lockerungsübungen begann der Lehrer, ehe er seine Schüler zu einem Dauerlauf animierte und sie danach in zwei Gruppen Fußball spielen ließ. Auch Sven war jetzt ganz bei der Sache: Das gemeinsame Laufen ließ ihn auf andere Gedanken kommen, er fühlte sich von den anderen mitgezogen. Das Ballspiel verlangte ganz einfach ein Mitgehen, und die anfeuernden Zurufe seiner Mannschaftskameraden ließen ihn die bösen Träume – zumindest für den Augenblick – vergessen.

Die Stunde verging für Sven schneller als die vorhergehenden, und als die Schule zu Ende war, kam Mario auf Sven zu, legte ihm seinen Arm auf die Schulter und meinte in freundschaftlichem Ton: „Meine Mutter hat mich gefragt, ob du heute zu uns zum Essen kommen willst. Du bist herzlich eingeladen. Mutter hat heute gefüllte Krautwickel auf dem Speiseplan. Ich denke, da solltest du nicht Nein sagen. Meine Mutter freut sich mit mir, wenn wir zusammen bei ihr aufkreuzen. O.k.?“

Der freundschaftliche Klaps und das strahlende Gesicht von Mario ließen Sven nicht lange schwanken. Mit einem Seitenblick auf Mario gab Sven die Antwort: „Ich sehe es dir an, dass du das so meinst, wie du es sagst. Gut, Mario, ich sage gerne ‚Ja und Danke'. Aber was kann ich deiner Mutter mitbringen? Die Geschäfte sind jetzt geschlossen.“

„Lass dir bloß keine Dummheiten einfallen, Sven. Du kommst einfach so mit. Basta. Und nichts mit Blumen oder so! Du weißt, dass du bei meiner Mutter eine ganze Menge Steine im Brett hast und dass sie unsere Freundschaft gut findet. Also, lass es auch gut sein. Ich freue mich, dass du mitkommst.“

Marios Mutter hatte die beiden jungen Männer schon von weitem gesehen und kam ihnen im Hausflur entgegen: „Schön, dass du hier bist, Sven. Ich hoffe nur, dass dir das Essen bei mir schmeckt. Wir können gleich zu Tisch gehen. Heute sind wir nur zu dritt. Mein Mann hat einen Auswärts-Termin. Aber er weiß, dass du heute hier bist. Auch in seinem Namen: herzlich willkommen! Und jetzt wünsche ich nur noch guten Appetit!“

„Mama, Sven wollte dir Blumen mitbringen. Ich habe ihn aber davon abhalten können, und glücklicherweise waren die Geschäfte auch schon geschlossen“, kam Mario seinem Freund entschuldigend zuvor.

„Sven, du hättest damit meine Absicht durchkreuzt: Wir wollen dir eine Freude machen. Das ist alles. Und dazu gibt es keine Revanche. Alles klar?" Lächelnd kam die Antwort von Frau Becker, und Sven gab sich gerne geschlagen.

„Aber Danke darf ich sagen. Ganz herzlichen Dank! Sie wissen vielleicht gar nicht, wie gut mir das gerade jetzt tut." Fast schüchtern kam die Antwort von Sven, und eine Träne stieg ihm in die Augen.

„Wie war denn heute die Schule?", lenkte Frau Becker ab.

„In der letzten Stunde war Sport angesagt", kam spontan die Antwort von Sven. „Und die hat manches wieder gut gemacht von dem, was ich zuvor mitgemacht habe. Von den Stunden davor habe ich reichlich wenig mitbekommen."

„Sven hatte schon vor dem eigentlichen Unterricht Ärger wegen ein paar Schüler, die Stunk machen wollten. Aber das wollen wir jetzt nicht noch einmal alles in Erinnerung rufen. Es war schrecklich genug, dass Sven so etwas durchmachen musste. Einmal genügt! Einmal – und das reicht!", ergänzte Mario und erntete dafür einen dankbaren Blick von Sven.

Mit gutem Appetit gingen die beiden Freunde zu Tisch und sparten nicht mit Komplimenten für das köstliche Mal.

Nach dem Essen lud Mario seinen Freund dazu ein, gemeinsam die Schularbeiten zu machen. Sven kam diese Einladung gerade recht, da er bei sich zuhause allein gewesen wäre und – wie er erwartete – die Träume vom Vormittag mit all ihren Schrecken wieder kommen würden. Mit einem „das ist eine gute Idee" nahm Sven das Angebot dankend an und begleitete Mario in dessen ‚Bude'.

Der Nachmittag verging für Sven sehr schnell. Als die beiden am späteren Nachmittag mit den Hausaufgaben fertig waren, wollte sich Sven verabschieden, wurde aber von Marios Mutter daran gehindert, die den Kaffeetisch schon für drei Personen mit einer kleinen Kuchenauswahl gedeckt hatte. „Euren Köpfen sieht man an, dass ihr fleißig gearbeitet habt. Da tut eine kleine Kaffeepause sicher gut. Das entspannt und macht wieder locker", kam die gut gemeinte Einladung an Sven.

Einer langen Überredung bedurfte es nicht: Sven nahm das Angebot gerne an und die beiden Freunde ließen sich von Frau Beckers Fürsorge verwöhnen. Mit ein paar heiteren Kaffeeklatschgeschichten unterhielt Marios Mutter die kleine Gesellschaft.

Zu schnell verging diese schöne Stunde für Sven, und mit einem herzlichen Dank verabschiedete er sich von seiner Gastgeberin und von seinem Freund. Die gelöste Stimmung war aber mit einem Schlag verschwunden, als er auf die Straße trat und ihn manches Gesicht fragend oder forschend ansah, ohne dass sein Gruß erwidert wurde.

Das unangenehme Gefühl verstärkte sich bei Sven, als er zuhause im Briefkasten einen Brief seiner Mutter fand. Sie teilte ihm darin mit, dass die Hauptverhandlung in den nächsten Tagen beginne und sie immer noch „sehnsüchtig" auf einen Besuch von Sven im Frauengefängnis warte. „Gib mir doch wenigstens ein Lebenszeichen von dir", flehte sie ihn an.

„Gut, das sollst du haben", entschied Sven und griff zum Telefon. Er wählte die Rufnummer der Vollzugsanstalt, nannte seinen Namen und bat die Dame in der Anmeldung, seiner Mutter Folgendes auszurichten: „Ich werde nicht bei Gericht erscheinen. Ich werde dich auch nicht besuchen. Die Schule breche ich ab, ich werde mich auf eigene Beine stellen. Ich bin jetzt allein und habe keine Eltern mehr."

„Aber das kann ich Ihrer Frau Mutter doch so nicht sagen. Ihre Mutter muss mir so ein hartes Wort doch auch gar nicht abnehmen. Kann ich nicht einfach Ihre Mutter an das Telefon holen? Es würde nicht lange dauern, und Sie könnten dann Ihre Worte wiederholen, wenn Sie meinen, dies so hart sagen zu müssen. Bitte lassen Sie mich durchstellen!" Fast bittend kam die Entgegnung der Angerufenen. „Meinetwegen. Ich werde kurz am Telefon bleiben", meinte Sven und spürte nachgerade die Erleichterung der Justizangestellten am anderen Ende der Leitung.

„Hallo Sven, Liebling, endlich höre ich etwas von dir“, begann Frau Feidel. Sven unterbrach ihren Redefluss mit genau den Worten, die er zuvor der Dame am Empfang mitgeteilt hatte. Nach dem Schlusssatz „ich bin jetzt allein und habe keine Eltern mehr“ legte Sven den Hörer auf und atmete erleichtert durch.

„So, das Schwerste habe ich hinter mir!“, sagte Sven zu sich selbst. Er hatte sich die Trennung von seinen Eltern schwerer vorgestellt. Wochenlang hatte er wegen dieses Schrittes schon vor sich hin gegrübelt. Mit seinem Vater hatte er schon seit der Verhaftung keinen unmittelbaren Kontakt mehr gehabt. Von ihm hatte er keinen Brief bekommen und nur über seine Mutter den einen und anderen Gruß erhalten, den Sven nicht mehr erwiderte, seitdem er von dem Einbruch erfahren hatte. Die Trennung von seiner Mutter empfand Sven zunächst als unmöglich. Zur Mutter hatte er eine stärkere emotionale Bindung. Aber er konnte es nicht verwinden, dass seine Mutter ihm nicht von vornherein die Wahrheit gesagt hatte und vor allem, dass sie den Einbruch in die Wohnung Wranglers gutgeheißen und von der Beseitigung der Leichen in der Schweiz von Anfang an gewusst hatte. „Und wie viel wusste meine Mutter tatsächlich? Weshalb ist sie überhaupt meinem Vater in die Schweiz nachgefahren? Hat sie von den Plänen meines Vaters gewusst? War die Tötung der Schuberts etwa schon länger geplant oder auch nur kurzfristig angedacht?“ fragte sich Sven und war sich – auch ohne dass er auf diese Fragen eine Antwort hatte – sicher, dass die Trennung von den Eltern für ihn die richtige Entscheidung war und dass er ein neues Leben beginnen müsse.

Nach wenigen Minuten griff Sven erneut zum Telefon und rief Mario an. „Hallo Mario, ich habe gerade mit meiner Mutter telefoniert. Ich habe mich von meinen Eltern losgesagt, einfach getrennt! Und jetzt ist mir leichter als noch heute Morgen. In den letzten Tagen habe ich mir über meine Zukunft mehr Sorgen gemacht als je zuvor. Und heute weiß ich eines: Ich muss mein Leben allein weiterführen. Geld habe ich keines. Von meinen Eltern kann ich auch keines erwarten. In dem Haus kann ich mit Sicherheit auch nicht bleiben. Wovon sollte ich die Miete bezahlen? Was bleibt mir anderes übrig, als mich auf eigene Beine zu stellen, einen Beruf zu finden und selbst Geld zu verdienen? Ich melde mich von der Schule ab – bald, sehr bald! Ich will dir das als meinen Freund zuerst sagen. Bitte verstehe mich! Aber es gibt für mich keine andere Entscheidung. Jetzt schon gar nicht mehr, nachdem ich keine Eltern mehr habe. Und eines versichere ich dir: Ich werde mein Geld und meinen Unterhalt ehrlich verdienen. Ich suche eine Arbeit, die mich ernährt, und ich scheue mich vor keiner Arbeit, wie immer sie auch geartet sein sollte! Auch dazu gebe ich dir mein großes Versprechen! Grüße deine Eltern von mir und sage ihnen Dank für alles, was sie mir schon Gutes getan haben. Und auch dir, Mario, danke für alles. Wenn du willst, bin ich natürlich auch weiterhin dein Freund! Aber ich gehe nicht mehr in die Schule!"

Sven wartete nicht lange auf eine Antwort seines Freundes. Er ahnte, dass dieser ihn umstimmen wollte: weiter Schulbesuch, Abitur und dann vielleicht ein Studium auf Staatskosten. Nein, kein Fall für Sven, nach den Erlebnissen in den vergangenen Wochen. Sein Plan stand fest! „Und ich führe ihn aus!", dachte Sven. „Wir sehen uns sicher bald einmal wieder", waren seine letzten Worte, ehe er den Hörer auflegte.

Und noch einmal griff Sven zum Telefon: „Könnten Sie mich mit dem Herrn Direktor verbinden?", fragte Sven die Schulsekretärin des Gymnasiums. „Ja, einen Augenblick, bitte. Ich verbinde Sie", kam die freundliche Antwort der Sekretärin, und „Schlotter" meldete sich der Direktor. „Hier Sven Feidel. Herr Direktor, ich bin leider gezwungen, die Schule zu verlassen. Ich weiß natürlich, dass ich in wenigen Wochen mit dem Abitur die Schule abschließen könnte. Dazu fehlen mir aber Zeit und Geld. Die Gründe brauche ich Ihnen wohl nicht im Einzelnen aufzählen; Sie kennen die Fakten. Die Schule und die ganze Stadt reden kaum von etwas anderem.

Tatsache aber für mich ist, dass ich keine Miete bezahlen kann und die fristlose Kündigung zu erwarten ist. Ob ich will oder nicht: Ich muss arbeiten und Geld verdienen. Die Wohnungseinrichtung werde ich verkaufen. Auch dies kostet Zeit und Geld, und ich muss von etwas leben."

Der Direktor hörte aufmerksam zu und ließ Sven ausreden, auch weil er spürte, dass sein Schüler dadurch eine Erleichterung erfuhr. In seiner Antwort versuchte er Sven eine Brücke zu bauen: „Feidel, so, wie Sie mir die Situation schildern, habe ich den Eindruck, dass Sie sich das alles sehr gut überlegt haben. Aber darf ich Ihnen vielleicht schon jetzt Folgendes sagen: Die Schule hat die Möglichkeit, in solchen Fällen wie jetzt bei Ihnen finanziell auszuhelfen. Sie könnten sich auf den Abschluss der Schule vorbereiten und sich danach so verhalten, wie Sie wollen. Sie könnten eine Lehre oder ein Studium beginnen – denken Sie zum Beispiel an Bafög. Oder Sie können eine Arbeit aufnehmen, wenn Ihnen Lehre oder Studium ausgeschlossen erscheinen. Das alles möchte ich aber nicht in aller Breite am Telefon erörtern. Für Sie, lieber Feidel, möchte ich mir gerne Zeit nehmen. Nichts ist mir wichtiger als meine Schüler. Sie brauchen auch nicht während der Unterrichtszeit zu mir zu kommen; ich stehe auch am Nachmittag für Sie zur Verfügung, auch noch heute Abend oder morgen Nachmittag. Ich richte mich da ganz nach Ihnen. Sie sollten daraus auch sehen, wie wichtig mir Ihre Entscheidung ist."

„Herr Direktor, ich danke Ihnen sehr, und ich weiß, wie ernst Sie die Sache nehmen. Ich habe mich aber fest entschlossen, die Schule zu beenden und zwar sofort. Ich sehe mich im Augenblick außerstande, im Unterricht den Ausführungen der Lehrer zu folgen, zuhause fehlt mir jede Konzentration. Stets muss ich an meine Eltern denken, und ich fühle mich selbst ganz stark in die verschiedenen Gerichtsverfahren einbezogen. Ich werde in Tagträumen von Riesen verfolgt und empfinde mich ganz winzig. Ich kann einfach nicht mehr. Bitte haben Sie dafür Verständnis: Ich werde nicht mehr in die Schule gehen. Nehmen Sie dies als Abmeldung bitte an. Ich danke Ihnen und den Lehrern Ihrer Schule. Sie haben alle sicher das Beste aus mir machen wollen. Ich kann aber nicht mehr."

„Feidel, Ihre Entschlossenheit in allen Ehren. Ich respektiere Ihre Entscheidung. Aber ich möchte Ihnen mit auf den Weg geben: Alle Ihre früheren Lehrer und ich sind immer für Sie da. Wenn ich ‚immer' sage, dann meine ich das auch so. Das gilt für heute, für morgen und für alle Zukunft", versuchte der Direktor seinen Schüler umzustimmen.

„Ich kann Ihnen nur nochmals danken, Herr Direktor. Aber meinen Entschluss habe ich Ihnen schon mitgeteilt. Ich bleibe dabei." Ganz entschieden, wenn auch traurig schloss Sven das Gespräch ab.

Sven verbrachte eine sehr unruhige Nacht, fast ohne Schlaf. Die mahnenden, bittenden Worte des Direktors klangen in ihm nach und ließen ihn ständig an die Zukunft denken. Seinen Entschluss änderte er nicht mehr. In der frühen Morgendämmerung stand Sven auf, ging in das Bad und duschte ausgiebig. Nachdem er sich angezogen und gefrühstückt hatte, überlegte er, was er nun unternehmen sollte. „Die Zeitung", dachte Sven halblaut und eilte zum Briefkasten. Im Augenblick interessierte er sich nur für „seinen Fall", wie er den Prozess gegen seine Eltern nannte.

„Prozessbeginn in einer Woche" lautete die Schlagzeile, die ihm sofort auffiel. Bei der Lektüre des Artikels stieß er sich an Begriffen wie „spektakulärer Prozess" oder „das Diebespaar". Auch Formulierungen wie „verabredeter Mord an Ehepaar" lösten bei Sven wieder Verachtung für seine Eltern aus. Er legte die Zeitung weg, nur um sie nach kurzer Zeit wieder in die Hand zu nehmen. Der Arbeitsmarkt interessierte ihn. Die Stellenangebote richteten sich fast durchweg an Facharbeiter. Dann aber fiel ihm ein Inserat auf: „Diskjockey gesucht". Sven griff zum Telefon, wählte die angegebene Rufnummer und war enttäuscht, dass sich niemand meldete. „Die haben wohl andere Arbeitszeiten als ich", meinte Sven halblaut vor sich hin murmelnd. „Ich werde es später nochmals versuchen.“

Am späteren Vormittag hatte er mehr Glück: Noch am gleichen Nachmittag konnte er zu einem Vorstellungsgespräch nach Baden-Baden fahren und bekam die Stelle zugesagt. „Zunächst einmal für einen Monat“, schränkte der Betreiber der Diskothek ein. „Wenn Sie sich gut einarbeiten, kann daraus aber gerne eine langfristige Arbeit werden“, kam der für Sven hoffnungsfrohe Nachsatz. Schon am selben Abend saß Sven am Mikrophon neben dem Plattenspieler und hatte damit den Sprung in das Berufsleben geschafft.

X.

„Ich eröffne die Sitzung des Schwurgerichtes Baden-Baden. Zum Aufruf kommt das Verfahren gegen die Eheleute Eugen und Ilona Feidel wegen Mordes an dem Ehepaar Max und Gerda Schubert aus Baden-Baden. Der Angeklagte Eugen Feidel wird vertreten durch seinen Verteidiger, Herrn Rechtsanwalt Zübel; die Angeklagte Ilona Feidel wird vertreten durch ihren Verteidiger, Herrn Rechtsanwalt Schnürer. Ich unterstelle, dass die Beiziehung weiterer Verteidiger nicht vorgesehen ist, da ein entsprechender Antrag dem Schwurgericht nicht vorliegt. Ist diese Annahme richtig?" Der Vorsitzende Richter wandte sich fragend an die Verteidiger.

„Dies ist richtig, Herr Vorsitzender", kam die Antwort der beiden Verteidiger wie aus einem Munde.

„Dann erteile ich das Wort dem Herrn Oberstaatsanwalt und bitte ihn, die Anklage zu verlesen." Der Richter deutete mit einer leichten Verbeugung zur Bank des Anklägers einen Gruß an.

Der Oberstaatsanwalt erhob sich, zollte mit einem leichten Kopfnicken dem Gericht Respekt und verlas die mehrseitige Anklageschrift, in welcher dem Angeklagten Eugen Feidel Doppelmord aus Habgier und niederen Beweggründen vorgeworfen wurde und Ilona Feidel der Beihilfe hierzu bezichtigt wurde. Die Vorwürfe der Staatsanwaltschaft waren allen Prozessbeteiligten zuvor bekannt, so dass sie für niemanden eine Überraschung darstellten. Während die Anklage verlesen wurde, herrschte im großen Sitzungssaal völlige Stille. Der Saal war bis auf den letzten Platz gefüllt; hinter den Stuhlreihen standen dicht gedrängt noch eine Reihe weiterer Zuhörer, die alle mit großem Interesse dem Geschehen im Gerichtssaal folgten. In der ersten Stuhlreihe waren Plätze für Pressevertreter reserviert. Nur hier spürte man eine geschäftige Bewegung, da die Journalisten eifrig ihre Eindrücke aus dieser Sitzung niederschrieben.

Die Angeklagten selbst schienen nur Augen für den Staatsanwalt zu haben. Obwohl sie die Vorwürfe genau kannten, erschien ihnen jetzt alles in einer anderen Dimension. Die öffentliche Verlesung der Anklage traf das Ehepaar Feidel wie Peitschenhiebe. Beide saßen starr, bewegungslos und wie blutleer da. Die Spannungen lösten sich auch nicht, nachdem der Oberstaatsanwalt die lange Anklage verlesen hatte und der Vorsitzende des Schwurgerichtes sich jetzt an die Angeklagten wandte mit der Frage: „Wollen Sie sich schon jetzt zu der Anklage äußern? Ich gebe Ihnen die Gelegenheit dazu."

Halb fragend, halb zweifelnd blickte Feidel seinen Verteidiger an, der sich seinerseits erhob und an Stelle des Angeklagten die Antwort gab: „Mein Mandant bestreitet nicht, das Ehepaar Schubert getötet zu haben, hohes Gericht. Die weiteren Umstände, wie Habgier oder die niederen Beweggründe, dagegen treffen nicht zu. Mein Mandant hatte keine finanziellen Vorteile und hatte diese auch nicht erwartet. Insoweit wird Habgier bestritten. Die Tötung erfolgte auch im Affekt, so dass niedere Beweggründe nicht zu erkennen sind. Weitere Erklärungen hierzu gestatten Sie mir bitte nach der Beweisaufnahme."

Auch der Verteidiger von Frau Feidel erhob sich, um eine kurze Stellungnahme abzugeben: „Auch für meine Mandantin gilt dasselbe. Die Tötung der Eheleute Schubert war keineswegs beabsichtigt. Erst nach dem Geschehen erfuhr meine Mandantin davon. Eine Beihilfehandlung seitens meiner Mandantin ist somit nicht zu erkennen. Im Übrigen möchten auch wir die Beweisaufnahme abwarten."

„Dann werden wir mit der Beweisaufnahme beginnen. Zum Tathergang in der Schweiz hat die Staatsanwaltschaft eine Reihe von Zeugen gehört und – dank der Unterstützung durch die Schweizer Justizbehörden – das gesamte Geschehen nachstellen lassen. Diese Wiederholungen des Tötungsablaufes haben die Schweizer in einer Vielzahl von Filmen und in verschiedenen Aufnahmestellungen festgehalten. Soweit es auf diese Darstellungen des Falles im Rahmen dieses

Verfahrens ankommen sollte, wird das Gericht darüber befinden, ob und inwieweit diese Filme als Beweise zugelassen werden. Zunächst beabsichtigt das Gericht, die wenigen hier wohnhaften Zeugen zu hören. Als erste Zeugin rufe ich Frau Elvira Krause auf."

Der Vorsitzende drückte auf einen Knopf, der die Verbindung zwischen Richtertisch und Wartezimmer für die Zeugen herstellte. Mit einem: „Frau Elvira Krause, bitte", wurde die erste Zeugin aufgerufen.

„Frau Krause, Sie haben zwar schon bei der Polizei Angaben gemacht. Dennoch bitte ich Sie, die Fragen des Gerichtes noch einmal zu beantworten, da das Gericht nur diese Aussagen verwerten kann und darf. Bitte haben Sie dafür Verständnis", leitete der Richter die Vernehmung ein.

„Das ist mir bekannt, Herr Richter. Der Polizeibeamte hat mich gleich auf diese Umstände aufmerksam gemacht", meinte die Zeugin verständnisvoll. „Ich kann aber auch nur wiederholen, was ich dem Beamten schon gesagt habe: Ich habe Frau Feidel schon häufig bei Frau Schubert gesehen. Sie waren offensichtlich sehr gut bekannt oder auch befreundet; zumindest haben sich die Damen immer lebhaft unterhalten. – Herrn Feidel kenne ich auch, aber noch nicht so lange, wie ich dessen Frau kenne. Das letzte Mal habe ich Herrn Feidel im Hause Schubert gesehen am Morgen des Tages, als das Ehepaar Schubert ermordet wurde."

„War Herr Feidel an diesem Tag im Hause der Schuberts? Können Sie sich an Einzelheiten, Gespräche oder so etwas erinnern?", forschte der Richter weiter.

Nach einer kurzen Pause verbesserte Frau Krause ihre Aussage: „Im Hause selbst habe ich Herrn Feidel an diesem Morgen tatsächlich nicht gesehen. Er fuhr mit seinem Auto auf den Hof und wurde dort von Herrn Schubert begrüßt. Auch Frau Schubert kam nach draußen auf den Hof. Die Schuberts und Herr Feidel stiegen dann in das Fahrzeug von Herrn Schubert und fuhren auch gleich danach weg. Das Fahrzeug von Herrn Feidel blieb den ganzen Tag auf dem

Hof stehen, wo ihn Herr Feidel am Morgen abgestellt hatte. Da bin ich mir sehr sicher! Als ich dann am nächsten Morgen wieder zu Schuberts kam, war das Auto von Herrn Feidel weg. Mir fiel das auf, weil der Hof ganz leer war, also überhaupt kein Auto mehr da stand. Herr Schubert hat für gewöhnlich seinen Mercedes auf dem Hof abgestellt, weil Frau Schubert ihr Fahrzeug regelmäßig in der Garage geparkt hat. An diesem Tage habe ich bis zum Spätnachmittag im Hause Schubert gearbeitet, und ich kann mit Sicherheit sagen, dass bei meinem Arbeitsende der Wagen des Herrn Feidel vor dem Hause geparkt war."

„Danke", meinte der Richter, „ich habe keine weitere Frage an die Zeugin. Kann Frau Krause entlassen werden?", fragte der Richter mit einem Blick auf den Staatsanwalt und auf die Verteidiger.

„Keine Frage mehr; Danke", kam es übereinstimmend von der Anklagebank und den Verteidigern.

Danach wurden nacheinander zwei Polizeibeamte als Zeugen aufgerufen. Sie bestätigten, dass Frau Krause bei der polizeilichen Vernehmung genau dieselben Angaben gemacht hatte und sich Widersprüche nicht ergaben.

Als nächster Zeuge wurde der Polizeibeamte gehört, der die bei den Leichen gefundenen Kabelstücken und den Benzinkanister dem Sohn der Angeklagten gezeigt hatte. Er bestätigte, dass der Sohn spontan und auf Anhieb die Gegenstände als Stücke aus der eigenen Garage erkannt hatte und bei einer Suche in der Garage diese Teile auch vermisste.

„Das Gericht hat keine weiteren Zeugen geladen. Soweit kein anderer Antrag gestellt wird, kommen wir jetzt zur Verlesung der Zeugenaussagen, die in Bellinzona von den dort gehörten Zeugen gemacht wurden". Wieder schaute der Richter fragend nach rechts und links zu den am Prozess Beteiligten, um gegebenenfalls eine Anregung entgegenzunehmen.

„Ich sehe keinen Widerspruch und bitte daher den Herrn Berichterstatter, die Zeugenaussagen in der vorgesehenen Reihenfolge zu verlesen", fuhr der Vorsitzende fort.

Der so angesprochene Berichterstatter begann mit der Verlesung der Aussagen der zwei jungen Mopedfahrer, die als erste an der Unfallstelle am Monte Verita gewesen waren. Deren Darstellung schien dem Berichterstatter besonders wichtig, weshalb er das Protokoll sehr betont und deutlich vorlas. „Wir waren mit unseren Mopeds von Arcegno nach Locarno. Bei dieser Fahrt sahen wir auf der Bergseite der Straße, also in unserer Fahrtrichtung links, einen großen PKW halb am Berg und noch halb auf der Straße stehen. Der Motor war abgestellt. Wir hatten den Wagen nicht gehört; vielmehr haben wir das Fahrzeug erst gesehen, als wir um eine leichte Kurve gefahren waren. Als wir ankamen, war ein großer Mann dabei, einen anderen Mann aus dem Wagen zu ziehen. Die Beine des anderen Mannes waren noch zum Teil im Auto. Die Fahrertüre stand weit offen. Wir hatten den Eindruck, dass der große Mann den anderen über die Straße ziehen wollte. Ob er das tatsächlich gemacht hat, können wir nicht sagen. Wir waren beide sehr erschrocken und fuhren schnell weiter. Mehr haben wir nicht beobachtet.

Frage des Untersuchungsrichters: ‚Was haben Sie nach dieser Beobachtung gemacht? Gingen Sie zur Polizei, oder haben Sie Ihren Eltern etwas gesagt?'

Antwort des Zeugen: ‚Wir waren zuerst so geschockt, dass wir uns auf eine Bank gesetzt und uns beraten haben, was wir machen sollten. Mein Freund wollte gleich zur Polizei gehen. Ich selbst wollte erst mit meiner Mutter sprechen. Das haben wir dann auch nach unserer Beratung getan. Die Mutter hat auch gemeint, dass so eine Sache der Polizei gemeldet werden sollte. Deshalb gingen wir zusammen mit meiner Mutter zur Polizei nach Locarno; das war aber gut eine Stunde nach unserer Beobachtung. Bei der Polizei haben wir erst einmal eine Rüge einstecken müssen: Der Polizist hat uns getadelt, weil wir nicht sofort gekommen sind.'

Weitere Frage des Untersuchungsrichters: ‚Konnten Sie das Kennzeichen des Pkw ablesen und es der Polizei nennen?'

‚Nein. Wir waren, als wir aus der Kurve kamen und den Wagen so auffällig schräg auf dem Berghang neben der Straße gesehen haben, völlig überrascht. Wir hatten ja zuvor kein Motorengeräusch oder überhaupt etwas gehört. Weil wir dem Polizeibeamten so wenig an Einzelheiten sagen konnten, fuhr der Polizist mit uns zunächst zu der Stelle, wo wir den Wagen gesehen hatten. Der Platz war aber schon leer. Wir haben zunächst nichts Besonderes mehr feststellen können. Dem Polizeibeamten fielen aber mehrere Kratz- oder Wischspuren auf der Straße auf, die er sich genauer ansah. Dabei entdeckte er unter einer Sandschicht rote Verfärbungen. Er fragte uns, ob wir Blut gesehen hätten bei dem Mann, der aus dem Wagen gezogen wurde. Wir hatten gar nicht so genau hingesehen, eigentlich vor lauter Schreck! Das hat uns der Polizist auch abgenommen. Der Polizeibeamte hat danach sehr aufgeregt mit jemanden per Handy gesprochen. Wir haben nur mitbekommen, dass er Befehle durchgab. Es klang so, als ob alle Grenzstationen geschlossen werden sollten, um nach dem Fahrzeug zu fahnden. Jetzt tat es uns besonders leid, dass wir weder auf ein Kennzeichen noch auf die Marke des Autos geachtet hatten. Ich kam mir jetzt doch etwas stümperhaft vor.'

Frage des Untersuchungsrichters: ‚Am Tage nach diesem Vorfall wurden in den Zeitungen und im Fernsehen Bilder von zwei Leichen gezeigt, die man in der Nähe eines Bootssteges bei Caslano entdeckt hatte. Haben Sie diese Bilder gesehen und haben Sie eine Ähnlichkeit feststellen können zwischen einer dieser Leichen und dem Mann, den Sie bei dem Pkw gesehen hatten?'

‚Nein. Wir haben nur für einen kurzen Augenblick im Vorbeifahren irgendein Fahrzeug und zwei Menschen gesehen. Es tut uns sehr leid, dass wir nicht genauer hingesehen haben, und dass wir uns vor allem das Fahrzeug nicht näher angesehen haben. Mehr kann ich leider nicht dazu sagen.'“

„Ende dieses Protokolls“, bemerkte der Berichterstatter abschließend hierzu.

„Es kommt jetzt zur Verlesung das Protokoll über die Vernehmung des Zeugen Gaio Ottillio“, fuhr der Berichterstatter fort.

„Am Morgen nach einem schweren Unwetter kam ich zusammen mit meinem Sohn an den See. Der See hatte sich wieder völlig beruhigt; es zeigten sich auch keine kleinen Wellen. Mein Sohn betrat unmittelbar vor mir den Bootssteg. Als er noch nicht ganz am Ende des Steges angekommen war, hörte ich von ihm einen fürchterlichen Schrei. Stumm zeigte er danach mit ausgestreckter Hand in das Wasser. Erst jetzt sah auch ich, was meinen Sohn so erschreckt hat: Unmittelbar neben dem Steg lagen zwei Leichen im Wasser. Es handelte sich um eine Frau und einen Mann. Beide Leichen waren in voller Bekleidung. Neben der männlichen Leiche lag ein Plastikkanister, der mit einem Kabel oder einer Plastikschnur mit dem Mann verbunden war.

Ich bin sofort zum nächsten Haus gerannt und habe von dort die Gendarmerie verständigt. Schon nach wenigen Minuten kam die Polizei. Wir hatten alles so belassen, wie wir es angetroffen haben. Dass wir den Menschen im Wasser auch durch ein sehr schnelles Eingreifen nicht mehr helfen konnten, war mir sofort klar, als ich die Leichen zum ersten Mal gesehen habe. Dies habe ich dem Gendarmen auch gesagt.

Der Gendarm hat aus seinem Wagen eine Kamera geholt und aus verschiedenen Stellungen Aufnahmen von den Leichen gemacht. Danach hat er über ein Handy mit seinem Vorgesetzten oder dem Staatsanwalt gesprochen; wer genau der Angerufene war, weiß ich nicht. Der Beamte hat danach das Gelände vor dem Steg mit einem Band abgesichert und unsere Adressen notiert. Er meinte, dass wir noch verhört werden würden.

Da wir den Steg und das Gelände verlassen mussten, konnten wir auch nicht an unser Boot. Wir gingen nach Hause und haben an diesem Tag keine Fische mehr gefangen. Mehr kann ich nicht sagen“.

„Nach dem Protokoll über die Vernehmung des Fischers kommt der Bericht des kriminal-technischen Gutachters zur Verlesung", fuhr der Berichterstatter fort.

„Die bekleideten Leichen befanden sich im seichten Wasser in unmittelbarer Nähe des Bootsteges. Da schon von der Polizei genügend Aufnahmen von der Fundstelle und dem Umfeld gemacht worden waren, habe ich die Bergung der Leichen veranlasst. Die Toten wurden zunächst auf den Bootsteg gelegt und nach etwaigen Papieren in der Kleidung untersucht. In der Innentasche der Jacke befanden sich neben den Ausweispapieren noch eine Menge Bargeld in Scheinen und andere Unterlagen. Die Papiere wiesen den Toten als einen Unternehmer mit dem Namen Max Schubert mit Sitz in Baden-Baden aus. In der Gesäßtasche fanden wir ein Portemonnaie ebenfalls mit Bargeld, Visitenkarten und einigen Zahlungsbelegen. Die Visitenkarten trugen ebenfalls den Namen des Max Schubert, zeigten aber einen anderen Wohnsitz in Greven. Dies war der eigentliche Betriebsort des von Schubert geleiteten Unternehmens.

Bei der zweiten Leiche handelte es sich um eine Frau im Alter von etwa fünfzig Jahren. Personalien wurden bei ihr nicht gefunden. Offenbar hatte sie ihre Papiere in einer Handtasche. Eine solche konnte aber im Bereich der Fundstelle nicht entdeckt werden.

Beide Leichen wiesen Schussverletzungen auf. Bei dem toten Schubert konnten schon bei oberflächlicher Betrachtung vier Einschüsse festgestellt werden; bei der Frau waren es drei Einschüsse jeweils im Brustbereich. Die Tote trug noch reichlich Schmuck, so dass wir aufgrund des Geldes und des Schmucks von einem Raubmord nicht ausgegangen sind.

Nach diesen Überprüfungen habe ich die Verlegung der Leichen in die medizinische Abteilung nach Bellinzona veranlasst. Dort wurden die Leichen seziert und eindeutig nachgewiesen, dass die Schussverletzungen als Todesursache in Frage kamen. Den schriftlichen Obduktionsbericht übergebe ich hiermit als Anlage zu meiner Aussage. Hieraus ergeben sich alle weiteren Angaben und Beweise."

Danach verlas der Berichterstatter den Obduktionsbericht, der zu dem Ergebnis gelangte, dass die Schussverletzungen einzige Todesursache waren. Der Bericht schloss mit dem Hinweis, dass die Leichen in voller Bekleidung zur Obduktion gegeben worden waren und dass sich in der Jacke des männlichen Leichnams eine Brieftasche mit etlichen Dokumenten und einer größeren Geldsumme befand. Die Leiche der Frau trug ein sehr kostbares Halsband, einen goldenen Armreif mit Brillanten besetzt und insgesamt sechs erkennbar hochwertige Ringe.

„Gibt es zu dieser Aussage des Zeugen oder dem Obduktionsbericht Fragen oder Erklärungen?", wandte sich der Vorsitzende des Schwurgerichtes fragend an den Staatsanwalt und an die Verteidiger.

„Keine Frage, Herr Vorsitzender", meinte der Ankläger, und „keine Frage, Hohes Gericht" gab auch der Verteidiger von Herrn Feidel zur Antwort und ergänzte: „Dieses Protokoll bestätigt nur die Aussage meines Mandanten, dass er nicht wegen eines irgendwie gearteten wirtschaftlichen Vorteils auf Herrn Schubert geschossen hat."

„Danke, meine Herren", erwiderte der Vorsitzende und fügte hinzu: „Erkenntnisse oder Folgerungen aus den Aussagen können wir uns vorbehalten bis zu den jeweiligen Plädoyers." Der Verteidiger des Angeklagten deutete mit einem schwachen Kopfnicken an, dass er die leichte Kritik des Vorsitzenden verstanden hatte.

„Herr Kollege, ich darf Sie bitten, die kurze Stellungnahme der Polizei von Locarno zu verlesen", wandte sich der Vorsitzende an den Berichterstatter.

„Am gestrigen Tage gegen 16 Uhr kamen die Heranwachsenden Jakob Stränzli und Tim Nägeli in Begleitung der Mutter von Stränzli in das Büro der Gendarmerie von Locarno", begann der Beisitzer mit dem Bericht der Polizei aus Locarno. „Die beiden Jungen begannen ihre Erzählung damit, dass sie mit ihren Mopeds von Arcegno nach Locarno unterwegs waren. Etwa einen Kilometer hinter Arcegno haben sie hinter einer leichten Kurve ein Auto halb am Berg und halb auf der Straße gesehen. Beide seien sehr erschrocken gewesen, da sie zuvor weder ein Motorengeräusch noch ein Hupen oder Ähnliches gehört hätten. Sie hätten weiter nur kurz darauf schauen können, dass ein großer Mann eine andere Person aus dem Wagen zog oder diese andere Person ergriffen hatte. Beide hätten den Eindruck gehabt, als wolle der große Mann den anderen – vermutlich den Fahrer des Autos – über den Weg auf die andere Seite in den Wald ziehen. Genauere Beobachtungen hätten sie aber nicht gemacht, teils aus Angst, oder einfach nach dem Schreck. Sie hätten daher ohne anzuhalten die Fahrt fortgesetzt. Keiner der beiden jungen Männer habe sich das Fahrzeug näher angesehen, sich Fahrzeugtyp oder Kennzeichen gemerkt, sodass eine Fahndung hätte ausgerufen werden können.

Nach diesen dürftigen Angaben fuhr ich zunächst mit den beiden Zeugen Richtung Arcegno. Ich hatte gehofft, dass das Fahrzeug, das die Zeugen am Hang stehend gesehen hatten, vielleicht festgefahren war und noch dort stand. Zumindest hoffte ich noch weitere Spuren sichern zu können.

Der Platz, den die beiden jungen Männer mir dann zeigten, war leer. Es stand kein Fahrzeug mehr dort. Allerdings konnte ich deutliche Reifenspuren auf der Straße und am Hang feststellen. Die Breite der Reifenspuren deuteten auf einen größeren Wagen hin. Auf der sandigen Straße war erkennbar mit einem Ast oder größeren Zweig gewischt worden, um Spuren zu beseitigen. Dies veranlasste mich, die Stelle näher zu untersuchen. Ich habe dabei feststellen können, dass sich auffallend rote Verfärbungen auf der Straße zeigten; mir schienen dies Blutspuren zu sein. Über Handy habe ich die Staatsanwaltschaft benachrichtigt. Ich wurde gebeten, Photos von der Schadenstelle zu fertigen. Dies habe ich getan. Die Lichtbilder sind diesem Bericht beigefügt.

Alle weiteren Maßnahmen wollte die Staatsanwaltschaft von sich aus veranlassen. Dies ist, wie ich später erfahren habe, auch geschehen.

Ich möchte abschließend noch bemerken, dass die Erklärungen der beiden Jungen im Wesentlichen von Jakob Stränzli abgegeben wurden; Tim Nägeli hat die Angaben seines Freundes durch kurze Wortbeiträge oder eifriges Kopfnicken bestätigt." „Das ist das Ende des polizeilichen Protokolls", meinte der Berichterstatter abschließend.

„Mit einem Blick zum Tisch des Anklägers und zur Bank der Verteidiger wollte der Vorsitzende wissen. „Fragen hierzu? Erklärungen? Anträge?" Von beiden Seiten wurden diese Fragen verneint und damit dem Berichterstatter die Möglichkeit gegeben, auch noch das Gutachten des technischen Sachverständigen zu verlesen.

„Von der Staatsanwaltschaft in Bellinzona habe ich den Auftrag erhalten, einen Pkw der Marke Mercedes-Benz, Typ 300 SEL und den polizeilichen Kennzeichen BAD-A 111 zu untersuchen. Bei der Auftragserteilung wurde mir mitgeteilt, dass das Fahrzeug sich in der Tiefgarage eines Kaufhauses in Bellinzona befand. Ich sollte dort auch die Umgebung des Abstellplatzes untersuchen, ob sich irgendwelche Hinweise auf den Fahrer durch Spuren ergeben könnten. Insbesondere sollte auch geprüft werden, ob sich am oder im Fahrzeug irgendwelche Vermögenswerte befanden oder befunden haben könnten.

Zusammen mit meinem Assistenten und einem Beamten der Kripo haben wir den Abstellplatz untersucht und dabei festgestellt, dass sich eine Radkappe vom linken Vorderrad des Pkw gelöst hatte. Die Radkappe befand sich unter dem Fahrzeug. Eine neue Kratzspur am Rand der Kappe ließ darauf schließen, dass das linke Vorderrad zu nahe an den Bordstein links geraten war und es dort einen Zusammenstoß gab. Hierbei wurde die Radkappe abgesprengt. Eine genaue Untersuchung der Radkappe ergab keine Auffälligkeiten, insbesondere zeigte die Innenseite der Kappe eine einheitliche

Staubschicht. Ich werte dies als Beweis, dass in der Radkappe keine Gegenstände gelagert waren.

Nachdem wir das Fahrzeug in der Tiefgarage von mehreren Seiten und aus verschiedenen Blickwinkeln fotografiert hatten, wurde der Wagen zur weiteren technischen Überprüfung in unseren Prüfungssaal überstellt. Die Untersuchung des Fahrzeuges ergab Folgendes: Der Fahrersitz, das Steuerrad und Fußmatte vorn links zeigten erhebliche Blutspuren. Solche befanden sich auch im Mittelbereich des Rücksitzes und im Kofferraum. Verschmierte Blutspuren, so genannte Schleifspuren, befanden sich am Boden des Einstiegs zum Fahrersitz und an der hinteren Stoßstange. Die entnommenen Blutproben ergaben zweifelsfrei, dass diese zwei verschiedenen Personen zuzuordnen sind. Das medizinische Labor hat fernmündlich bestätigt, dass die Blutprobe I Herrn Schubert, die Probe II Frau Schubert und die Probe III (Probe aus dem Kofferraum) wiederum Herrn Schubert zuzuordnen sind. Ein Bericht des Labors wird gesondert erstellt.

Die weitere Untersuchung ergab keine technischen Mängel und zwar weder bei der Lenkung noch bei den Bremsen oder bei sonstigen für das Fahrverhalten wichtigen technischen Einrichtungen. Der Stand des Wagens in seiner Endstellung am Berg vor Arcegno kann daher nur mit einem Fahrfehler begründet werden. Aus technischer Sicht gehe ich davon aus, dass die Schüsse auf Herrn Schubert die Ursache dafür sind, dass der Wagen rechts angezogen wurde und somit teilweise von der Straße auf den Hang gesteuert wurde. Für diese Version sprechen auch die auf dem Fahrersitz vorgefundenen Blutspuren. Dies im Einzelnen zu beweisen oder zu begründen, fällt aber wohl nicht mehr in den technischen Bereich. Die letzten Bemerkungen bitte ich daher nur als Hinweis zu werten."

„Damit endet dieses Protokoll", meinte der Berichterstatter mit einem Blick auf den Vorsitzenden.

„Nachdem im Vorverfahren erkennbar war, dass die Tötung des Ehepaares Schubert von dem Angeklagten Eugen Feidel nicht bestritten wird, hat das Gericht keine weiteren

Zeugen geladen. Auch von der Anhörung der Sachverständigen könnte das Gericht Abstand nehmen, wenn und soweit zu den Vernehmungen der Sachverständigen keine weiteren Fragen gestellt oder Zusatzerklärungen abgegeben werden", fuhr der Vorsitzende in der Verhandlung fort und blickte fragend zum Ankläger und zu den Verteidigern.

Erwartungsgemäß ließen beide Seiten wissen, dass auf weitere Zeugen oder Sachverständige verzichtet werden könne. „Dann schließe ich hiermit die Beweisaufnahme und unterbreche die Sitzung zur Mittagspause. Die Verhandlung wird um 15 Uhr wieder aufgerufen werden. Die Herren Wachtmeister darf ich bitten, die Angeklagten in die hiesige Vollzugsanstalt zu bringen. Es ist mit der dortigen Leitung abgesprochen, dass Herr und Frau Feidel in Einzelzellen ihr Mittagessen einnehmen können. Ich darf alle Beteiligten pünktlich um 15 Uhr wieder erwarten."

Nach der Mittagspause wurde das Verfahren wieder aufgerufen; zunächst erhielt der Staatsanwalt das Wort. „Hohes Schwurgericht", begann der Anklagevertreter sein Plädoyer, „der Angeklagte Eugen Feidel hat selbst erklärt, dass er das Ehepaar Schubert getötet hat. Wenig glaubhaft erscheint der Staatsanwaltschaft die Behauptung des Angeklagten, er sei von Herrn Schubert so sehr beleidigt und erzürnt worden, dass er aus einer unkontrollierbaren Erregung heraus gehandelt habe. Wir wissen von den Angeklagten, dass die Fahrt in die Schweiz auch nach Italien hätte fortgesetzt werden sollen, damit dort – wo auch immer – Diamanten abgesetzt oder versilbert werden sollten. Edelsteine wurden aber im Fahrzeug des Herrn Schubert nicht gefunden. Dies, obwohl der Wagen von technischen Sachverständigen sehr genau untersucht wurde und dabei alle denkbaren Verstecke geöffnet wurden. Die Steine blieben verschwunden. Richtig ist zwar, dass auch bei der Hausdurchsuchung der Angeklagten weder Steine noch eine größere Menge Bargeld gefunden wurden. Dies schließt aber nicht aus, dass die Steine von dem Angeklagten mitgenommen und versteckt wurden. Aber auch dann, wenn der Angeklagte das Versteck nicht gekannt hätte, wie er angab, und er nichts an sich genommen hätte, bleibt mehr als der Verdacht, dass er das Ehepaar Schubert getötet hat, eben um in den Besitz dieses Vermögens zu kommen.

Aus diesem Sachverhalt muss geschlossen werden, dass der Angeklagte Eugen Feidel aus Habgier getötet hat. Dieses Verhalten stellt aber Mord im Sinne des § 211 des Strafgesetzbuches dar.

Mord in diesem Sinne ist aber auch deshalb anzunehmen, weil die Tötung beider Eheleute Schubert heimtückisch und mit der Pistole als einem gemeingefährlichen Mittel erfolgte.

Ich beantrage daher den Angeklagten Eugen Feidel wegen zweifach begangenen Mordes zu einer lebenslangen Freiheitsstrafe und in die Kosten des Verfahrens zu verurteilen.

Der Angeklagten Ilona Feidel kann nicht nachgewiesen werden, dass sie von dem Vorhaben oder gar von der Tötung selbst etwas gewusst hat. Insoweit beantrage ich Freispruch für Ilona Feidel. Trotz eines etwaigen Freispruches bleibt aber die Haft weiter bestehen, da die Strafhaft wegen des Einbruchdiebstahls noch fortdauert", beendete der Staatsanwalt seinen Vortrag.

„Danke, Herr Staatsanwalt", ergriff der Vorsitzende wieder das Wort. „Wenn nicht ausdrücklich eine kurze Pause gewünscht wird, bitte ich den Herrn Verteidiger von Eugen Feidel um sein Plädoyer."

„Eine Pause ist nicht erforderlich. Ich bedanke mich aber ausdrücklich für diesen Hinweis des Gerichts", begann Rechtsanwalt Zübel seine Verteidigungsrede. "Hohes Gericht, es kann nach dem Eingeständnis meines Mandanten nicht in Zweifel gezogen werden, dass dieser das Ehepaar Schubert getötet hat. Nach Auffassung der Verteidigung ist diese Tötung aber rechtlich nicht als ein einheitlicher Vorgang zu sehen. Vielmehr muss unterschieden werden bei der Tötung des Herrn Schubert und der Tötung der Frau Schubert.

Bei Herrn Schubert ist die Tat nicht als Mord, sondern als Totschlag zu werten, und zwar als Totschlag in einem minder schweren Fall nach § 213 des Strafgesetzbuches. Erlauben Sie mir hierzu folgende Hinweise: Meinem Mandanten kann nicht widerlegt werden, dass er zu seinem Handeln hingerissen wurde, nachdem er zuvor von Herrn Schubert schwer beleidigt und zum Zorn gereizt wurde. Schon damit ist die Tat als Tötung im minderschweren Fall zu werten. Es kommt hinzu, dass mein Mandant sich in keinem Fall bereichert hat oder sich auch nur bereichern wollte. Dies ergibt sich schon aus der Tatsache, dass er weder die gut gefüllte Brieftasche noch das Portemonnaie des Herrn Schubert und auch nicht den wertvollen Schmuck der Frau Schubert an sich genommen hat. Er hatte auch nicht die Absicht, sich diese Wertsachen anzueignen. Er hätte es ja jederzeit nach der Tötung tun können. Damit scheidet Habgier aus.

Obwohl die Tötung mit einer Pistole erfolgte, scheidet aber ein Mord auch in der Alternative des Tötens mit einem gemeingefährlichen Mittel aus. Zum einen hat mein Mandant die Pistole berufsbedingt in der Spionageabwehr ständig dabei und zwar ohne jede Tötungsabsicht, zum zweiten ergeben die Gesamtumstände unwiderlegbar eine Spontanhandlung meines Mandanten. Versetzen wir uns gedanklich einmal in die Lage meines Mandaten: Der Beifahrer in einem schnell fahrenden Pkw – man hatte es ja eilig – schießt auf den Fahrer. Und dies in einen Augenblick, als das Fahrzeug auf einer schmalen Straße wenige Meter vor einer Kurve war. Mein Mandant kannte die Strecke genau. Er wusste auch, dass hinter der Kurve das Gelände steil abfällt. Hätte er wohlüberlegt geschossen und nicht spontan auf die Beleidigungen reagiert, so hätte er in Kauf nehmen müssen, dass er mit dem fahrerlos gewordenen Wagen sich selbst in Lebensgefahr bringt. Deshalb muss meinem Mandanten abgenommen werden, dass er im wahrsten Sinn des Wortes ‚gedankenlos' operierte.

Aus diesen Gründen ist das Vorgehen meines Mandanten gegen Herrn Schubert als Tötung in einem minder schweren Fall zu bewerten.

Anders ist die Tötung von Frau Schubert zu beurteilen: Deren Tod hat mein Mandant nicht gewollt! Mein Mandant und Frau Schubert verstanden sich gut. Gerade im Verhältnis zu Herrn Schubert fühlten sie sich so ähnlich wie Verbündete. Der Versuch von Frau Schubert, die beiden Männer auseinanderzubringen, war der Grund dafür, dass auch mein Mandant herumgerissen wurde und die letzten Kugeln nicht Herrn Schubert trafen, sondern die Frau, die helfen wollte! Das Verhalten meines Mandanten kann insoweit nur als fahrlässige Tötung im Sinne des § 222 des Strafgesetzbuches gewertet werden. Ich bitte das hohe Gericht, entsprechend zu entscheiden."

Nachdem Rechtsanwalt Zübel wieder Platz genommen hatte, deutete der Vorsitzende mit einer einladenden Handbewegung an, dass er nunmehr das Plädoyer des Rechtsanwaltes Schnürer als Verteidiger von Frau Feidel erwarte.

Der Anwalt erhob sich siegessicher und führte aus: „Hohes Gericht! Nachdem der Herr Staatsanwalt schon einen Freispruch für meine Mandantin beantragt hat, vermag ich mich sehr kurz zu fassen: Mit Recht geht die Anklage nach der Beweisaufnahme davon aus, dass meine Mandantin bei der Tötung des Ehepaares Schubert gar nicht zugegen war. Mehr noch: Sie wusste von alledem nichts. Sie hatte somit keinerlei Tatbeitrag und kann deshalb für dieses Geschehen nicht zur Rechenschaft gezogen werden. Es kommt nur ein Freispruch in Betracht. Ich stelle hiermit förmlich einen entsprechenden Antrag." Sprach's und setzte sich wieder.

„Herr Feidel, Sie haben das letzte Wort. Wenn Sie den Ausführungen Ihres Verteidigers etwas hinzufügen wollen, so haben Sie jetzt hierzu Gelegenheit", sagte der Vorsitzende mit einer Handbewegung zum Angeklagten.

„Es tut mir alles so leid! Ich habe das nicht gewollt! Alles würde ich geben, wenn ich es ungeschehen machen könnte. Mehr kann ich nicht sagen." Nur mühsam kamen die Worte aus dem Mund Feidels. Aschfahl war sein Gesicht und unruhig zuckten seine Augenlider, als er niedergeschlagen und reumütig diese Sätze stammelte. Danach sackte er auf seine Bank zurück.

„Frau Feidel“, fuhr der Vorsitzende fort, „auch Sie haben ein letztes Wort. Wenn Sie sich erklären wollen, bitte ich das jetzt zu tun.“ Nur unmerklich schüttelte Frau Feidel ihren Kopf. Die Hauptverhandlung war auch an ihr nicht spurlos vorüber gegangen, aber nach den Freispruchanträgen des Staatsanwaltes und ihres Verteidigers fühlte sie sich doch zuversichtlich.

„Da keine weiteren Anträge vorliegen, wird sich das Gericht zur Urteilsfindung zurückziehen. Mit der Verkündung eines Urteils kann in einer Stunde gerechnet werden. Ich bitte alle Beteiligten rechtzeitig wieder im Sitzungssaal Platz zu nehmen.“

Im voll besetzten Sitzungssaal herrschte bis zu diesem Zeitpunkt totale Ruhe. Nun aber, nachdem das Gericht sich zur Beratung zurückgezogen hatte, war ein lautes Durcheinander zu vernehmen. In kleineren und größeren Gruppen unterhielten sich die Menschen, die dem ganzen Geschehen interessiert gefolgt waren. Sehr unterschiedliche Kommentare waren dem Gemurmel zu entnehmen: „Der hat Glück mit dem Staatsanwalt“, sagte einer, während sich ein älterer Zuhörer mit „Rübe runter! Mehr sage ich nicht!“ vernehmen ließ. Nur langsam leerte sich der Saal. Auf vielen Plätzen waren persönliche Gegenstände zurückgelassen worden, um anzudeuten: Dieser Platz ist besetzt. Und tatsächlich: Schon nach ganz kurzer Zeit kamen Zuhörer wieder in den Saal, um auf keinen Fall die Verkündung des Urteils zu versäumen.

Herr und Frau Feidel, die während der Hauptverhandlung getrennt durch zwei Wachtmeister nebeneinander saßen, waren jetzt aufgestanden und standen sich, die Hände haltend, gegenüber. „Das habe ich dir nicht aufbürden wollen. Es tut mir alles so leid.“ „Ich weiß, Liebster. Du hast nur für uns sorgen wollen. Und deine Pläne sahen anders aus. Wir beide wissen es; ob andere das auch so sehen, ist mir eigentlich gleich. Ich habe nur gehofft, dass ich heute noch Sven sehe.

Er hätte ja nicht hier in der Sitzung sein müssen. Das wollte ich ihm auch nicht zumuten, aber vor dem Gerichtsgebäude hätte ich ihn schon gerne gesehen. Ich habe lange nichts mehr von ihm gesehen oder gehört. Seit man mich auch verhaftet hat, herrschte Totenstille. Sven hat auf keine meiner Bitten geantwortet. Das tat sehr weh – und das tut es noch! Ich glaube, wir haben unseren Sohn verloren. Das ist für mich das Schlimmste! Aber wir beide, Liebster, wir halten zusammen. Ganz sicher!“ Frau Feidel drückte ihrem Mann die Hände und schaute ihm lange in die Augen.

„Warten wir das Urteil erst einmal ab“, kam etwas zögerlich die Antwort von Feidel. „Wenn mich das Gericht zu ‚lebenslang' verurteilt, dann sehe ich die Zukunft für uns beide etwas anders. Du bist zu jung, um alleine zu sein. Ich meine vielleicht sogar alleine ohne Sven! Schon der Gedanke tut mir weh. Ich weiß nicht, wie ich das alles verkrafte. Und ich weiß nicht, wie ich das ändern kann. Sven hat zu mir keinen Kontakt mehr. Ich verstehe, dass er enttäuscht ist. Und mir ist auch um seine Zukunft bange. Ich weiß nicht, wie er das Ganze durchsteht. Wir können nur abwarten.“

Vielsagende Zweifel zeigten sich im Gesicht und der Miene von Feidel, als er an seiner Frau vorbei in den Gerichtssaal starrte. Lange Minuten des Schweigens standen sich die Eheleute gegenüber, sahen sich zeitweilig tief in die Augen, sahen aneinander vorbei; jeder war in Gedanken versunken – in keine guten Gedanken an die Zukunft.

Eine Stunde genau war verstrichen, seit die Richter den Saal verlassen hatten. Eine Glocke schrillte dreimal in kurzen Abständen: das Zeichen, dass die Hauptverhandlung fortgesetzt wurde. Der Vorsitzende, die Beisitzer und Schöffen stellten sich hinter den Richtertisch. Der Vorsitzende überzeugte sich mit einem Blick, dass alle Prozessbeteiligten an ihren Plätzen waren und auch alle Zuhörer im Saal sich von ihren Plätzen erhoben hatten.

„Ich verkünde das Urteil des Schwurgerichtes“, begann der Vorsitzende: „Der Angeklagte Eugen Feidel wird wegen

Mordes an Max Schubert und wegen fahrlässiger Tötung von Frau Gerda Schubert zu einer Freiheitsstrafe von 15 Jahren verurteilt. Die Untersuchungshaft wird hierauf nicht angerechnet, da diese schon bei der Verurteilung wegen Einbruchdiebstahls zum Nachteil des Tomy Wrangler berücksichtigt wurde. Der Verurteilte trägt auch die Kosten des Verfahrens.

Frau Ilona Feidel wird freigesprochen. Soweit durch diesen Freispruch ausscheidbare Kosten entstanden sind, fallen diese der Staatskasse zur Last.

Zu den Gründen: Das Schwurgericht sieht in der Tat des Verurteilten Eugen Feidel den Tatbestand der Heimtücke verwirklicht. Aus diesem Grunde wurde die Tötung als Mord klassifiziert. Tötung aus Habgier hat das Gericht mangels Beweises verneint. Hierauf braucht aber nicht weiter eingegangen zu werden. Die Tötung von Frau Schubert bewertete das Gericht als fahrlässige Tötung. Es folgte hier der Beweisführung des Verteidigers. Der Freispruch von Frau Feidel wurde von der Staatsanwaltschaft im Einzelnen begründet. Das Gericht folgt diesen Ausführungen.

Gegen dieses Urteil ist Revision möglich. Wird hierzu schon eine Erklärung abgegeben?“ Fragend schaute der Vorsitzende in die Runde.

Nur Rechtsanwalt Zübel unterhielt sich in einigen Sätzen mit seinem Mandanten. Feidel wollte von seinem Verteidiger noch einige Informationen, die dieser jedoch nicht so schnell geben konnte. Zübel bat deshalb den Vorsitzenden des Schwurgerichts um eine kurze Unterbrechung, da er noch mit seinem Mandanten das weitere Vorgehen besprechen wolle. Der Richter gab dem Ersuchen statt und erklärte, dass die Verhandlung für die Dauer von fünf Minuten unterbrochen werde.

Feidel und sein Verteidiger verließen daraufhin den Sitzungssaal und fanden in einem freien Nebenzimmer die Möglichkeit zu einem Gespräch unter vier Augen. Stockend begann Feidel das Gespräch: „Ich verstehe nicht ganz, weshalb Sie mir die Annahme dieses Urteils soeben empfohlen haben, Herr Rechtsanwalt. Das Gericht hat doch voll dem Antrag des Staatsanwaltes entsprochen, oder sehe ich das falsch?“

„Der Staatsanwalt hat zunächst die Verurteilung wegen zweifachen Mordes verlangt und erklärt, dass Sie aus Habgier die Tötung von zwei Menschen in Kauf genommen haben. Es ist nicht ausgeschlossen, dass im Falle einer Revision das Gericht diese Auffassung der Staatsanwaltschaft aufnimmt und damit die ausgesprochene Haftstrafe stärker untermauert, als es dieses Gericht getan hat. Bitte denken Sie daran, dass der Vorsitzende des Schwurgerichtes auch nicht von einem Doppelmord ausgeht, sondern bei der Tötung von Frau Feidel meiner Argumentation folgte und insoweit ‚nur' von einer fahrlässigen Tötung sprach. Dies ist immerhin zumindest eine, wenn Sie so wollen, ‚moralische Besserstellung' gegenüber einer geplanten Tötung aus Raffgier oder Habsucht. Bei diesem Urteil, wenn es dabei bleibt, könnten Sie bei guter Führung während der Haft auch mit einer vorzeitigen Entlassung rechnen. Bei einer Verurteilung wegen Doppelmordes schätze ich diese Möglichkeit gleich Null. Deshalb empfehle ich Ihnen die Annahme des Urteils.“

Feidel machte noch immer ein bedenkliches Gesicht. Es war ihm anzumerken, dass er das gerade Gehörte abwog. Zögernd meinte Feidel: „Ich werde mit dem Vorwurf der Heimtücke nicht fertig. Ich wurde doch gereizt und habe spontan gehandelt. Glaubt mir denn das Gericht nicht?“

„Sie hatten bei dieser Fahrt Ihre Pistole dabei. Dies mag für Sie selbstverständlich sein, nicht aber für das Gericht. Die Richter sehen – für mich auch nachvollziehbar und verständlich – im Mitführen einer Waffe bei einer solchen Reise entweder eine übertriebene Vorsichtsmaßnahme oder ein Spiel mit Hintergedanken. Das mögen Sie völlig anders sehen und beurteilen. Persönlich nehme ich Ihnen dies auch so ab. Aber versetzen Sie sich einmal in die Gedankenwelt der Richter, wenn Ihnen dies möglich ist. Ob diese Bedenken in einer Revision ausgeräumt werden könnten, halte ich eben für mehr als fraglich. Aus diesem Grunde lege ich Ihnen die Annahme des Urteils nahe."

„Ich verstehe jetzt besser, dass Sie mir eine Annahme des Urteils im Gerichtssaal empfohlen haben", antworte Feidel langsam. „Sie können dem Richter meinen Verzicht auf eine Revision mitteilen. Ich möchte auch kein weiteres Risiko mehr eingehen. Ich sehe schließlich ein Fehlverhalten von mir ein – und dass eine Strafe sein muss, ist mir schon lange klar. Mir ist es auch recht, wenn heute Schluss ist mit allem."

Zübel ging zum Beratungszimmer des Richters und teilte nur mit, dass die Besprechung mit seinem Mandanten beendet sei.

Ein Klingelzeichen verkündete die Fortsetzung des Verfahrens. Im Gerichtssaal hatten alle Anwesenden die paar Minuten ausgeharrt und warteten nun ungeduldig auf eine Erklärung des Verteidigers und ein etwaiges Schlusswort von Feidel.

Nachdem auch die Richter und die Geschworenen ihre Plätze hinter dem Richtertisch eingenommen hatten, wandte sich der Vorsitzende an Rechtsanwalt Zübel mit der Frage: „Wollen Sie eine Erklärung abgeben?"

„Mit ausdrücklichem Einverständnis meines Mandanten verzichte auch ich auf Rechtsmittel", erfolgte die nüchterne Antwort des Verteidigers.

„Damit ist das Urteil rechtskräftig", bestätigte der Vorsitzende das Ende eines langen und schwer wiegenden Verfahrens.